Jack London

Jerry der Insulaner

Bibliografische Information der Deutschen Nationalbibliothek:
Die Deutsche Nationalbibliothek verzeichnet diese Publikation in der Deutschen Nationalbibliografie; detaillierte bibliografische Daten sind im Internet
über http://dnb.dnb.de abrufbar.

Herstellung und Verlag: BoD – Books on Demand, Norderstedt

ISBN: 978-3-7460-7692-8

Inhaltsverzeichnis

Vorwort

Es ist das Unglück mancher Romanschriftsteller, daß Roman und Unwahrheit in den Augen des Durchschnittslesers ein und dasselbe ist. Vor mehreren Jahren gab ich einen Südseeroman heraus. Er spielte auf den Salomoninseln. Die Handlung wurde von Kritikern und Referenten als äußerst schätzenswertes Produkt der Einbildungskraft gelobt. Aber mit der Wahrheit – sagten sie – wäre es nichts. Natürlich gäbe es, wie jedermann wüßte, nirgends auf der Welt mehr kraushaarige Kannibalen, und noch weniger liefen sie unbekleidet herum und schnitten sich gegenseitig – und gelegentlich auch einem Weißen – die Köpfe ab.

Aber nun hört mal zu: Ich schreibe diese Zeilen in Honolulu, Hawai. Gestern sprach mich ein Fremder am Strand von Waikiki an. Er erwähnte einen gemeinsamen Freund, Kapitän Kellar. Als ich mit dem »Sklavenschiff« Minota bei den Salomoninseln Schiffbruch erlitt, war es Kapitän Kellar, der Führer des »Sklavenschiffes« Eugénie, der mich rettete. Jetzt hatten die Schwarzen sich Kapitän Kellars Kopf geholt, wie der Fremde mir erzählte. Er wußte es. Er hatte in der Nachlaßsache Kellars Mutter vertreten.

Hört: Neulich bekam ich einen Brief von Mr. C. M. Woodford, Regierungskommissar der britischen Salomoninseln. Er war nach einem langen Aufenthalt in England – er hatte seinen Sohn nach Oxford gebracht – auf seinen Posten zurückgekehrt. In den meisten öffentlichen Bibliotheken kann man ein Buch mit dem Titel »Ein Naturforscher unter den Kopfjägern« finden. Der Naturforscher ist Mr. C. M. Woodford. Er hat das Buch geschrieben. Um aber wieder auf den Brief zu kommen: Unter anderm erzählte er ganz kurz und beiläufig, daß er gerade eine merkwürdige Arbeit beendet hätte. Durch seine Reise nach England hätte sich die Sache verzögert. Es handelte sich um eine Strafexpedition nach einer Nachbarinsel, bei welcher Gelegenheit er, wenn möglich, auch die Köpfe einiger gemeinsamer Freunde hätte holen wollen – eines weißen Händlers, seiner weißen Frau und Kinder und seines weißen Buchhalters. Die Expedition hätte Erfolg gehabt, und Mr. Woodford schloß seinen Bericht mit folgender Bemerkung: »Was mir besonders auffiel, war der Umstand, daß die Gesichter weder Schmerz noch Schrecken, sondern eher Ernst und Ruhe ausdrückten« – dies schreibt er, man beachte es, von Männern und Frauen seiner eignen Rasse, die er gut gekannt hatte, und die oft in seinem Hause zu Gast gewesen waren.

Andre Freunde, mit denen ich in den schönen, ausgelassenen Tagen auf den Salomoninseln bei Tisch gesessen habe, sind seitdem heimgegangen – auf dieselbe Art und Weise. Du meine Güte! Ich machte einmal auf der Teakholzjacht Minota eine Werbefahrt nach Malaita und nahm meine Frau mit. An der Tür unsrer winzigen Kajüte waren noch die Beilhiebe zu sehen, die von einem vor einigen Monaten geschehenen Vorfall erzählten. Der Vorfall war, daß Kapitän Mackenzie der Kopf genommen wurde. Kapitän Mackenzie war damals Führer der Minota. Als wir in Langa-Langa ankamen, dampfte gerade der britische Kreuzer Cambrian nach Bombardement eines Dorfes ab.

Ich habe keinen Anlaß, dieses Vorwort zu meiner Erzählung mit weiteren Einzelheiten zu belasten, aber ich versichere, daß ich deren eine Menge besitze. Ich hoffe, den Leser einigermaßen überzeugt zu haben, daß die Abenteuer meines Hundes, des Helden dieses Buches, wirklich erlebte Abenteuer aus einer wirklichen Kannibalenwelt sind. Bei Gott! – als ich meine Frau mit auf die Fahrt mit der Minota nahm, fanden wir an Bord einen niggerjagenden, anbetungswürdigen kleinen irischen Terrier vor, der glatthaarig wie Jerry war und Peggy hieß. Wäre Peggy nicht gewesen, so wäre dieses Buch nie geschrieben worden. Die kleine Hündin war der größte Schatz des prächtigen Schiffers der Minota. So sehr verliebten meine Frau und ich uns in sie, daß Charmian sie nach dem Schiffbruch der Minota ihrem Schiffer mit voller Überlegung und ganz schamlos stahl. Ich gestehe ferner, daß ich den Diebstahl meiner Frau mit voller Überlegung und ganz schamlos billigte. Wir hatten Peggy ja so lieb! Lieber königli-

cher, herrlicher kleiner Hund, begraben zur See an der Ostküste von Australien! Ich muß hinzufügen, daß Peggy, ebenso
wie Jerry, auf der Meringe-Plantage an der Meringe-Lagune
geboren war. Seine Heimat war die Insel Isabel, die nördlich
von der Floridainsel liegt, wo das Gouvernement seinen Sitz
hat, und wo der Regierungskommissar Mr. C. M. Woodford
wohnt. Ferner und endlich: Ich kenne Peggys Vater und Mutter gut, und oft hat mir das Herz geklopft, wenn ich das treue
Paar nebeneinander den Strand entlanglaufen sah. Er hieß
Terrence, sie Biddy.

Waikiki-Strand, Honolulu.
Oahu, T. H., 5. Juni 1915.
Jack London.

Jerry der Insulaner

Erst als ihn Herr Haggin unter den einen Arm nahm und mit ihm das Achterende des wartenden Walbootes betrat, ahnte Jerry, daß ihm etwas Unangenehmes bevorstand. Herr Haggin war Jerrys geliebter Herr, und war sein geliebter Herr die ganzen sechs Monate seines Lebens gewesen. Jerry kannte Herrn Haggin nicht als »Herr«, denn der Ausdruck »Herr« fand sich nicht im Wortschatz Jerrys, der ein glatthaariger, goldbrauner irischer Terrier war.

Aber in Jerrys Wortschatz hatte »Herr Haggin« doch einen ebenso bestimmten Klang und Sinn, wie ihn das Wort »Herr« im Wortschatz der Menschen in bezug auf ihre Hunde besitzt. »Herr Haggin« war das Geräusch, das Jerry stets von Bob, dem Buchhalter, und Derby, dem Vorarbeiter der Plantage, hatte hervorbringen hören, wenn sie seinen Herrn ansprachen. Ferner hatte Jerry stets die männlichen Zweibeiner, die gelegentlich einmal die Plantage besuchten, wie zum Beispiel die, die jetzt mit der Arangi gekommen waren, seinen Herrn als »Herr Haggin« anreden hören.

Aber Hunde sind nun einmal Hunde, und in ihrer unklaren, wortlosen, prachtvollen Heldenverehrung schätzen sie die Menschen nicht richtig ein, denken von ihren Herren besser und lieben sie mehr, als den Tatsachen angemessen wäre. »Herr«, wie Jerry »Herr Haggin« auffaßte, bedeutet für sie mehr, weit mehr als für Menschen. Der Mensch betrachtet sich selbst als Herrn seines Hundes, aber der Hund sieht in seinem Herrn »Gott«.

Nun befand sich allerdings das Wort »Gott« ebensowenig in Jerrys Wortschatz, trotz der Tatsache, daß er bereits einen bestimmten und recht umfangreichen Wortschatz besaß. »Herr Haggin« war der Klang, der »Gott« bedeutete. In Jerrys Herz und Kopf, in dem geheimnisvollen Mittelpunkt der ganzen Bewußtsein genannten Vorgänge, nahm der Klang »Herr Haggin« denselben Platz ein, wie »Gott« im menschlichen Bewußtsein. Durch Wort und Klang verband sich für Jerry mit »Herr Haggin« dieselbe Vorstellung wie für den gottesfürchtigen Menschen mit »Gott«. Kurz: Herr Haggin war Jerrys Gott.

Und als daher Herr Haggin, oder Gott, oder wie man ihn nun in der Beschränkung, die die Sprache einem auferlegt, nennen will, als er plötzlich Jerry mit unwiderstehlicher Gewalt unter den Arm nahm und in das Walboot stieg, dessen schwarze Besatzung sich unmittelbar darauf in die Riemen legte, hatte Jerry sofort ein ängstliches Gefühl, daß etwas Ungewöhnliches geschah. Noch nie war er an Bord der Arangi gewesen, die er jedesmal, wenn die Riemen der Schwarzen plätschernd durchs Wasser strichen, größer werden und näher kommen sah.

Erst vor einer Stunde war Jerry vom Plantagenhaus nach dem Strande gekommen, um die Arangi abfahren zu sehen. Zweimal hatte er in seinem halbjährigen Leben dieses prachtvolle Erlebnis gehabt. Und prachtvoll war es wirklich, an dem weißen Korallenstaubstrande hin und her zu laufen und sich unter der weisen Führung von Biddy und Terrence an dem Herumtollen zu beteiligen und es sogar noch, zu vermehren.

Da war die Niggerjagd. Jerry war der Haß gegen die Nigger angeboren. Das erste, was er als wimmernder Welpe auf der Welt gelernt hatte, war die Tatsache, daß Biddy, seine Mutter, und sein Vater Terrence die Nigger haßten. Ein Nigger war etwas, das man anknurrte. Ein Nigger, der nicht zum Haushalt gehörte, war etwas, das angefallen, gebissen und zerrissen werden mußte, wenn es sich erfrechte, dem Hause zu nahe zu kommen. Das tat Biddy. Das tat Terrence. Und indem sie es taten, dienten sie ihrem Gott – Herrn Haggin. Nigger waren tieferstehende zweibeinige Geschöpfe, die für ihre zweibeinigen weißen Gebieter arbeiteten und fronten, weit fort in den Arbeiterbaracken wohnten und soviel geringer und tieferstehend waren, daß sie nicht wagen durften, der Wohnung ihres Herrn nahe zu kommen.

Und Niggerjagd war ein Abenteuer. Das hatte Jerry fast ebenso schnell gelernt, wie er laufen gelernt hatte. Man nahm die Gelegenheit wahr. Solange Herr Haggin, Derby oder Bob dabei war, ließen sich die Nigger das Gejagtwerden gefallen. Aber es kam vor, daß die weißen Herren nicht dabei waren.

Dann hieß es: »Hüte dich vor den Niggern!« Man mußte vorsichtig sein, wenn man jagte. Denn dann, wenn die weißen Herren es nicht sahen, hatten die Nigger die Gewohnheit, nicht nur finster dreinzublicken und zu murren, sondern vierbeinige Hunde mit Steinen und Knüppeln anzugreifen. Jerry hatte gesehen, wie seine Mutter auf diese Weise mißhandelt wurde, und ehe Jerry Vorsicht gelernt hatte, war er selbst in dem hohen Gras vermöbelt worden von Godarmy, dem Schwarzen, der an einer aus Kokosfaser geflochtenen Schnur einen porzellanenen Türknauf um den Hals trug. Ja, mehr noch: Jerry erinnerte sich eines andern Erlebnisses im hohen Grase, als er und sein Bruder Michael mit Owmi gekämpft hatten, einem andern Schwarzen, der leicht kenntlich war an den Zahnrädern einer Weckuhr auf seiner Brust. Michael hatte einen so heftigen Schlag auf den Kopf erhalten, daß sein linkes Ohr Schaden gelitten hatte, einschrumpfte und merkwürdig gefühllos wurde und jetzt stolz nach oben gedreht war.

Und mehr noch: Sein Bruder Patsy und seine Schwester Kathleen waren seit zwei Monaten verschwunden, hatten einfach aufgehört zu sein. Der große Gott, Herr Haggin, hatte die Plantage von einem Ende zum andern durchsucht. Der ganze Busch war durchforscht, ein halbes Dutzend Nigger waren ausgepeitscht worden. Aber Herr Haggin hatte das Mysterium von Patsys und Kathleens Verschwinden nicht aufklären können. Biddy und Terrence jedoch wußten Bescheid. Und Michael und Jerry auch. Die vier Monate alten Hündchen waren in den Kochtopf in der Baracke gewandert, und ihr weicher Welpenpelz war vom Feuer verzehrt worden. Das wußte Jerry ebensogut wie sein Vater, seine Mutter und sein Bruder, denn sie hatten den unverkennbaren Geruch von verbranntem Fleisch gespürt, und Terrence hatte in seiner Wut Mogam, den Hausburschen, angefallen und war von Herrn Haggin ausgescholten und verprügelt worden, der nichts gerochen hatte und nichts verstand, und der stets strenge Disziplin unter allen Geschöpfen halten mußte, die sich unter seinem Dache befanden. Aber am Strande, wenn die Schwarzen, deren Dienstzeit abgelaufen war, mit ihren

Warenkisten auf dem Kopfe kamen, um mit der Arangi abzufahren, war die Niggerjagd nicht mit Gefahr verbunden. Alte Zechen konnten beglichen werden, und es war die letzte Gelegenheit, denn die Schwarzen, die mit der Arangi abfuhren, kamen nie wieder. Heute zum Beispiel fuhr Biddy, die die Behandlung, die ihr von Seiten Lerumies zuteil geworden war, nicht vergessen hatte, mit den Zähnen in seinen bloßen Schenkel, daß er kopfüber mit Warenkiste und all seiner irdischen Habe ins Wasser stürzte, und dann lachte sie ihn aus, des Schutzes von Herrn Haggin sicher, der lachend dabeistand.

Ferner war auf der Arangi gewöhnlich wenigstens ein Buschhund, den Jerry und Michael vom Strande aus so anbellten, daß sie sich fast das Maul verrenkten. Einmal hatte Terrence, der fast ebenso groß und sicher ebenso mutig wie ein Airedale-Terrier war – Terrence, der Prächtige, wie Tom Haggin ihn nannte –, einen solchen Buschhund am Strande erwischt und ihm eine wundervolle Tracht Prügel verabreicht, wozu Jerry und Michael sowie Patsy und Kathleen, die damals noch lebten, mit heftigem Kläffen und scharfem Schnappen ihr Teil beigetragen hatten. Jerry hatte nie seine Begeisterung über das Haar vergessen – es roch unverkennbar nach Hund –, das nach seinem einzigen erfolgreichen Zuschnappen sein Maul gefüllt hatte. Die Buschhunde waren zwar auch Hunde – er erkannte sie als seine Art an; aber sie unterschieden sich doch irgendwie von seiner eignen stolzen Rasse, waren anders und geringer, gerade wie die Schwarzen sich von Herrn Haggin, Derby und Bob unterschieden.

Aber Jerry starrte nicht weiter auf die sich nähernde Arangi. Biddy, durch frühere bittere Verluste klug geworden, hatte sich, die Vorderpfoten im Wasser, an den Strand gesetzt und machte ihrem Schmerz durch lautes Heulen Luft. Daß das Jerry betraf, wußte dieser, denn der Kummer zerrte sehr scharf an seinem gefühlvollen, leidenschaftlichen Herzen, wenn ihm die Ursache auch nicht ganz klar war.

Was bevorstand, wußte er nicht, außer, daß es ein Unglück, eine Katastrophe war, die mit ihm zusammenhing. Und als er sich jetzt umsah und sie am Strande erblickte, rauhhaarig und unglücklich, konnte er auch Terrence sehen, der sich besorgt in der Nähe hielt. Auch er war rauhhaarig, ebenso wie Michael, und wie auch Patsy und Kathleen gewesen; Jerry war das einzige glatthaarige Mitglied der Familie.

Ferner war Terrence, was zwar Jerry nicht, wohl aber Tom Haggin wußte, ein königlicher Liebhaber und ergebener Gatte. Einer der Eindrücke Jerrys war, wie Terrence mit Biddy meilenweit den Strand entlang oder durch die Kokospalmenalleen laufen konnte, beide vor Freude lachend. Außer seinen Brüdern und Schwestern und den verschiedenen Buschhunden, die sich hin und wieder einmal zeigten, waren sie die einzigen Hunde, die Jerry kannte, und so dachte er, daß Hunde eben so sein müßten: Er und sie – verheiratet und treu. Tom Haggin aber wußte, wie ungewöhnlich das war. »Eine reine Liebesheirat«, erklärte er immer wieder mit warmer Stimme und feuchten Augen. »Er ist ein Gentleman, der Terrence, ein richtiger vierbeiniger Mann. Ein Mannshund, wenn es je einen gegeben hat, und treu wie Gold. Und gewaltig! Donnerwetter! Sein Blut ist durch tausend Generationen rein erhalten, und dazu hat er einen kühlen Kopf und ein warmes, tapferes Herz!«

Wenn Terrence Kummer fühlte, so verlieh er ihm jedenfalls keinen Ausdruck, aber der Umstand, daß er sich andauernd in Biddys Nähe hielt, zeigte seine Sorge um sie. Michael jedoch, der von seiner Mutter angesteckt war, saß neben ihr und kläffte ebenso wütend über den immer breiter werdenden Wasserstreifen hinüber, wie er jede Gefahr angekläfft haben würde, die im Dschungel kroch und raschelte. Auch das schnitt Jerry ins Herz, und dazu kam noch das sichere Gefühl, daß ein trauriges Schicksal – er wußte nicht welches – seiner wartete.

Für seine sechs Monate wußte Jerry einerseits ein ganz Teil und andererseits doch wieder sehr wenig. Er wußte, ohne darüber nachzudenken und ohne sich seines Wissens bewußt zu sein, warum Biddy, die doch ebenso klug wie tapfer war, nicht ganz dem Gebot ihres Herzens folgte, ins Wasser sprang und ihm nachschwamm. Wie eine Löwin hatte sie ihn verteidigt, als der große Puarka (was in Jerrys Wortschatz zusammen mit Grunzen und Quieken die Lautverbindung oder das Wort für »Schwein« war) versucht hatte, ihn zu fressen, als er unter dem auf hohen Pfählen erbauten Plantagenhaus eingeklemmt gewesen war. Und wie eine Löwin war Biddy, als der Küchenboy ihn mit einem Stock geschlagen hatte, um ihn aus der Küche zu vertreiben, auf den Schwarzen losgesprungen, hatte, ohne mit der Wimper zu zucken, einen Schlag mit dem Stock entgegengenommen und ihn dann zu Boden geworfen, daß er sich zwischen seinen Töpfen und Pfannen wälzte, bis sie (zum ersten Male knurrend) von Herrn Haggin fortgezogen wurde, der gar nicht schalt, sondern sogar dem Küchenboy eine scharfe Rüge erteilte, weil er gewagt hatte, die Hand gegen den vierbeinigen Hund eines Gottes zu erheben.

Jerry wußte, warum seine Mutter sich nicht ins Wasser stürzte und ihm nachschwamm. Das salzige Meer sowohl wie die Lagunen, die mit dem salzigen Meer in Verbindung standen, waren tabu. »Tabu« hatte als Wort und Klang keinen Platz in Jerrys Wortschatz. Aber die Bedeutung, der Sinn war äußerst lebendig in seinem Bewußtsein. Er wußte dunkel und unklar, aber unwiderleglich, daß es nicht nur nichts Gutes, sondern etwas höchst Unheilvolles war. Es führte zu dem undeutlichen Gefühl, daß es für einen Hund einfach ein Ende mit Schrecken bedeutete, ins Wasser zu gehen, wo, zuweilen an der Oberfläche, zuweilen aus der Tiefe auftauchend, große schuppige Ungeheuer mit riesigen Kiefern und schrecklichen Zähnen schlüpften, glitten und lautlos ruderten, Ungeheuer, die einen Hund im Nu schnappten und verschlangen, wie Herrn Haggins Hühner Körner schnappten und verschlangen.

Oft hatte er seinen Vater und seine Mutter vom sicheren Strande aus in ihrem Haß diese schrecklichen Ungeheuer wütend anbellen hören, wenn sie, dicht am Strande, wie treibende Baumstämme an der Oberfläche erschienen. »Krokodil« gehörte nicht zu Jerrys Wortschatz. Es war ein Bild, das Bild eines treibenden Baumstammes, der sich von andern Baumstämmen dadurch unterschied, daß er lebendig war. Jerry hörte, merkte sich und erkannte viele Wörter, die für ihn genau solche Gedankenwerkzeuge waren, wie sie es für die

Menschen sind, da ihm aber von Geburt und Art die Sprache fehlte, konnte er sich nicht in diesen vielen Wörtern ausdrücken. Dennoch gebrauchte er in seinen Denkprozessen Bilder, ganz wie sprachbegabte Menschen in ihren eignen Denkprozessen Wörter gebrauchen. Und schließlich gebrauchen ja auch sprachbegabte Menschen, ob sie wollen oder nicht, wenn sie denken, Bilder, die Wörtern entsprechen und sie ergänzen. Vielleicht erweckte in Jerrys Gehirn das Bild eines treibenden Baumstamms eine deutlichere und umfassendere Vorstellung, als das Wort »Krokodil« und das begleitende Bild es in dem menschlichen Bewußtsein tun. Denn Jerry wußte wirklich mehr von Krokodilen als der Mensch im allgemeinen. Er konnte ein Krokodil aus größerer Entfernung riechen und von andern Geschöpfen unterscheiden als irgendein Mensch, ja selbst ein Salzwasserneger oder ein Buschmann. Er wußte, wenn ein aus der Lagune aufgetauchtes Krokodil ohne Laut und Bewegung und vielleicht schlafend hundert Fuß entfernt auf dem Boden der Dschungel ruhte.

Er wußte mehr von der Sprache der Krokodile als irgendein Mensch. Er hatte bessere Vorbedingungen für sein Wissen. Er kannte ihre vielen Laute, die aus Grunzen und Schlürfen bestanden. Er kannte ihre Wutlaute, ihre Furchtlaute, ihre Freßlaute, ihre Liebeslaute. Und diese Laute waren ein ebenso ausgesprochener Teil seines Wortschatzes wie Wörter in dem eines Menschen. Und diese Krokodillaute waren Gedankenwerkzeuge. Nach ihnen erwog, beurteilte und bestimmte er seine eigne Handlungsweise, genau wie ein Mensch; oder er entschloß sich wie irgendein Mensch, aus Faulheit überhaupt nichts zu tun, sondern nur aufzupassen und sich klarzumachen, was um ihn her vorging und keine entsprechende Handlung von seiner Seite erforderte. Und doch gab es sehr vieles, das Jerry nicht wußte. Er kannte nicht die Größe der Welt. Er wußte nicht, daß die Meringe-Lagune mit ihrem Hintergrund von hohen Wäldern und ihrem schützenden Kranz von kleinen Koralleninseln keineswegs die ganze Welt war. Er wußte nicht, daß sie nur ein Bruchteil der großen Isabelinsel, und daß diese wiederum nur eine von tausend Inseln war, von denen viele größer waren, und die alle zusammen die Salomoninseln ausmachten, welche die Menschen auf der Karte durch eine Gruppe von Pünktchen auf der unendlichen Weite des Stillen Ozeans bezeichnet haben.

Er hatte allerdings eine unklare Vorstellung, daß es darüber hinaus oder jenseits noch irgend etwas gab. Aber was das war, blieb ihm ein Mysterium. Es konnten plötzlich Dinge dorther kommen, die zuvor nicht gewesen waren. Hühner und Puarkas und Katzen, die er nie zuvor gesehen, hatten eine merkwürdige Art und Weise, unversehens auf der Meringe-Plantage zu erscheinen. Einmal hatte sogar eine Invasion von seltsamen vierbeinigen gehörnten und haarigen Geschöpfen stattgefunden, deren Bild, das er in seinem Gehirn registriert hatte, im menschlichen Gehirn mit dem Worte »Ziege« zusammengefallen wäre.

Ebenso war es mit den Schwarzen. Aus dem Unbekannten, dem Irgendwo und Irgendwas, das für ihn zu unbestimmt war, als daß er etwas davon hätte wissen können, erschienen sie plötzlich ganz ausgewachsen, ergingen sich auf der Meringe-Plantage mit Lendenschurz und Knochenpfriemen durch die Nase und wurden von Herrn Haggin, Derby und Bob an die Arbeit geschickt. Daß ihr Erscheinen mit der Ankunft der Arangi zusammenfiel, war eine Gedankenverknüpfung, die als etwas ganz Selbstverständliches in Jerrys Kopf entstand. Aber er zerbrach sich nicht weiter den Kopf darüber, nur daß sich eine weitere Gedankenverknüpfung damit verband, nämlich, daß ihr gelegentliches Verschwinden ins Jenseits ebenfalls mit der Abfahrt der Arangi zusammenfiel.

Jerry forschte nicht nach den Zusammenhängen dieses Erscheinens und Verschwindens. Es fiel ihm nie ein, sich seinen goldbraunen Kopf mit der Lösung dieses Rätsels zu beschweren. Er nahm es als eine Selbstverständlichkeit hin, wie er die Nässe des Wassers und die Wärme der Sonne hinnahm. So war nun einmal das Leben und die Welt, die er kannte. Er hatte nur die unbestimmte Vorstellung, daß etwas existierte – was, nebenbei, vollkommen der unbestimmten Vorstellung der meisten Menschen von den Mysterien von Geburt und Tod und dem Jenseits entspricht, die sie nicht zu fassen vermögen. Wer könnte übrigens sagen, ob nicht die

Jacht Arangi, die als Handels- und »Sklavenschiff« zwischen den Salomoninseln fuhr, in Jerrys Bewußtsein dem geheimnisvollen Boot geglichen haben mag, das den Verkehr zwischen zwei Welten vermittelte, wie einmal das Boot, das nach der Meinung der Menschen von Charon über den Styx gerudert wurde. Aus dem Nichts kamen Menschen. Ins Nichts gingen sie. Und sie kamen und gingen stets mit der Arangi.

Und zur Arangi fuhr Jerry an diesem weißglühenden Tropenmorgen im Walboot unter Herrn Haggins Arm, während Biddy am Strande wehklagte und Michael, dem jede Spitzfindigkeit fremd war, dem Unbekannten den ewigen Trotz der Jugend entgegenschleuderte.

Aus dem Walboot über die niedrige Seite der Arangi und die sechszöllige Teakholzreling an Deck war nur ein Schritt, und Tom Haggin machte ihn leicht mit Jerry unterm Arm. Auf Deck befand sich eine aufregende Versammlung. Aufregend wäre sie für jeden unbereisten zivilisierten Menschen gewesen, und aufregend war sie für Jerry; für Tom Haggin und Kapitän Van Horn dagegen war es eine ganz alltägliche Sache.

Das Deck war klein, weil die Arangi klein war. Ursprünglich eine aus Teakholz erbaute Lustjacht mit Messingnägeln, Kupferhaut und eisernem Bodenbeschlag wie ein Kriegsschiff und einem Flossenkiel aus Bronze war sie für die »Sklavenjagd« und den Niggertransport zwischen den Salomoninseln verkauft. Mit Rücksicht auf das Gesetz nannte man das jedoch »Rekrutieren«.

Die Arangi war ein Arbeiterwerbeschiff, das die neu eingefangenen schwarzen Kannibalen von den entfernteren Inseln zur Arbeit nach den neuen Plantagen schaffte, wo weiße Männer feuchte, verpestende Sümpfe und Dschungeln in reiche, stattliche Kokospalmenhaine verwandelten. Die beiden Masten der Arangi bestanden aus Oregon-Zedernholz und waren so geputzt und gewachst, daß sie wie gelbbraune Opale im Sonnenglast schimmerten. Ihre außergewöhnlich großen Segel befähigten sie, wie der Teufel zu fahren, und gaben gelegentlich Kapitän Van Horn, seinem weißen Steuermann und seiner fünfzehnköpfigen schwarzen Besatzung alle Hände voll zu schaffen. Sie maß sechzig Fuß über Deck, und die Querbalken ihres Decks waren durch keine Aufbauten geschwächt. Nur an wenigen Stellen war das Deck durchbrochen: für das Skylight der Kajüte und die Laufbrücke, die Luke vorn über dem winzigen Vorderkastell und die kleine Luke achtern, die zum Vorratsraum führte, ohne daß jedoch Querbalken durchschnitten worden waren.

Und auf diesem kleinen Deck befanden sich außer der Besatzung die »retournierten« Nigger von drei ausgedehnten Plantagen. Unter »retourniert« ist zu verstehen, daß ihr dreijähriger Arbeitskontrakt abgelaufen war, und daß sie vertragsgemäß in ihre Heimatsdörfer auf der wilden Insel Malaita zurückgeschickt wurden. Zwanzig von ihnen – alles gute Bekannte von Jerry – waren von Meringe; dreißig kamen von der Bucht der tausend Schiffe auf den Russellinseln, und die übrigen zwölf von Pennduffryn an der Ostküste von Guadalcanar. Zu diesen – die sich sämtlich, in ihren merkwürdigen kreischenden Falsettstimmen schwatzend und quiekend, an Deck befanden – kamen dann noch zwei Weiße: Kapitän Van Horn und sein dänischer Steuermann Borckman, insgesamt also neunundsiebzig Seelen.

»Dachte schon, Sie hätten's im letzten Augenblick bereut«, lautete Kapitän Van Horns Gruß, und ein freudiger Schimmer leuchtete in seinen Augen auf, als er Jerry bemerkte.

»Es hätte auch nicht viel gefehlt«, antwortete Tom Haggin. »Und für einen andern hätte ich's auch nicht getan, so wahr ich lebe. Jerry ist der beste vom ganzen Wurf, abgesehen natürlich von Michael, denn die beiden sind die einzigen, die noch übrig sind, und sie sind nicht besser als die, die weg sind, Kathleen war ein Prachthund, das Ebenbild Biddys, wenn sie am Leben geblieben wäre. – Hier, nehmen Sie'n.«

Mit einem schnellen Entschluß legte er Jerry Van Horn in die Arme, drehte sich um und schritt das Deck entlang.

»Aber wenn ihm was zustößt, vergeb' ich's Ihnen nie, Schiffer«, rief er barsch über die Schulter zurück.

»Dann müssen sie erst meinen Kopf nehmen«, lachte der Schiffer.

»Auch nicht unmöglich, mein tapferer Kamerad«, knurrte Haggin. »Meringe schuldet Somo vier Köpfe, drei infolge Dysenterie und einen durch einen Baum, der vor knapp vierzehn Tagen auf ihn fiel. Es war noch dazu der Sohn eines Häuptlings.«

»Ja, und dazu kommen noch zwei Köpfe, die die Arangi Somo schuldet«, nickte Van Horn. »Sie werden sich erinnern: Voriges Jahr im Süden ging ein Bursche namens Hawkins in seinem Walboot auf dem Wege durch die Arli-Passage verloren.« Haggin, der jetzt über das Deck zurückkam, nickte. »Zwei von seiner Besatzung waren Somoleute. Ich hatte sie für die Uri-Plantage rekrutiert. Mit ihnen macht das sechs Köpfe, die die Arangi schuldet. Aber wenn schon, es gibt ein Salzwasserdorf drüben an der Wetterseite, wo die Arangi achtzehn schuldig ist. Ich rekrutierte sie für Aolo, und als Salzwasserleute wurden sie auf die »Sandfliege« gesteckt, die auf dem Wege nach Santa Cruz verlorenging. Ich habe ein schönes Konto dort an der Wetterküste, und, wahrhaftig, der Bursche, der meinen Kopf kriegt, wird ein zweiter Carnegie! Hundertundfünfzig Schweine und Muschelgeld ohne Ende hat das Dorf gesammelt für den, der mich kriegt und ausliefert.«

»Aber das haben sie nicht – bis jetzt«, schnaubte Haggin.

»Ich hab' keine Angst!« lautete die zuversichtliche Antwort.

»Das hat Arbuckle auch immer gesagt«, tadelte ihn Haggin. »Wie oft hab' ich das von ihm zu hören gekriegt. Armer alter Arbuckle. Der zuverlässigste und vorsichtigste Bursche, der je mit Niggern gehandelt hat. Er legte sich nie schlafen, ohne eine ganze Schachtel Nägel auf dem Fußboden auszustreuen, und wenn es keine Nägel gab, nahm er zusammengeknüllte Zeitungen. Ich weiß noch genau, wie wir einmal in Florida unter einem Dach schliefen und ein großer Kater eine Küchenschabe zwischen den Zeitungen jagte. Und da ging es piff, paff, puff mit seinen großen Reiterpistolen, zweimal sechs Schuß, und das Haus war durchlöchert wie ein Sieb. Einen toten Kater gab es übrigens auch. Er konnte im Dunkeln schießen, ohne zu zielen, drückte mit dem Mittelfinger ab und fand die Richtung, indem er den Zeigefinger auf den Lauf legte. Nein, mein Lieber! Es war nicht zu spaßen mit ihm. Der Nigger, der seinen Kopf kriegen konnte, schien noch nicht geboren. Aber sie kriegten ihn doch. Sie kriegten ihn. Vierzehn Jahre hielt er aus. Es war sein Küchenboy. Holte ihn sich vor dem Frühstück. Und ich entsinne mich noch gut, wie wir zum zweitenmal in den Busch zogen, um zu holen, was von ihm übriggeblieben war.«

»Ich sah seinen Kopf, nachdem sie ihn dem Kommissar von Tulagi übergeben hatten«, warf Van Horn ein.

»Und solch ein friedlicher, ruhiger, ganz alltäglicher Ausdruck lag auf seinem Gesicht, ganz mit dem alten Lächeln, das ich tausendmal gesehen hatte. Es war darauf eingetrocknet, als sie ihn über dem Feuer dörrten. Aber sie kriegten ihn, wenn es auch vierzehn Jahre dauerte. Mancher Kopf geht immer wieder nach Malaita, ohne abgehauen zu werden, aber schließlich geht's ihm wie dem Kruge; er kommt ohne Henkel nach Hause.«

»Ich werde schon mit ihnen fertig werden«, beharrte der Kapitän. »Wenn der Spektakel losgeht, gehe ich geradeswegs auf sie los und erzähl' ihnen was. Das begreifen sie nicht. Glauben, ich hab' irgend 'ne mächtige Teufel-Teufel-Medizin.«

Tom Haggin reichte ihm plötzlich die Hand zum Abschied, hütete sich aber, seinen Blick auf Jerry in den Armen des andern fallen zu lassen.

»Achten Sie auf meine Retournierten,« ermahnte er ihn, als er über die Schiffseite kletterte, »bis Sie den letzten von ihnen an Land gesetzt haben. Die Nigger haben keine Ursache, Jerry oder sein Geschlecht zu lieben, und ich möchte nicht, daß ihm etwas von ihrer Hand zustößt. Im Dunkel der Nacht kann es sehr leicht geschehen, daß er über Bord verschwindet. Lassen Sie kein Auge von ihm, ehe sie den letzten los sind.«

Als Jerry sah, daß Herr Haggin ihn verließ und im Walboot wegfuhr, wurde er unruhig und gab seine Angst in einem leisen Winseln zu erkennen. Kapitän Van Horn drückte ihn an sich und streichelte ihn mit der freien Hand.

»Vergessen Sie nicht die Abmachung«, rief Tom Haggin über das Wasser herüber. »Wenn Ihnen etwas zustößt, soll Jerry wieder zu mir zurückkommen.«

»Ich werde ein Dokument darüber aufsetzen und es bei den Schiffspapieren verwahren«, lautete die Antwort Van Horns.

Zu dem reichen Wortschatz Jerrys gehörte auch sein eigner Name, und als die beiden Männer miteinander sprachen, hatte er ihn verschiedentlich gehört. Er hatte daher eine unklare Ahnung, daß die Unterredung sich auf das unklare und nicht zu erratende Etwas bezog, das ihm widerfahren sollte. Er wurde immer unruhiger, und Van Horn setzte ihn auf das Deck. Er sprang an die Reling, schneller, als man von einem unbeholfenen sechs Monate alten Hündchen hätte erwarten sollen, und auch der schnelle Versuch Van Horns, ihn zu halten, nutzte nichts. Aber er prallte zurück vor dem offenen Wasser, das gegen die Seite der Arangi schlug. Das Tabu war über ihm. Das Bild des treibenden Baumstamms, der kein Baumstamm, sondern ein lebendes Wesen war, erwachte plötzlich in seinem Kopfe und hielt ihn zurück. Es war nicht die Vernunft, sondern das zur Gewohnheit gewordene Verbot.

Er setzte sich auf seinen Stummelschwanz, hob die goldbraune Schnauze zum Himmel und stieß ein langgezogenes Welpengeheul aus, das Schrecken und Kummer ausdrückte.

»Schon gut, Jerry, alter Junge, nimm dich zusammen und sei ein Mann«, suchte Van Horn ihn zu beruhigen.

Aber Jerry wollte sich nicht trösten lassen. War dies auch zweifellos ein weißhäutiger Gott, so war es doch nicht sein Gott. Herr Haggin war sein Gott, und ein höherer Gott noch dazu. Selbst er erkannte das, ohne weiter darüber nachzudenken. Sein Herr Haggin trug Hosen und Schuhe. Dieser Gott neben ihm auf dem Deck glich mehr einem Schwarzen. Nicht allein, daß er keine Hosen trug und barfüßig und barbeinig ging, er hatte um die Lenden, gerade wie ein Schwarzer, einen strahlend bunten Schurz, der wie ein Schottenrock fast bis auf die sonnenverbrannten Knie fiel.

Kapitän Van Horn war ein stattlicher Mann und ein Mann, der Eindruck machte, was Jerry allerdings nicht wußte. Wenn je ein Holländer aus einem Rembrandtschen Bilde getreten ist, so war es Kapitän Van Horn, trotz der Tatsache, daß er in New York geboren war, wie seine Knickerbocker-Vorfahren vor ihm bis zurück zu jener Zeit, da New York noch nicht New York, sondern New Amsterdam hieß. Um seine Kleidung zu vervollständigen, trug er auf dem Kopfe einen großen, weichen Filzhut von entschieden Rembrandtscher Wirkung, der schief auf dem einen Ohr saß; eine weißbaumwollene Fünfzigpfennigunterjacke bedeckte seinen Oberkörper, und von einem Gürtel um seinen Leib baumelten ein Tabaksbeutel, ein Klappmesser, einige Patronenbündel und eine riesige automatische Pistole in einem Lederhalfter herab.

Am Strande erhob Biddy, die eine Zeitlang ihren Kummer unterdrückt hatte, von neuem ihre Stimme, als sie das Winseln Jerrys hörte. Und Jerry, der einen Augenblick innehielt, um zu lauschen, hörte Michael neben ihr herausfordernd über das Wasser bellen und sah, ohne sich dessen bewußt zu sein, Michaels welkes Ohr, das wie stets aufwärts zeigte. Während Kapitän Van Horn und Steuermann Borckman Befehle erteilten, und während Großsegel und Besan der Arangi hochzugehen begannen, machte Jerry dem ganzen Weh seines Herzens Luft in einer Klage, die am Ufer Bob Derby gegenüber »die hervorragendste Gesangsleistung« nannte, die er je von einem Hund gehört hätte, und die, wäre der Ton etwas voller gewesen, Caruso Ehre gemacht hätte. Aber dieser Gesang war zuviel für Haggin, der, sobald er wieder an Land war, Biddy pfiff und sich schnell vom Strande entfernte.

Als Jerry sie verschwinden sah, ergab er sich einigen noch carusoartigeren Leistungen, zum größten Vergnügen eines aus Pennduffryn Retournierten, der neben ihm stand. Er verlachte und höhnte Jerry mit einem Falsettlachen, das eher an die Laute der Bewohner von Dschungelbäumen, halb Vogel und halb Mensch, erinnerte als an einen Menschen, der ganz Mensch und daher Gott war. Das wirkte auf Jerry als ein ausgezeichnetes Gegengift. Der Zorn, daß ein gewöhnlicher

Nigger ihn auslachte, überwältigte Jerry, und im nächsten Augenblick hatten seine nadelscharfen Welpenzähne dem verblüfften Neger lange parallele Schrammen in den bloßen Schenkel gerissen, aus denen sofort das Blut drang. Der Neger sprang erschrocken beiseite, aber in Jerrys Adern rollte das Blut von Terrence, dem Prächtigen, und wie sein Vater es vor ihm getan, ließ er nicht nach, ehe er auch den andern Schenkel des Schwarzen mit einem roten Muster versehen hatte.

In diesem Augenblick war der Anker gelichtet, das Großsegel gesetzt, und Kapitän Van Horn, dessen scharfem Blick keine Einzelheit des Zwischenfalls entgangen war, wandte sich, nachdem er dem schwarzen Rudergast einen Befehl erteilt hatte, um Jerry Beifall zu spenden.

»Immer los, Jerry!« feuerte er ihn an. »Krieg ihn! Nieder mit ihm! Auf ihn! Krieg ihn! Krieg ihn!«

Um sich zu verteidigen, trat der Neger nach Jerry, der, statt wegzulaufen, vorwärtsging – auch ein Erbteil von Terrence –, dem nackten Fuß auswich und das schwarze Bein mit einer neuen Reihe roter Striche versah. Das war zuviel, und der Schwarze, der mehr Van Horn als Jerry fürchtete, machte kehrt und floh nach vorn, wo er auf die acht Lee-Enfield-Gewehre kletterte, die unter Bewachung eines Mannes von der Besatzung oben auf dem Kajütsskylight lagen. Jerry stürmte zum Skylight, sprang hoch und fiel wieder zurück, bis Kapitän Van Horn ihn zu sich rief.

»Ein richtiger Niggerjäger, dies Hündchen, ein richtiger Niggerjäger!« vertraute Van Horn Borckman an, während er sich niederbeugte, um Jerry zu streicheln und ihm das wohlverdiente Lob zu erteilen.

Und unter der liebkosenden Hand dieses Gottes – das war er ja, wenn er auch keine Hosen trug – vergaß Jerry für einen Augenblick das Schicksal, das ihn betroffen hatte.

»Das ist ein Löwenhund – mehr ein Airedale als ein irischer Terrier«, sagte Van Horn, immer noch Jerry streichelnd, zu seinem Steuermann. »Sehen Sie, wie groß er schon ist. Sehen Sie sich den Knochenbau an. Was für eine Brust! Aus dem wird mal was! Den sollen Sie mal sehen, wenn er erst in das richtige Verhältnis zu seinen Beinen hineingewachsen ist!«

Jerry war gerade sein Kummer wieder eingefallen, und er wollte an die Reling stürzen, um nach Meringe zu starren, das von Sekunde zu Sekunde ferner und kleiner wurde, als ein Stoß des Südostpassats die Segel traf und die Arangi niederpreßte. Und das Deck hinab, das augenblicklich einen Winkel von fünfundvierzig Grad bildete, glitt und rutschte Jerry, während seine Krallen vergebens einen Halt auf der glatten Fläche suchten. Er landete am Fuße des Besanmastes, während Kapitän Van Horn, dessen scharfes Seemannsauge den Korallenflecken vor dem Bug sah, den Befehl »Hart Lee!« gab.

Borckman und der schwarze Rudergast wiederholten den Befehl, das Rad drehte sich, die Arangi schwang sich wie durch Zauberei in den Wind und richtete sich sofort wieder auf, während die Vorsegel flatterten und die Schoote hinüberschossen.

Jerry, dessen Gedanken noch in Meringe weilten, benutzte das wiedergewonnene Gleichgewicht, um sich zusammenzunehmen und an die Reling zu laufen. Aber er wurde durch das Krachen der Großschootblöcke gegen den schweren Deckbügel abgelenkt, als das Großsegel, prall im Winde, mit einem mächtigen Schwung über ihn hinwegfuhr. Er entging dem Segel durch einen wilden Sprung (der allerdings nicht den übertraf, den Van Horn machte, um ihm zu Hilfe zu kommen) und befand sich nun direkt unter dem Großbaum, während das mächtige Segel über ihm aufragte, als ob es im nächsten Augenblick niederstürzen und ihn zerschmettern wollte.

Es war die erste Erfahrung, die Jerry mit einem Segel machte. Er kannte diese Tiere nicht und noch weniger ihre Lebensweise, aber in ihm war noch aus der Zeit seiner frühesten Jugend die flammende Erinnerung an den Habicht lebendig, der aus den Wolken herab mitten auf den Hof geschossen war. Und in Erwartung dieses furchtbaren drohenden Stoßes kauerte er sich auf dem Deck zusammen. Über ihm, wie ein Blitz aus heiterem Himmel, war ein geflügelter Habicht, unfaßbar größer als der, dem er einst begegnet war. Aber in seinem Zusammenkauern lag keine Furcht. Es war nur ein Spannen, ein Sammeln aller Kräfte unter der Herrschaft seines Willens zum Sprung, um diesem ungeheuren, drohenden Etwas entgegenzugehen. Aber im Bruchteil einer Sekunde, so schnell, daß Jerry nicht einmal dazu kam, den Schatten dieses Dinges zu erreichen, war das Großsegel mit einem erneuten Krachen der Blöcke gegen den Bügel hinübergeschwungen und blähte sich auf der andern Halse. Van Horn war nichts davon entgangen. Er hatte schon früher junge Hunde gesehen, die über ihre erste Begegnung mit dem windfangenden, himmelverdunkelnden, schattenwerfenden Segel so erschrocken waren, daß sie fast Krämpfe bekamen. Dies war der erste Hund, den er unerschrocken mit gefletschten Zähnen springen sah, um sich mit dem mächtigen Unbekannten zu messen.

Von unmittelbarer Bewunderung erfüllt, hob Van Horn Jerry auf und nahm ihn auf den Arm.

Erst als ihn Herr Haggin unter den einen Arm nahm und mit ihm das Achterende des wartenden Walbootes betrat, ahnte Jerry, daß ihm etwas Unangenehmes bevorstand. Herr Haggin war Jerrys geliebter Herr, und war sein geliebter Herr die ganzen sechs Monate seines Lebens gewesen. Jerry kannte Herrn Haggin nicht als »Herr«, denn der Ausdruck »Herr« fand sich nicht im Wortschatz Jerrys, der ein glatthaariger, goldbrauner irischer Terrier war.

Aber in Jerrys Wortschatz hatte »Herr Haggin« doch einen ebenso bestimmten Klang und Sinn, wie ihn das Wort »Herr« im Wortschatz der Menschen in bezug auf ihre Hunde besitzt. »Herr Haggin« war das Geräusch, das Jerry stets von Bob, dem Buchhalter, und Derby, dem Vorarbeiter der Plantage, hatte hervorbringen hören, wenn sie seinen Herrn ansprachen. Ferner hatte Jerry stets die männlichen Zweibeiner, die gelegentlich einmal die Plantage besuchten, wie zum Beispiel die, die jetzt mit der Arangi gekommen waren, seinen Herrn als »Herr Haggin« anreden hören.

Aber Hunde sind nun einmal Hunde, und in ihrer unklaren, wortlosen, prachtvollen Heldenverehrung schätzen sie die Menschen nicht richtig ein, denken von ihren Herren besser und lieben sie mehr, als den Tatsachen angemessen wäre. »Herr«, wie Jerry »Herr Haggin« auffaßte, bedeutet für sie mehr, weit mehr als für Menschen. Der Mensch betrachtet sich selbst als Herrn seines Hundes, aber der Hund sieht in seinem Herrn »Gott«.

Nun befand sich allerdings das Wort »Gott« ebensowenig in Jerrys Wortschatz, trotz der Tatsache, daß er bereits einen bestimmten und recht umfangreichen Wortschatz besaß. »Herr Haggin« war der Klang, der »Gott« bedeutete. In Jerrys Herz und Kopf, in dem geheimnisvollen Mittelpunkt der ganzen Bewußtsein genannten Vorgänge, nahm der Klang »Herr Haggin« denselben Platz ein, wie »Gott« im menschlichen Bewußtsein. Durch Wort und Klang verband sich für Jerry mit »Herr Haggin« dieselbe Vorstellung wie für den gottesfürchtigen Menschen mit »Gott«. Kurz: Herr Haggin war Jerrys Gott.

Und als daher Herr Haggin, oder Gott, oder wie man ihn nun in der Beschränkung, die die Sprache einem auferlegt, nennen will, als er plötzlich Jerry mit unwiderstehlicher Gewalt unter den Arm nahm und in das Walboot stieg, dessen schwarze Besatzung sich unmittelbar darauf in die Riemen legte, hatte Jerry sofort ein ängstliches Gefühl, daß etwas Ungewöhnliches geschah. Noch nie war er an Bord der Arangi gewesen, die er jedesmal, wenn die Riemen der Schwarzen plätschernd durchs Wasser strichen, größer werden und näher kommen sah.

Erst vor einer Stunde war Jerry vom Plantagenhaus nach dem Strande gekommen, um die Arangi abfahren zu sehen. Zweimal hatte er in seinem halbjährigen Leben dieses prachtvolle Erlebnis gehabt. Und prachtvoll war es wirklich, an dem weißen Korallenstaubstrande hin und her zu laufen und sich unter der weisen Führung von Biddy und Terrence an dem Herumtollen zu beteiligen und es sogar noch, zu vermehren.

Da war die Niggerjagd. Jerry war der Haß gegen die Nigger angeboren. Das erste, was er als wimmernder Welpe auf der Welt gelernt hatte, war die Tatsache, daß Biddy, seine Mutter, und sein Vater Terrence die Nigger haßten. Ein Nigger war etwas, das man anknurrte. Ein Nigger, der nicht zum Haushalt gehörte, war etwas, das angefallen, gebissen und zerrissen werden mußte, wenn es sich erfrechte, dem Hause zu nahe zu kommen. Das tat Biddy. Das tat Terrence. Und indem sie es taten, dienten sie ihrem Gott – Herrn Haggin. Nigger waren tieferstehende zweibeinige Geschöpfe, die für ihre zweibeinigen weißen Gebieter arbeiteten und fronten, weit fort in den Arbeiterbaracken wohnten und soviel geringer und tieferstehend waren, daß sie nicht wagen durften, der Wohnung ihres Herrn nahe zu kommen.

Und Niggerjagd war ein Abenteuer. Das hatte Jerry fast ebenso schnell gelernt, wie er laufen gelernt hatte. Man nahm die Gelegenheit wahr. Solange Herr Haggin, Derby oder Bob dabei war, ließen sich die Nigger das Gejagtwerden gefallen. Aber es kam vor, daß die weißen Herren nicht dabei waren. Dann hieß es: »Hüte dich vor den Niggern!« Man mußte vorsichtig sein, wenn man jagte. Denn dann, wenn die weißen Herren es nicht sahen, hatten die Nigger die Gewohnheit, nicht nur finster dreinzublicken und zu murren, sondern vierbeinige Hunde mit Steinen und Knüppeln anzugreifen. Jerry hatte gesehen, wie seine Mutter auf diese Weise mißhandelt wurde, und ehe Jerry Vorsicht gelernt hatte, war er selbst in dem hohen Gras vermöbelt worden von Godarmy, dem Schwarzen, der an einer aus Kokosfaser geflochtenen Schnur einen porzellanenen Türknauf um den Hals trug. Ja, mehr noch: Jerry erinnerte sich eines andern Erlebnisses im hohen Grase, als er und sein Bruder Michael mit Owmi gekämpft hatten, einem andern Schwarzen, der leicht kenntlich war an den Zahnrädern einer Weckuhr auf seiner Brust. Michael hatte einen so heftigen Schlag auf den Kopf erhalten, daß sein linkes Ohr Schaden gelitten hatte, einschrumpfte und merkwürdig gefühllos wurde und jetzt stolz nach oben gedreht war.

Und mehr noch: Sein Bruder Patsy und seine Schwester Kathleen waren seit zwei Monaten verschwunden, hatten einfach aufgehört zu sein. Der große Gott, Herr Haggin, hatte die Plantage von einem Ende zum andern durchsucht. Der ganze Busch war durchforscht, ein halbes Dutzend Nigger waren ausgepeitscht worden. Aber Herr Haggin hatte das Mysterium von Patsys und Kathleens Verschwinden nicht aufklären können. Biddy und Terrence jedoch wußten Bescheid. Und Michael und Jerry auch. Die vier Monate alten Hündchen waren in den Kochtopf in der Baracke gewandert, und ihr weicher Welpenpelz war vom Feuer verzehrt worden. Das wußte Jerry ebensogut wie sein Vater, seine Mutter und sein Bruder, denn sie hatten den unverkennbaren Geruch von verbranntem Fleisch gespürt, und Terrence hatte in seiner Wut Mogam, den Hausburschen, angefallen und war von Herrn Haggin ausgescholten und verprügelt worden, der nichts gerochen hatte und nichts verstand, und der stets strenge Disziplin unter allen Geschöpfen halten mußte, die sich unter seinem Dache befanden. Aber am Strande, wenn die Schwarzen, deren Dienstzeit abgelaufen war, mit ihren Warenkisten auf dem Kopfe kamen, um mit der Arangi abzufahren, war die Niggerjagd nicht mit Gefahr verbunden. Alte Zechen konnten beglichen werden, und es war die letzte Gelegenheit, denn die Schwarzen, die mit der Arangi abfuhren, kamen nie wieder. Heute zum Beispiel fuhr Biddy, die die Behandlung, die ihr von Seiten Lerumies zuteil geworden war, nicht vergessen hatte, mit den Zähnen in seinen bloßen Schenkel, daß er kopfüber mit Warenkiste und all seiner irdischen Habe ins Wasser stürzte, und dann lachte sie ihn aus, des Schutzes von Herrn Haggin sicher, der lachend dabeistand.

Ferner war auf der Arangi gewöhnlich wenigstens ein Buschhund, den Jerry und Michael vom Strande aus so anbellten, daß sie sich fast das Maul verrenkten. Einmal hatte Terrence, der fast ebenso groß und sicher ebenso mutig wie ein Airedale-Terrier war – Terrence, der Prächtige, wie Tom Haggin ihn nannte –, einen solchen Buschhund am Strande erwischt und ihm eine wundervolle Tracht Prügel verabreicht, wozu Jerry und Michael sowie Patsy und Kathleen, die damals noch lebten, mit heftigem Kläffen und scharfem Schnappen ihr Teil beigetragen hatten. Jerry hatte nie seine Begeisterung über das Haar vergessen – es roch unverkennbar nach Hund –, das nach seinem einzigen erfolgreichen Zuschnappen sein Maul gefüllt hatte. Die Buschhunde waren zwar auch Hunde – er erkannte sie als seine Art an; aber sie unterschieden sich doch irgendwie von seiner eignen stolzen Rasse, waren anders und geringer, gerade wie die Schwarzen sich von Herrn Haggin, Derby und Bob unterschieden.

Aber Jerry starrte nicht weiter auf die sich nähernde Arangi. Biddy, durch frühere bittere Verluste klug geworden, hatte sich, die Vorderpfoten im Wasser, an den Strand gesetzt und machte ihrem Schmerz durch lautes Heulen Luft. Daß das Jerry betraf, wußte dieser, denn der Kummer zerrte sehr scharf an seinem gefühlvollen, leidenschaftlichen Herzen, wenn ihm die Ursache auch nicht ganz klar war.

Was bevorstand, wußte er nicht, außer, daß es ein Unglück, eine Katastrophe war, die mit ihm zusammenhing. Und als er sich jetzt umsah und sie am Strande erblickte, rauhhaarig und unglücklich, konnte er auch Terrence sehen, der sich besorgt in der Nähe hielt. Auch er war rauhhaarig, ebenso wie Michael, und wie auch Patsy und Kathleen gewesen; Jerry war das einzige glatthaarige Mitglied der Familie.

Ferner war Terrence, was zwar Jerry nicht, wohl aber Tom Haggin wußte, ein königlicher Liebhaber und ergebener Gatte. Einer der Eindrücke Jerrys war, wie Terrence mit Biddy meilenweit den Strand entlang oder durch die Kokospalmenalleen laufen konnte, beide vor Freude lachend. Außer seinen Brüdern und Schwestern und den verschiedenen Buschhunden, die sich hin und wieder einmal zeigten, waren sie die einzigen Hunde, die Jerry kannte, und so dachte er, daß Hunde eben so sein müßten: Er und sie – verheiratet und treu. Tom Haggin aber wußte, wie ungewöhnlich das war. »Eine reine Liebesheirat«, erklärte er immer wieder mit warmer Stimme und feuchten Augen. »Er ist ein Gentleman, der Terrence, ein richtiger vierbeiniger Mann. Ein Mannshund, wenn es je einen gegeben hat, und treu wie Gold. Und gewaltig! Donnerwetter! Sein Blut ist durch tausend Generationen rein erhalten, und dazu hat er einen kühlen Kopf und ein warmes, tapferes Herz!«

Wenn Terrence Kummer fühlte, so verlieh er ihm jedenfalls keinen Ausdruck, aber der Umstand, daß er sich andauernd in Biddys Nähe hielt, zeigte seine Sorge um sie. Michael jedoch, der von seiner Mutter angesteckt war, saß neben ihr und kläffte ebenso wütend über den immer breiter werdenden Wasserstreifen hinüber, wie er jede Gefahr angekläfft haben würde, die im Dschungel kroch und raschelte. Auch das schnitt Jerry ins Herz, und dazu kam noch das sichere Gefühl, daß ein trauriges Schicksal – er wußte nicht welches – seiner wartete.

Für seine sechs Monate wußte Jerry einerseits ein ganz Teil und anderseits doch wieder sehr wenig. Er wußte, ohne darüber nachzudenken und ohne sich seines Wissens bewußt zu sein, warum Biddy, die doch ebenso klug wie tapfer war, nicht ganz dem Gebot ihres Herzens folgte, ins Wasser sprang und ihm nachschwamm. Wie eine Löwin hatte sie ihn verteidigt, als der große Puarka (was in Jerrys Wortschatz zusammen mit Grunzen und Quieken die Lautverbindung oder das Wort für »Schwein« war) versucht hatte, ihn zu fressen, als er unter dem auf hohen Pfählen erbauten Plantagenhaus eingeklemmt gewesen war. Und wie eine Löwin war Biddy, als der Küchenboy ihn mit einem Stock geschlagen hatte, um ihn aus der Küche zu vertreiben, auf den Schwarzen losgesprungen, hatte, ohne mit der Wimper zu zucken, einen Schlag mit dem Stock entgegengenommen und ihn dann zu Boden geworfen, daß er sich zwischen seinen Töpfen und Pfannen wälzte, bis sie (zum ersten Male knurrend) von Herrn Haggin fortgezogen wurde, der gar nicht schalt, sondern sogar dem Küchenboy eine scharfe Rüge erteilte, weil er gewagt hatte, die Hand gegen den vierbeinigen Hund eines Gottes zu erheben.

Jerry wußte, warum seine Mutter sich nicht ins Wasser stürzte und ihm nachschwamm. Das salzige Meer sowohl wie die Lagunen, die mit dem salzigen Meer in Verbindung standen, waren tabu. »Tabu« hatte als Wort und Klang keinen Platz in Jerrys Wortschatz. Aber die Bedeutung, der Sinn war äußerst lebendig in seinem Bewußtsein. Er wußte dunkel und unklar, aber unwiderleglich, daß es nicht nur nichts Gutes, sondern etwas höchst Unheilvolles war. Es führte zu dem undeutlichen Gefühl, daß es für einen Hund einfach ein Ende mit Schrecken bedeutete, ins Wasser zu gehen, wo, zuweilen an der Oberfläche, zuweilen aus der Tiefe auftauchend, große schuppige Ungeheuer mit riesigen Kiefern und schrecklichen Zähnen schlüpften, glitten und lautlos ruderten, Ungeheuer, die einen Hund im Nu schnappten und verschlangen, wie Herrn Haggins Hühner Körner schnappten und verschlangen.

Oft hatte er seinen Vater und seine Mutter vom sicheren Strande aus in ihrem Haß diese schrecklichen Ungeheuer wütend anbellen hören, wenn sie, dicht am Strande, wie treibende Baumstämme an der Oberfläche erschienen. »Krokodil« gehörte nicht zu Jerrys Wortschatz. Es war ein Bild, das Bild eines treibenden Baumstammes, der sich von andern Baumstämmen dadurch unterschied, daß er lebendig war. Jerry hörte, merkte sich und erkannte viele Wörter, die für ihn genau solche Gedankenwerkzeuge waren, wie sie es für die Menschen sind, da ihm aber von Geburt und Art die Sprache fehlte, konnte er sich nicht in diesen vielen Wörtern ausdrücken. Dennoch gebrauchte er in seinen Denkprozessen Bilder, ganz wie sprachbegabte Menschen in ihren eignen Denkprozessen Wörter gebrauchen. Und schließlich gebrauchen ja auch sprachbegabte Menschen, ob sie wollen oder nicht, wenn sie denken, Bilder, die Wörtern entsprechen und sie ergänzen. Vielleicht erweckte in Jerrys Gehirn das Bild eines treibenden Baumstamms eine deutlichere und umfassendere Vorstellung, als das Wort »Krokodil« und das begleitende Bild es in dem menschlichen Bewußtsein tun. Denn Jerry wußte wirklich mehr von Krokodilen als der Mensch im allgemeinen. Er konnte ein Krokodil aus größerer Entfernung riechen und von andern Geschöpfen unterscheiden als irgendein Mensch, ja selbst ein Salzwasserneger oder ein Buschmann. Er wußte, wenn ein aus der Lagune aufgetauchtes Krokodil ohne Laut und Bewegung und vielleicht schlafend hundert Fuß entfernt auf dem Boden der Dschungel ruhte.

Er wußte mehr von der Sprache der Krokodile als irgendein Mensch. Er hatte bessere Vorbedingungen für sein Wissen. Er kannte ihre vielen Laute, die aus Grunzen und Schlürfen bestanden. Er kannte ihre Wutlaute, ihre Furchtlaute, ihre Freßlaute, ihre Liebeslaute. Und diese Laute waren ein ebenso ausgesprochener Teil seines Wortschatzes wie Wörter in dem eines Menschen. Und diese Krokodillaute waren Gedankenwerkzeuge. Nach ihnen erwog, beurteilte und bestimmte er seine eigne Handlungsweise, genau wie ein Mensch; oder er entschloß sich wie irgendein Mensch, aus Faulheit überhaupt nichts zu tun, sondern nur aufzupassen und sich klarzumachen, was um ihn her vorging und keine entsprechende Handlung von seiner Seite erforderte. Und doch gab es sehr vieles, das Jerry nicht wußte. Er kannte nicht die Größe der Welt. Er wußte nicht, daß die Meringe-Lagune mit ihrem Hintergrund von hohen Wäldern und ihrem schützenden Kranz von kleinen Koralleninseln keineswegs die ganze Welt war. Er wußte nicht, daß sie nur ein Bruchteil der großen Isabelinsel, und daß diese wiederum nur eine von tausend Inseln war, von denen viele größer waren, und die alle zusammen die Salomoninseln ausmachten, welche die Menschen auf der Karte durch eine Gruppe von Pünktchen auf der unendlichen Weite des Stillen Ozeans bezeichnet haben.

Er hatte allerdings eine unklare Vorstellung, daß es darüber hinaus oder jenseits noch irgend etwas gab. Aber was das war, blieb ihm ein Mysterium. Es konnten plötzlich Dinge dorther kommen, die zuvor nicht gewesen waren. Hühner und Puarkas und Katzen, die er nie zuvor gesehen, hatten eine merkwürdige Art und Weise, unversehens auf der Meringe-Plantage zu erscheinen. Einmal hatte sogar eine Invasion von seltsamen vierbeinigen gehörnten und haarigen Geschöpfen stattgefunden, deren Bild, das er in seinem Gehirn registriert hatte, im menschlichen Gehirn mit dem Worte »Ziege« zusammengefallen wäre.

Ebenso war es mit den Schwarzen. Aus dem Unbekannten, dem Irgendwo und Irgendwas, das für ihn zu unbestimmt war, als daß er etwas davon hätte wissen können, erschienen sie plötzlich ganz ausgewachsen, ergingen sich auf der Meringe-Plantage mit Lendenschurz und Knochenpfriemen durch die Nase und wurden von Herrn Haggin, Derby und Bob an die Arbeit geschickt. Daß ihr Erscheinen mit der Ankunft der

Arangi zusammenfiel, war eine Gedankenverknüpfung, die als etwas ganz Selbstverständliches in Jerrys Kopf entstand. Aber er zerbrach sich nicht weiter den Kopf darüber, nur daß sich eine weitere Gedankenverknüpfung damit verband, nämlich, daß ihr gelegentliches Verschwinden ins Jenseits ebenfalls mit der Abfahrt der Arangi zusammenfiel.

Jerry forschte nicht nach den Zusammenhängen dieses Erscheinens und Verschwindens. Es fiel ihm nie ein, sich seinen goldbraunen Kopf mit der Lösung dieses Rätsels zu beschweren. Er nahm es als eine Selbstverständlichkeit hin, wie er die Nässe des Wassers und die Wärme der Sonne hinnahm. So war nun einmal das Leben und die Welt, die er kannte. Er hatte nur die unbestimmte Vorstellung, daß etwas existierte – was, nebenbei, vollkommen der unbestimmten Vorstellung der meisten Menschen von den Mysterien von Geburt und Tod und dem Jenseits entspricht, die sie nicht zu fassen vermögen. Wer könnte übrigens sagen, ob nicht die Jacht Arangi, die als Handels- und »Sklavenschiff« zwischen den Salomoninseln fuhr, in Jerrys Bewußtsein dem geheimnisvollen Boot geglichen haben mag, das den Verkehr zwischen zwei Welten vermittelte, wie einmal das Boot, das nach der Meinung der Menschen von Charon über den Styx gerudert wurde. Aus dem Nichts kamen Menschen. Ins Nichts gingen sie. Und sie kamen und gingen stets mit der Arangi.

Und zur Arangi fuhr Jerry an diesem weißglühenden Tropenmorgen im Walboot unter Herrn Haggins Arm, während Biddy am Strande wehklagte und Michael, dem jede Spitzfindigkeit fremd war, dem Unbekannten den ewigen Trotz der Jugend entgegenschleuderte.

Aus dem Walboot über die niedrige Seite der Arangi und die sechszöllige Teakholzreling an Deck war nur ein Schritt, und Tom Haggin machte ihn leicht mit Jerry unterm Arm. Auf Deck befand sich eine aufregende Versammlung. Aufregend wäre sie für jeden unbereisten zivilisierten Menschen gewesen, und aufregend war sie für Jerry; für Tom Haggin und Kapitän Van Horn dagegen war es eine ganz alltägliche Sache.

Das Deck war klein, weil die Arangi klein war. Ursprünglich eine aus Teakholz erbaute Lustjacht mit Messingnägeln, Kupferhaut und eisernem Bodenbeschlag wie ein Kriegsschiff und einem Flossenkiel aus Bronze war sie für die »Sklavenjagd« und den Niggertransport zwischen den Salomoninseln verkauft. Mit Rücksicht auf das Gesetz nannte man das jedoch »Rekrutieren«.

Die Arangi war ein Arbeiterwerbeschiff, das die neu eingefangenen schwarzen Kannibalen von den entfernteren Inseln zur Arbeit nach den neuen Plantagen schaffte, wo weiße Männer feuchte, verpestende Sümpfe und Dschungeln in reiche, stattliche Kokospalmenhaine verwandelten. Die beiden Masten der Arangi bestanden aus Oregon-Zedernholz und waren so geputzt und gewachst, daß sie wie gelbbraune Opale im Sonnenglast schimmerten. Ihre außergewöhnlich großen Segel befähigten sie, wie der Teufel zu fahren, und gaben gelegentlich Kapitän Van Horn, seinem weißen Steuermann und seiner fünfzehnköpfigen schwarzen Besatzung alle Hände voll zu schaffen. Sie maß sechzig Fuß über Deck, und die Querbalken ihres Decks waren durch keine Aufbauten geschwächt. Nur an wenigen Stellen war das Deck durchbrochen: für das Skylight der Kajüte und die Laufbrücke, die Luke vorn über dem winzigen Vorderkastell und die kleine Luke achtern, die zum Vorratsraum führte, ohne daß jedoch Querbalken durchschnitten worden waren.

Und auf diesem kleinen Deck befanden sich außer der Besatzung die »retournierten« Nigger von drei ausgedehnten Plantagen. Unter »retourniert« ist zu verstehen, daß ihr dreijähriger Arbeitskontrakt abgelaufen war, und daß sie vertragsgemäß in ihre Heimatsdörfer auf der wilden Insel Malaita zurückgeschickt wurden. Zwanzig von ihnen – alles gute Bekannte von Jerry – waren von Meringe; dreißig kamen von der Bucht der tausend Schiffe auf den Russellinseln, und die übrigen zwölf von Pennduffryn an der Ostküste von Guadalcanar. Zu diesen – die sich sämtlich, in ihren merkwürdigen kreischenden Falsettstimmen schwatzend und quiekend, an Deck befanden – kamen dann noch zwei Weiße: Kapitän Van

Horn und sein dänischer Steuermann Borckman, insgesamt also neunundsiebzig Seelen.

»Dachte schon, Sie hätten's im letzten Augenblick bereut«, lautete Kapitän Van Horns Gruß, und ein freudiger Schimmer leuchtete in seinen Augen auf, als er Jerry bemerkte.

»Es hätte auch nicht viel gefehlt«, antwortete Tom Haggin. »Und für einen andern hätte ich's auch nicht getan, so wahr ich lebe. Jerry ist der beste vom ganzen Wurf, abgesehen natürlich von Michael, denn die beiden sind die einzigen, die noch übrig sind, und sie sind nicht besser als die, die weg sind, Kathleen war ein Prachthund, das Ebenbild Biddys, wenn sie am Leben geblieben wäre. – Hier, nehmen Sie'n.«

Mit einem schnellen Entschluß legte er Jerry Van Horn in die Arme, drehte sich um und schritt das Deck entlang.

»Aber wenn ihm was zustößt, vergeb' ich's Ihnen nie, Schiffer«, rief er barsch über die Schulter zurück.

»Dann müssen sie erst meinen Kopf nehmen«, lachte der Schiffer.

»Auch nicht unmöglich, mein tapferer Kamerad«, knurrte Haggin. »Meringe schuldet Somo vier Köpfe, drei infolge Dysenterie und einen durch einen Baum, der vor knapp vierzehn Tagen auf ihn fiel. Es war noch dazu der Sohn eines Häuptlings.«

»Ja, und dazu kommen noch zwei Köpfe, die die Arangi Somo schuldet«, nickte Van Horn. »Sie werden sich erinnern: Voriges Jahr im Süden ging ein Bursche namens Hawkins in seinem Walboot auf dem Wege durch die Arli-Passage verloren.« Haggin, der jetzt über das Deck zurückkam, nickte. »Zwei von seiner Besatzung waren Somoleute. Ich hatte sie für die Uri-Plantage rekrutiert. Mit ihnen macht das sechs Köpfe, die die Arangi schuldet. Aber wenn schon, es gibt ein Salzwasserdorf drüben an der Wetterseite, wo die Arangi achtzehn schuldig ist. Ich rekrutierte sie für Aolo, und als Salzwasserleute wurden sie auf die »Sandfliege« gesteckt, die auf dem Wege nach Santa Cruz verlorenging. Ich habe ein schönes Konto dort an der Wetterküste, und, wahrhaftig, der Bursche, der meinen Kopf kriegt, wird ein zweiter Carnegie! Hundertundfünfzig Schweine und Muschelgeld ohne Ende hat das Dorf gesammelt für den, der mich kriegt und ausliefert.«

»Aber das haben sie nicht – bis jetzt«, schnaubte Haggin.

»Ich hab' keine Angst!« lautete die zuversichtliche Antwort.

»Das hat Arbuckle auch immer gesagt«, tadelte ihn Haggin. »Wie oft hab' ich das von ihm zu hören gekriegt. Armer alter Arbuckle. Der zuverlässigste und vorsichtigste Bursche, der je mit Niggern gehandelt hat. Er legte sich nie schlafen, ohne eine ganze Schachtel Nägel auf dem Fußboden auszustreuen, und wenn es keine Nägel gab, nahm er zusammengeknüllte Zeitungen. Ich weiß noch genau, wie wir einmal in Florida unter einem Dach schliefen und ein großer Kater eine Küchenschabe zwischen den Zeitungen jagte. Und da ging es piff, paff, puff mit seinen großen Reiterpistolen, zweimal sechs Schuß, und das Haus war durchlöchert wie ein Sieb. Einen toten Kater gab es übrigens auch. Er konnte im Dunkeln schießen, ohne zu zielen, drückte mit dem Mittelfinger ab und fand die Richtung, indem er den Zeigefinger auf den Lauf legte. Nein, mein Lieber! Es war nicht zu spaßen mit ihm. Der Nigger, der seinen Kopf kriegen konnte, schien noch nicht geboren. Aber sie kriegten ihn doch. Sie kriegten ihn. Vierzehn Jahre hielt er aus. Es war sein Küchenboy. Holte ihn sich vor dem Frühstück. Und ich entsinne mich noch gut, wie wir zum zweitenmal in den Busch zogen, um zu holen, was von ihm übriggeblieben war.«

»Ich sah seinen Kopf, nachdem sie ihn dem Kommissar von Tulagi übergeben hatten«, warf Van Horn ein.

»Und solch ein friedlicher, ruhiger, ganz alltäglicher Ausdruck lag auf seinem Gesicht, ganz mit dem alten Lächeln, das ich tausendmal gesehen hatte. Es war darauf eingetrocknet, als sie ihn über dem Feuer dörrten. Aber sie kriegten ihn, wenn es auch vierzehn Jahre dauerte. Mancher Kopf geht immer wieder nach Malaita, ohne abgehauen zu werden, aber schließlich geht's ihm wie dem Kruge; er kommt ohne Henkel nach Hause.«

»Ich werde schon mit ihnen fertig werden«, beharrte der Kapitän. »Wenn der Spektakel losgeht, gehe ich geradeswegs auf sie los und erzähl' ihnen was. Das begreifen sie nicht. Glauben, ich hab' irgend 'ne mächtige Teufel-Teufel-Medizin.«

Tom Haggin reichte ihm plötzlich die Hand zum Abschied, hütete sich aber, seinen Blick auf Jerry in den Armen des andern fallen zu lassen.

»Achten Sie auf meine Retournierten,« ermahnte er ihn, als er über die Schiffseite kletterte, »bis Sie den letzten von ihnen an Land gesetzt haben. Die Nigger haben keine Ursache, Jerry oder sein Geschlecht zu lieben, und ich möchte nicht, daß ihm etwas von ihrer Hand zustößt. Im Dunkel der Nacht kann es sehr leicht geschehen, daß er über Bord verschwindet. Lassen Sie kein Auge von ihm, ehe sie den letzten los sind.«

Als Jerry sah, daß Herr Haggin ihn verließ und im Walboot wegfuhr, wurde er unruhig und gab seine Angst in einem leisen Winseln zu erkennen. Kapitän Van Horn drückte ihn an sich und streichelte ihn mit der freien Hand.

»Vergessen Sie nicht die Abmachung«, rief Tom Haggin über das Wasser herüber. »Wenn Ihnen etwas zustößt, soll Jerry wieder zu mir zurückkommen.«

»Ich werde ein Dokument darüber aufsetzen und es bei den Schiffspapieren verwahren«, lautete die Antwort Van Horns.

Zu dem reichen Wortschatz Jerrys gehörte auch sein eigner Name, und als die beiden Männer miteinander sprachen, hatte er ihn verschiedentlich gehört. Er hatte daher eine unklare Ahnung, daß die Unterredung sich auf das unklare und nicht zu erratende Etwas bezog, das ihm widerfahren sollte. Er wurde immer unruhiger, und Van Horn setzte ihn auf das Deck. Er sprang an die Reling, schneller, als man von einem unbeholfenen sechs Monate alten Hündchen hätte erwarten sollen, und auch der schnelle Versuch Van Horns, ihn zu halten, nutzte nichts. Aber er prallte zurück vor dem offenen Wasser, das gegen die Seite der Arangi schlug. Das Tabu war über ihm. Das Bild des treibenden Baumstamms, der kein Baumstamm, sondern ein lebendes Wesen war, erwachte plötzlich in seinem Kopfe und hielt ihn zurück. Es war nicht die Vernunft, sondern das zur Gewohnheit gewordene Verbot.

Er setzte sich auf seinen Stummelschwanz, hob die goldbraune Schnauze zum Himmel und stieß ein langgezogenes Welpengeheul aus, das Schrecken und Kummer ausdrückte.

»Schon gut, Jerry, alter Junge, nimm dich zusammen und sei ein Mann«, suchte Van Horn ihn zu beruhigen.

Aber Jerry wollte sich nicht trösten lassen. War dies auch zweifellos ein weißhäutiger Gott, so war es doch nicht sein Gott. Herr Haggin war sein Gott, und ein höherer Gott noch dazu. Selbst er erkannte das, ohne weiter darüber nachzudenken. Sein Herr Haggin trug Hosen und Schuhe. Dieser Gott neben ihm auf dem Deck glich mehr einem Schwarzen. Nicht allein, daß er keine Hosen trug und barfüßig und barbeinig ging, er hatte um die Lenden, gerade wie ein Schwarzer, einen strahlend bunten Schurz, der wie ein Schottenrock fast bis auf die sonnenverbrannten Knie fiel.

Kapitän Van Horn war ein stattlicher Mann und ein Mann, der Eindruck machte, was Jerry allerdings nicht wußte. Wenn je ein Holländer aus einem Rembrandtschen Bilde getreten ist, so war es Kapitän Van Horn, trotz der Tatsache, daß er in New York geboren war, wie seine Knickerbocker-Vorfahren vor ihm bis zurück zu jener Zeit, da New York noch nicht New York, sondern New Amsterdam hieß. Um seine Kleidung zu vervollständigen, trug er auf dem Kopfe einen großen, weichen Filzhut von entschieden Rembrandtscher Wirkung, der schief auf dem einen Ohr saß; eine weißbaumwollene Fünfzigpfennigunterjacke bedeckte seinen Oberkörper, und von einem Gürtel um seinen Leib baumelten ein Tabaksbeutel, ein Klappmesser, einige Patronenbündel und eine riesige automatische Pistole in einem Lederhalfter herab.

Am Strande erhob Biddy, die eine Zeitlang ihren Kummer unterdrückt hatte, von neuem ihre Stimme, als sie das Winseln Jerrys hörte. Und Jerry, der einen Augenblick innehielt, um zu lauschen, hörte Michael neben ihr herausfordernd über das Wasser bellen und sah, ohne sich dessen bewußt zu sein, Michaels welkes Ohr, das wie stets aufwärts zeigte. Während

Kapitän Van Horn und Steuermann Borckman Befehle erteilten, und während Großsegel und Besan der Arangi hochzugehen begannen, machte Jerry dem ganzen Weh seines Herzens Luft in einer Klage, die am Ufer Bob Derby gegenüber »die hervorragendste Gesangsleistung« nannte, die er je von einem Hund gehört hätte, und die, wäre der Ton etwas voller gewesen, Caruso Ehre gemacht hätte. Aber dieser Gesang war zuviel für Haggin, der, sobald er wieder an Land war, Biddy pfiff und sich schnell vom Strande entfernte.

Als Jerry sie verschwinden sah, ergab er sich einigen noch carusoartigeren Leistungen, zum größten Vergnügen eines aus Pennduffryn Retournierten, der neben ihm stand. Er verlachte und höhnte Jerry mit einem Falsettlachen, das eher an die Laute der Bewohner von Dschungelbäumen, halb Vogel und halb Mensch, erinnerte als an einen Menschen, der ganz Mensch und daher Gott war. Das wirkte auf Jerry als ein ausgezeichnetes Gegengift. Der Zorn, daß ein gewöhnlicher Nigger ihn auslachte, überwältigte Jerry, und im nächsten Augenblick hatten seine nadelscharfen Welpenzähne dem verblüfften Neger lange parallele Schrammen in den bloßen Schenkel gerissen, aus denen sofort das Blut drang. Der Neger sprang erschrocken beiseite, aber in Jerrys Adern rollte das Blut von Terrence, dem Prächtigen, und wie sein Vater es vor ihm getan, ließ er nicht nach, ehe er auch den andern Schenkel des Schwarzen mit einem roten Muster versehen hatte.

In diesem Augenblick war der Anker gelichtet, das Großsegel gesetzt, und Kapitän Van Horn, dessen scharfem Blick keine Einzelheit des Zwischenfalls entgangen war, wandte sich, nachdem er dem schwarzen Rudergast einen Befehl erteilt hatte, um Jerry Beifall zu spenden.

»Immer los, Jerry!« feuerte er ihn an. »Krieg ihn! Nieder mit ihm! Auf ihn! Krieg ihn! Krieg ihn!«

Um sich zu verteidigen, trat der Neger nach Jerry, der, statt wegzulaufen, vorwärtsging – auch ein Erbteil von Terrence –, dem nackten Fuß auswich und das schwarze Bein mit einer neuen Reihe roter Striche versah. Das war zuviel, und der Schwarze, der mehr Van Horn als Jerry fürchtete, machte kehrt und floh nach vorn, wo er auf die acht Lee-Enfield-Gewehre kletterte, die unter Bewachung eines Mannes von der Besatzung oben auf dem Kajütsskylight lagen. Jerry stürmte zum Skylight, sprang hoch und fiel wieder zurück, bis Kapitän Van Horn ihn zu sich rief.

»Ein richtiger Niggerjäger, dies Hündchen, ein richtiger Niggerjäger!« vertraute Van Horn Borckman an, während er sich niederbeugte, um Jerry zu streicheln und ihm das wohlverdiente Lob zu erteilen.

Und unter der liebkosenden Hand dieses Gottes – das war er ja, wenn er auch keine Hosen trug – vergaß Jerry für einen Augenblick das Schicksal, das ihn betroffen hatte.

»Das ist ein Löwenhund – mehr ein Airedale als ein irischer Terrier«, sagte Van Horn, immer noch Jerry streichelnd, zu seinem Steuermann. »Sehen Sie, wie groß er schon ist. Sehen Sie sich den Knochenbau an. Was für eine Brust! Aus dem wird mal was! Den sollen Sie mal sehen, wenn er erst in das richtige Verhältnis zu seinen Beinen hineingewachsen ist!«

Jerry war gerade sein Kummer wieder eingefallen, und er wollte an die Reling stürzen, um nach Meringe zu starren, das von Sekunde zu Sekunde ferner und kleiner wurde, als ein Stoß des Südostpassats die Segel traf und die Arangi niederpreßte. Und das Deck hinab, das augenblicklich einen Winkel von fünfundvierzig Grad bildete, glitt und rutschte Jerry, während seine Krallen vergebens einen Halt auf der glatten Fläche suchten. Er landete am Fuße des Besanmastes, während Kapitän Van Horn, dessen scharfes Seemannsauge den Korallenflecken vor dem Bug sah, den Befehl »Hart Lee!« gab.

Borckman und der schwarze Rudergast wiederholten den Befehl, das Rad drehte sich, die Arangi schwang sich wie durch Zauberei in den Wind und richtete sich sofort wieder auf, während die Vorsegel flatterten und die Schoote hinüberschossen.

Jerry, dessen Gedanken noch in Meringe weilten, benutzte das wiedergewonnene Gleichgewicht, um sich zusammenzunehmen und an die Reling zu laufen. Aber er wurde durch das Krachen der Großschootblöcke gegen den schweren Deckbügel abgelenkt, als das Großsegel, prall im Winde, mit einem mächtigen Schwung über ihn hinwegfuhr. Er entging dem Segel durch einen wilden Sprung (der allerdings nicht den übertraf, den Van Horn machte, um ihm zu Hilfe zu kommen) und befand sich nun direkt unter dem Großbaum, während das mächtige Segel über ihm aufragte, als ob es im nächsten Augenblick niederstürzen und ihn zerschmettern wollte.

Es war die erste Erfahrung, die Jerry mit einem Segel machte. Er kannte diese Tiere nicht und noch weniger ihre Lebensweise, aber in ihm war noch aus der Zeit seiner frühesten Jugend die flammende Erinnerung an den Habicht lebendig, der aus den Wolken herab mitten auf den Hof geschossen war. Und in Erwartung dieses furchtbaren drohenden Stoßes kauerte er sich auf dem Deck zusammen. Über ihm, wie ein Blitz aus heiterm Himmel, war ein geflügelter Habicht, unfaßbar größer als der, dem er einst begegnet war. Aber in seinem Zusammenkauern lag keine Furcht. Es war nur ein Spannen, ein Sammeln aller Kräfte unter der Herrschaft seines Willens zum Sprung, um diesem ungeheuren, drohenden Etwas entgegenzugehen. Aber im Bruchteil einer Sekunde, so schnell, daß Jerry nicht einmal dazu kam, den Schatten dieses Dinges zu erreichen, war das Großsegel mit einem erneuten Krachen der Blöcke gegen den Bügel hinübergeschwungen und blähte sich auf der andern Halse. Van Horn war nichts davon entgangen. Er hatte schon früher junge Hunde gesehen, die über ihre erste Begegnung mit dem windfangenden, himmelverdunkelnden, schattenwerfenden Segel so erschrocken waren, daß sie fast Krämpfe bekamen. Dies war der erste Hund, den er unerschrocken mit gefletschten Zähnen springen sah, um sich mit dem mächtigen Unbekannten zu messen.

Von unmittelbarer Bewunderung erfüllt, hob Van Horn Jerry auf und nahm ihn auf den Arm.

Und schnell hüllte die Tropennacht die Arangi ein, die abwechselnd in der Windstille im Schutz der Menschenfresserinsel Malaita rollte und in plötzlichen Böen sprang und überkrängte. Das plötzliche Einschlafen des Südostpassats hatte das veränderliche Wetter verursacht, wodurch das Kochen in der offenen Kombüse zu einer Qual wurde, während die Retournierten, denen nichts als ihr eignes Fell naß werden konnte, sich schleunigst nach unten begaben. Die erste Wache, von acht bis zwölf, hatte der Steuermann, und Kapitän Van Horn, den eine schwere Regenbö verjagte, nahm Jerry und ging in seine kleine Kabine, um zu schlafen. Jerry war müde von den vielen Aufregungen dieses aufregendsten Tages seines Lebens, und er schlief und trat im Schlaf um sich und knurrte, während Schiffer mit einem letzten Blick auf ihn die Lampe herabschraubte und halblaut murmelte: »Der Wildhund, Jerry! Putz ihn weg! Schüttel ihn! Tüchtig!« So fest schlief Jerry, daß er, als der Regen, der das letzte schwache Lüftchen vertrieben hatte, aufhörte und die Kajüte sich in einen dampfenden Schmelzofen verwandelte, nicht merkte, wie Schiffer, nach Luft schnappend und mit von Schweiß durchnäßter Unterjacke, Decke und Kissen unter den Arm nahm und sich an Deck begab.

Jerry erwachte erst, als eine riesige, drei Zoll lange Schabe an der empfindlichen bloßen Haut zwischen seinen Zehen zu nagen begann. Er stieß mit dem angegriffenen Fuß um sich und starrte auf die Schabe, die keine Eile hatte, sondern würdevoll abging. Er sah, wie sie sich mit andern Schaben vereinigte, die auf dem Fußboden Parade abhielten. Noch nie hatte Jerry so viele Schaben auf einmal gesehen, und nie so große. Sie waren alle von derselben Größe, und es wimmelte von ihnen. In langen Reihen strömten sie aus den Ritzen in der Wand und krochen zu ihren Genossen auf den Fußboden. Das war durchaus ungehörig – wenigstens nach Jerrys Meinung –, und er konnte es nicht dulden. Herr Haggin, Derby und Bob hatten Schaben nie geduldet, und ihre Regeln waren die seinen. Die Schabe war der ewige Feind in den Tropen. Er sprang auf die nächste los, um sie unter seinen Pfoten zu zermalmen. Aber da tat dieses Ding etwas, das er noch nie eine Schabe hatte tun sehen: Es hob sich in die Luft, flog wie ein Vogel. Und wie auf ein gegebenes Signal hoben alle Schaben ihre Flügel und erfüllten den Raum mit Flattern und Kreisen.

Er griff den geflügelten Schwarm an, sprang in die Luft, schnappte nach dem fliegenden Gewürm und versuchte es mit seinen Pfoten zu Boden zu schmettern. Hin und wieder hatte er auch Erfolg und vernichtete eines der Tiere, aber der Kampf hörte erst auf, als alle Schaben wie auf ein neues Signal in den vielen Ritzen verschwanden und ihm das Schlachtfeld überließen.

Sofort kam ihm ein neuer Gedanke: Wo ist Schiffer? Er wußte, daß Van Horn nicht in dem Raum war, stellte sich aber dennoch auf die Hinterbeine und untersuchte die niedrige Koje, während sein scharfes Naschen mit Wohlbehagen den Duft einatmete, der ihm erzählte, daß Schiffer hier gewesen war. Und was seine Nase zittern und schnüffeln ließ, brachte auch seinen Schwanzstummel in Bewegung.

Aber wo war Schiffer? Diese Frage stand so scharf und klar in seinem Kopfe, wie im Kopfe eines Menschen. Und wie bei einem Menschen leitete der Gedanke unmittelbar eine Tat ein. Die Tür war nicht zugeriegelt worden, und Jerry trottete in die Kajüte, wo an fünfzig Schwarze im Schlaf merkwürdige Laute ausstießen, seufzten und schnarchten. Sie waren eng aneinander verstaut und bedeckten sowohl den Fußboden wie die lange Reihe Kojen, so daß er über ihre nackten Beine klettern mußte. Und hier war kein weißer Gott, der ihn beschützte. Das wußte er, aber er fürchtete sich nicht.

Als Jerry sich überzeugt hatte, daß Schiffer nicht in der Kajüte war, schickte er sich an, die steile, fast senkrechte Leiter zu erklimmen. Aber da fiel ihm der Vorratsraum ein. Er trottete hinein und beschnüffelte das schlafende Mädchen im Baumwollhemd, das glaubte, daß Van Horn es fressen würde, wenn es ihm gelänge, es zu mästen.

Als er wieder zur Leiter kam, schaute er hinauf und wartete, in der Hoffnung, daß Schiffer ihn holen sollte. Schiffer war diesen Weg gegangen, das wußte Jerry aus zwei Gründen: Erstens gab es nur diesen einen Weg, und zweitens sagte seine Nase es ihm. Sein erster Versuch, hinaufzuklettern, ließ sich gut an. Erst als er schon ein Drittel hinter sich hatte und die

Arangi in einer schweren See überkrängte und sich mit einem Ruck wieder aufrichtete, glitt er aus und fiel herunter. Zwei oder drei Schwarze erwachten und beobachteten ihn, während sie Betelnuß mit Kalk in grüne Blätter wickelten und kauten.

Zweimal glitt Jerry wieder zurück, nachdem er kaum die ersten Sprossen erklommen hatte, und weitere Schwarze wurden von ihren Genossen geweckt und freuten sich an seinem Mißgeschick. Beim vierten Versuch glückte es ihm, halb hinaufzukommen, ehe er zurückglitt und schwer auf die Seite fiel. Das wurde von gedämpftem Lachen und mürrischem Flüstern begleitet, das fast klang, als käme es aus der Kehle eines Riesenvogels. Er kam wieder auf die Füße, die Haare sträubten sich in direkt lächerlicher Weise auf seinem Rücken, und lächerlich klang das Knurren, mit dem er diesen niedrigen zweibeinigen Wesen seine tiefe Verachtung zu erkennen gab, Wesen, die kamen und gingen und dem Willen großer, weißhäutiger, zweibeiniger Götter von der Art Schiffers und Herrn Haggins Untertan waren.

Unangefochten von dem schweren Fall, machte Jerry einen neuen Versuch. Ein augenblicklicher Stillstand im Rollen der Arangi gab ihm eine Gelegenheit, die er benutzte, so daß er die Vorderfüße über den hohen Lukenrand am Kajüteingang gebracht hatte, als das Schiff das nächste Mal stark überholte. Er nahm alle Kraft zusammen, hielt sich fest und kroch dann über die Kante an Deck.

Mittschiffs traf er ein paar Mann von der Besatzung und Lerumie, die in der Nähe des Skylights hockten, und unterwarf sie einer eingehenden Untersuchung. Er beschnüffelte sie umständlich, als aber Lerumie einen leisen drohenden Laut ausstieß, schritt er steifbeinig weiter. Achtern am Rad traf er einen Schwarzen, der steuerte, und in der Nähe stand der Steuermann auf dem Ausguck. Der Steuermann sprach Jerry an und wollte ihn streicheln, aber im selben Augenblick roch Jerry Schiffer, der irgendwo in der Nähe war. Mit einem liebenswürdigen, um Entschuldigung bittenden Schwanzwedeln trottete er nach Luv und fand schließlich Schiffer, der auf dem Rücken liegend in eine Decke gewickelt war, so daß nur der Kopf herausguckte, und fest schlief.

Zuallererst mußte Jerry ihn natürlich freudig beschnüffeln und freudig mit dem Schwanze wedeln. Aber Schiffer erwachte nicht, und ein feiner Sprühregen, kaum mehr als Nebel, ließ Jerry sich eng in dem Winkel zusammenkauern, den Schiffers Kopf und Schulter bildeten. Dadurch wachte Schiffer auf, er murmelte mit leiser, zärtlicher Stimme »Jerry«, und Jerry antwortete damit, daß er seine kalte, feuchte Schnauze gegen Schiffers Wange legte. Und dann schlief Schiffer wieder ein. Jerry aber nicht. Er lüftete einen Zipfel der Decke mit der Schnauze und kroch über Schiffers Schulter, bis er ganz drinnen war. Schiffer wachte wieder auf und half ihm, halb im Schlaf, sich zurechtzulegen.

Aber Jerry war immer noch nicht zufrieden, und er drehte und wandte sich, bis er in Schiffers Armbiegung lag, wo er endlich, mit einem tiefen Seufzer der Befriedigung, einschlief.

Mehrmals wurde Van Horn von dem Lärm geweckt, den die Besatzung machte, wenn sie die Segel nach dem wechselnden Winde trimmte, und jedesmal fiel ihm das Hündchen ein, und er preßte es zärtlich an sich. Und jedesmal regte Jerry sich im Schlaf und kuschelte sich eng an ihn.

Wenn Jerry auch ein hervorragendes Hündchen war, so hatte er doch seine Begrenzung, und er erfuhr nie, welche Wirkung die warme Berührung seines sammetweichen Körpers auf den hartgesottenen Kapitän ausübte. Sie erinnerte Van Horn an längst entschwundene Tage, da sein eignes Töchterchen in seinem Arm geschlafen hatte. Und so deutlich wurde die Erinnerung, daß er ganz wach wurde und viele Bilder, die mit seinem Töchterchen begannen, quälend in seinem Hirn brannten. Kein weißer Mann in den Salomons wußte, was er zu tragen hatte, sowohl, wenn er wach war, wie auch oft, wenn er schlief, und diese Bilder waren die Ursache, daß er in der fruchtlosen Hoffnung, sie auszulöschen, nach den Salomoninseln gekommen war. Als die Erinnerung von dem weichen Hündchen in seinem Arm jetzt geweckt war, sah er zuerst die Kleine und ihre Mutter in der kleinen Wohnung in Harlem. Eng war sie zwar, aber voll von dem Glück der drei Menschen, das dieses Stübchen zum Himmel machte.

Er sah, wie das flachsgelbe Haar des kleinen Mädchens den dunkleren Goldschimmer der Mutter annahm, während gleichzeitig die kleinen Löckchen erst zu langen Locken und schließlich zu zwei dicken Zöpfen wurden. Statt den Versuch zu machen, diese vielen Bilder zu vertreiben, weilte er gerade bei ihnen und bemühte sich, sein Bewußtsein mit möglichst vielen Eindrücken zu füllen, um das eine Bild fernzuhalten, das er nicht zu sehen wünschte.

Er erinnerte sich an seinen Beruf, an den Rettungswagen und die Leute, die unter ihm gearbeitet hatten, und er dachte darüber nach, was wohl aus ihnen, und namentlich aus Clancey, seiner rechten Hand, geworden war. Es kam der lange Tag, da er, um drei Uhr morgens, aus dem Bett geholt worden war, um einen Straßenbahnwagen aus den zertrümmerten Schaufenstern einer Drogerie zu schaffen und wieder auf die Schienen zu setzen. Sie arbeiteten den ganzen Tag – es waren sechs bis sieben Zusammenstöße erfolgt – und als sie schließlich gegen neun Uhr abends in der Remise ankamen, wurde gerade wieder Alarm geschlagen.

»Gott sei Dank!« sagte Clancey, der nur wenige Häuser von ihm entfernt wohnte. Er sah ihn noch vor sich, wie er es sagte und sich dabei den Schweiß von der Stirn wischte. »Gott sei Dank! – es ist nichts von Bedeutung und ganz bei uns in der Nähe – in einer der nächsten Straßen. Sobald wir fertig sind, können wir Feierabend machen und nach Haus gehen, die andern können dann den Wagen nach der Remise fahren.«

»Wir müssen nur einen Augenblick den Kran gebrauchen«, hatte er geantwortet.

»Was ist los?« fragte Billy Jaffers, ein andrer von seinen Leuten.

»Es ist jemand überfahren – man kann sie nicht rauskriegen«, sagte er; dann schwangen sie sich auf den Wagen und fuhren los.

Er sah alle Einzelheiten der langen Fahrt wieder vor sich, bis auf die Verspätung, die sie dadurch erlitten, daß sie einen Feuerwehrzug vorbeilassen mußten; unterdessen hatten er und Clancey Jaffers geneckt, weil er Stelldicheins mit verschiedenen jungen Damen verabredet hatte, die er nun wegen der späten Extraarbeit nicht einhalten konnte.

Es kam die lange Reihe haltender Straßenbahnwagen, der Auflauf, die Polizei, die ihn einzudämmen suchte, die zwei Tragbahren, die auf ihre Last warteten, und der junge Schutzmann, der hier seinen Posten hatte, und der ihn, tief erschüttert, begrüßte. »Es ist furchtbar. Man kann krank davon werden. Es sind zwei. Wir können sie nicht herauskriegen. Ich hab' es versucht. Die eine lebte noch, glaube ich.« Aber er, ein starker, beherzter, an solche Arbeit gewöhnter Mann, den der anstrengende Tag ermüdet hatte, er freute sich bei dem Gedanken an die freundliche kleine Wohnung nur wenige Straßen weiter. Munter und zuversichtlich sagte er, er werde sie schon im Handumdrehen heraushaben. Dabei ließ er sich auf die Knie nieder und kroch auf Händen und Füßen unter den Wagen.

Wieder sah er sich, wie er die elektrische Taschenlampe einschaltete. Er sah die beiden goldenen Zöpfe, bis er den Druckknopf losließ und alles, was sein war, wieder in Finsternis getaucht war.

»Lebt die eine noch?« fragte der erschütterte Schutzmann. Die Frage wurde wiederholt, während er sich die Kraft erkämpfte, wieder auf den Knopf zu drücken.

Er hörte sich antworten: »Das werde ich Ihnen gleich sagen.«

Wieder schaute er hin. Eine lange Minute.

»Beide tot«, antwortete er ruhig. »Clancey, setzen Sie Kran Nummer drei ein, nehmen Sie noch einen Mann und kriechen Sie unter das andre Ende des Wagens.« –

Er lag auf dem Rücken und starrte gerade empor zu einem einsamen Stern, der durch den Staubregen über ihm schimmerte und sich langsam hin und her wiegte.

Er fühlte den alten Schmerz in der Kehle, die alte unangenehme Trockenheit in Mund und Augen. Und er wußte – was kein andrer wußte – warum er im Salomonarchipel als Schiffer der Teakholzjacht Arangi mit Niggern fuhr, seinen

Kopf riskierte und mehr Whisky trank, als einem Mann guttut.

Seit jener Nacht hatte er keine Frau angesehen, und unter den andern Weißen galt er als kalt mit Bezug auf weiße wie schwarze Weiber.

Als Van Horn aber dies Furchtbarste in seiner Erinnerung vor sich gesehen hatte, konnte er wieder Ruhe finden, und im Einschlafen spürte er beglückt Jerrys Kopf an seiner Schulter. Einmal ließ Jerry, der vom Strand von Meringe, von Herrn Haggin, Biddy, Terrence und Michael träumte, ein leises Knurren hören, und Van Horn erwachte gerade so weit, daß er ihn dichter an sich pressen und drohend murmeln konnte: »Der Nigger, der dem Hund was tut ...«

Als ihn der Steuermann an der Schulter rüttelte, tat Van Horn im Augenblick des Erwachens mechanisch zweierlei. Er griff hastig nach dem Revolver an seiner Hüfte und murmelte: »Der Nigger, der dem Hund was tut ...«

»Das muß Kap Kopo sein«, meinte Borckman, als die beiden Männer nach den hohen Umrissen des Landes in Luv starrten. »Wir haben nicht mehr als zehn Meilen gemacht, und es ist keine Aussicht auf stetigeren Wind.«

»Das kann bös werden, wenn's losgeht«, sagte Van Horn, den Blick auf die Wolken gerichtet, die zerrissen vor den trüben Sternen trieben.

Kaum hatte sich der Steuermann eine Decke aus der Kajüte geholt, als eine frische, stetige Brise aufsprang, die vom Lande her wehte und die Arangi mit einer Schnelligkeit von neun Meilen über das glatte Wasser jagte. Ein Weilchen versuchte Jerry, sich in Schiffers Gesellschaft die Zeit zu vertreiben, bald aber rollte er sich zusammen und schlummerte, halb auf dem Deck, halb auf Schiffers bloßen Beinen, ein.

Als Schiffer ihn zur Decke trug und einpackte, schlief er gleich wieder ein, wachte aber sofort wieder auf, als Schiffer an Deck auf und ab zu gehen begann. Er wickelte sich aus der Decke heraus und trabte neben ihm her. Und jetzt lernte Jerry wieder etwas Neues, denn nach fünf Minuten wußte er, daß er unter der Decke bleiben sollte, daß alles in Ordnung war, und daß Schiffer die ganze Zeit auf und ab gehen und in seiner Nähe bleiben würde.

Um vier Uhr übernahm der Steuermann das Kommando an Deck.

»Dreißig Meilen sind wir weitergekommen«, sagte Van Horn zu ihm. »Aber jetzt sieht es wieder faul aus. Halten Sie ein Auge auf Böen unter Land. Werfen Sie lieber die Falle auf Deck und halten Sie die Wache klar. Natürlich sollen die Leute schlafen, aber auf Fallen und Schooten.«

Als Schiffer unter die Decke kroch, wachte Jerry auf, und als wäre er es nie anders gewohnt gewesen, kuschelte er sich in Schiffers Arm, um dann nach einem zufriedenen Schnaufen und einem Kuß seiner kühlen kleinen Zunge auf die Wange Schiffers, der ihn zärtlich an sich drückte, wieder einzuschlafen.

Eine halbe Stunde später schien sich die Welt für Jerry vollkommen auf den Kopf gestellt zu haben. Er wurde dadurch geweckt, daß Schiffer mit solcher Schnelligkeit aufsprang, daß der Teppich nach der einen und Jerry nach der andern Seite flog. Das Deck der Arangi war eine Wand geworden, an der Jerry in der tosenden Finsternis herunterglitt. Jedes Ende, jedes Wanttau hämmerte und kreischte im Kampf gegen den heftigen Anprall des Sturmes.

»An die Großfalle! – Los!« konnte er den lauten Ruf Schiffers hören, und dazu hörte er auch das Kreischen der Großschootblöcke, als Van Horn, der in der Dunkelheit braßte, schnell die Schoot mit einem einzigen Törn um die Klampe durch seine brennenden Hände laufen ließ.

Während all dies und viele andre Laute – das Schreien der Besatzung und Rufe von Borckman – auf Jerrys Trommelfell eindrangen, glitt er immer weiter in seiner neuen, unsicheren Welt das Deck hinunter. Aber er schlug nicht direkt gegen die Reling, wo seine zarten Rippen leicht hätten zerbrechen können; das warme Wasser des Ozeans, das wie ein Strom von blassem, phosphoreszierendem Feuer über die Reling flutete, schwächte den Fall ab. Er begann zu schwimmen, verwickelte sich aber in ein Gewirr von Leinen, die über Deck schleppten.

Und er schwamm, nicht um sein Leben zu retten, nicht in Todesangst. Nur ein Gedanke erfüllte ihn. Wo war Schiffer? Nicht daß er an den Versuch gedacht hätte, Schiffer zu retten oder ihm Hilfe zu leisten. Es war sein liebevolles Herz, das ihn zum Gegenstand seiner Liebe trieb. Wie die Mutter in einer Katastrophe zu ihrem Kindchen zu gelangen sucht, wie die Griechen sich sterbend ihres geliebten Argos erinnerten, wie der Soldat auf dem Schlachtfelde mit dem Namen der Gattin auf den Lippen stirbt, so sehnte sich Jerry in diesem Weltuntergang nach Schiffer.

Die Bö ging ebenso plötzlich, wie sie gekommen war. Die Arangi richtete sich mit einem Ruck wieder auf, und Jerry blieb an den Steuerbord-Speigatten liegen. Er trottete über das ebene Deck zu Schiffer, der mit gespreizten Beinen und immer noch das Ende von der Großschoot in der Hand dastand und rief: »Gott verdamm mich! Wind er gehen! Regen er nicht kommen!«

Er fühlte Jerrys kalte Nase gegen seinen bloßen Schenkel, hörte sein freudiges Schnaufen und beugte sich herab, um ihn zu streicheln. In der Dunkelheit konnte er nichts sehen, aber das Herz wurde ihm warm bei dem Gedanken, daß Jerry sicherlich mit der Rute wedelte.

Viele der erschrockenen Retournierten waren an Deck gekommen, und ihre jammernden, nörgelnden Stimmen klangen wie die schläfrigen Schreie einer Vogelschar auf einem Aste. Borckman trat neben Van Horn, und die beiden Männer, die die ängstliche Spannung bis in die Fingerspitzen fühlten, suchten die Finsternis mit ihren Blicken zu durchdringen, während sie mit höchster Aufmerksamkeit auf eine Botschaft der Elemente aus Meer oder Luft lauschten.

»Wo bleibt der Regen?« fragte Borckman verdrießlich. »Immer erst der Wind und dann der Regen, der den Wind totschlägt. Aber der Regen kommt nicht.«

Van Horn, der noch schaute und horchte, antwortete nicht.

Die Unruhe der beiden Männer steckte Jerry an, der auch auf den Beinen war. Er preßte seine kühle Nase gegen Schiffers Bein, küßte ihn mit seiner rosenroten Zunge und spürte den Salzgeschmack des Seewassers.

Schiffer beugte sich plötzlich nieder, wickelte Jerry rauh und eilig in die Decke und verstaute ihn zwischen zwei Säcken Yams, die achtern vom Besanmast am Deck festgesurrt waren. Dann knüpfte er, einer Eingebung folgend, die Decke mit einem Ende zusammen, so daß Jerry gleichsam in einem Sack lag. Kaum war das geschehen, als der Besan krachend über seinem Kopf hinwegflog, die Toppsegel sich plötzlich donnernd blähten und das mächtige Großsegel, dem Van Horn durch Fieren der Schoot einen weiten Spielraum gelassen hatte, ganz hinüberschoß und die Schoot mit einer Wucht straffte, daß das ganze Schiff erschüttert wurde und gewaltsam nach Backbord überholte. Dieser zweite Schlag war von der entgegengesetzten Seite gekommen und war noch schlimmer als der erste.

Jerry hörte Schiffers Stimme über das Schiff hallen. Er rief zuerst dem Steuermann zu: »Klar am Großfall! Losmachen! Die Schoot nehme ich selbst!« Dann wandte er sich an die Besatzung: »Batto! Du fella Besanfall losmachen, schnell, fella! Ranga! Du fella lassen Besanschoot gehen!«

Hier wurde Van Horn weggerissen von einer Lawine von Retournierten, die bei der ersten Bö an Deck geklettert waren. Die wimmelnde Masse, von der er einen Teil ausmachte, wurde gegen den Stacheldraht an der unter dem Wasser begrabenen Backbordreling gefegt.

Jerry lag so sicher in seinem Winkel, daß er nicht wegrollte. Als er aber merkte, daß Schiffer nicht mehr kommandierte und ihn vom Stacheldrahtzaun her fluchen hörte, stieß er ein durchdringendes Geheul aus und kratzte und schlug wie besessen gegen die Decke, um sich freizumachen. Irgend etwas war Schiffer zugestoßen. Das wußte er. Sonst wußte er nichts, denn er dachte in dem Chaos dieses Weltuntergangs nicht einen Augenblick an sich selber. Aber er stellte sein Geheul ein, um auf ein neues Geräusch zu lauschen – ein donnerndes Flattern von Leinwand, das von Rufen und Schreien begleitet wurde. Er fühlte – was aber nicht stimmte – daß etwas Schreckliches geschah, denn er wußte nicht, daß das Großsegel gefiert wurde, nachdem Schiffer das Fall mit dem Messer gekappt hatte. Als der Höllenlärm noch zunahm, beteiligte auch er sich wieder mit seinem Geheul daran, bis er merkte, daß eine Hand sich an seiner Decke zu schaffen machte. Er schwieg und schnüffelte. Nein, es war nicht Schiffer. Er schnüffelte nochmals und stellte fest, wer es war: Lerumie, der Schwarze, den er noch am Morgen gesehen hatte, wie er in den Sand geworfen war, der ihm noch vor kurzem einen Tritt gegen seinen Stummelschwanz versetzt, und der vor kaum einer Woche einen Stein nach Terrence geschleudert hatte.

Das Tau wurde durchgeschnitten, und Lemmies Finger suchten in der Decke nach ihm. Jerry knurrte sein ärgstes Knurren. Das war ein Sakrileg! Er, der Hund eines weißen Mannes, war tabu für alle Schwarzen. Er hatte früh das Gesetz gelernt, daß kein Nigger den Hund eines weißen Gottes anrühren durfte. Und doch wagte Lerumie, dieser ganz Schlimme, ihn in dem Augenblick anzurühren, als die Welt um sie her zusammenkrachte.

Und als die Finger ihn berührten, hieb er die Zähne hinein. Der Schwarze versetzte ihm dann mit der freien Hand einen harten Schlag, und jetzt zerrissen die zusammengebissenen Zähne Haut und Fleisch, bis die Finger losließen.

Dann aber wurde Jerry, der wie ein Teufel raste, am Nacken gepackt und flog, halb erwürgt, durch die Luft. Noch im Fliegen fuhr er fort, seiner Wut Ausdruck zu verleihen. Er fiel ins Meer und sank unter, ein Mundvoll Salzwasser drang ihm in die Lunge; dann tauchte er wieder auf, halb erstickt, aber schwimmend. Schwimmen gehörte zu den Dingen, über die er nicht nachzudenken brauchte. Schwimmen hatte er ebensowenig je zu lernen brauchen wie atmen. In der Tat: Laufen hatte er lernen müssen; aber Schwimmen war etwas ganz Selbstverständliches für ihn.

Der Wind heulte über ihm. Schaumspritzer, vom Winde gepeitscht, füllten ihm Maul und Nüstern und bissen ihm, ätzend und blendend, in die Augen. Er wußte nichts von Gesetz und Wesen des Meeres, und so hob er, nach Atem ringend, die Schnauze so hoch wie möglich, um dem erstickenden Wasser zu entgehen. Die Folge war, daß er keine horizontale Lage mehr einnahm, daß ihn seine arbeitenden Beine daher nicht mehr oben halten konnten und er, in senkrechter Stellung, ganz untersank. Wieder tauchte er auf, prustend von dem Salzwasser, das ihm in die Luftröhre geraten war. Aber diesmal tat er, ohne darüber nachzudenken, das, was die geringste Anstrengung erforderte und auch am angenehmsten für ihn war: er legte sich flach hin und schwamm in dieser Lage weiter.

Als die Bö sich erschöpft hatte, erklangen durch die Dunkelheit das Klatschen des halb heruntergefierten Großsegels, das gellende Geschrei der Besatzung und ein Fluch von Borckman, aber alles wurde übertönt durch Schiffers Stimme:

»Liek runter, ihr fella Jungens! Los! Zieht runter, starke fella! Holt Großsegel ein! Dally, zum Teufel, dally!«

Als Jerry, der in der schweren, unruhigen See schwamm, Schiffers Stimme erkannte, kläffte er eifrig und sehnsüchtig und legte all seine junge Liebe in dies Kläffen. Aber die Arangi trieb fort, und schnell erstarben alle Töne. Und in der einsamen Finsternis, an der wogenden Brust des Meeres, in dem er einen der ewigen Feinde erkannte, begann er zu jammern und zu schreien wie ein verirrtes Kind.

Sein Instinkt zeigte ihm dunkel und schemenhaft seine Schwäche in diesem unbarmherzigen Meer, das ihn, ohne die Wärme eines Herzens, mit dem Unbekannten, Undeutlichen, aber doch Schrecklichen bedrohte – dem Tode. Er, der nichts von der Zeit wußte, da er noch nicht am Leben gewesen, konnte sich keine Vorstellung machen von der Zeit, da er nicht mehr am Leben sein sollte.

Und doch war die Zeit da, schrie ihm ihre Warnung zu, daß sie ihm in jede Fiber seines Körpers, durch jeden Nerv und jede Windung seines Gehirns drang – eine Summe von Gefühlen, die das letzte Unglück eines Lebens anzeigte, ein Unglück, von dem er nichts wußte, das aber, wie er fühlte, das Ende aller Dinge war. Obwohl er es nicht verstand, fühlte er es nicht weniger deutlich als ein Mensch, der doch viel mehr weiß und viel tiefer und umfassender denkt als vierbeinige Hunde im allgemeinen.

Wie ein Mensch in den Qualen eines Alps kämpft, so kämpfte Jerry in dem erregten, salzigerstickenden Meer. Und so jammerte und schrie er, das verirrte Kind, das verlorene Hündchen, das er war, er, der nur ein halbes Jahr in dieser schönen Welt mit ihrem qualvollen Reichtum an Freuden und Leiden gelebt hatte. Und er wollte zu Schiffer. Schiffer war ein Gott.

*

An Bord der Arangi, die wieder aufrecht schwamm, nachdem das Großsegel heruntergefiert war, der Wind nachgelassen und der tropische Regen eingesetzt hatte, stießen Van Horn und Borckman in der Dunkelheit zusammen.

»Eine doppelte Bö«, sagte Van Horn. »Traf uns an Steuerbord und an Backbord.«

»Muß in Stücke gegangen sein, bevor sie uns traf«, stimmte der Steuermann zu.

»Und den ganzen Regen für die zweite Hälfte aufbewahrt haben —« Van Horn brach mit einem Fluch ab.

»Heh! Was ist los mit dir, du fella Junge?« brüllte er den Mann am Ruder an.

Denn die Jacht war unter dem Besan, der gerade mittschiffs geholt war, in den Wind gekommen, so daß die Achtersegel schlaff wurden und sich gleichzeitig die Vorsegel auf der andern Halse strafften. Die Arangi hatte begonnen, sich ungefähr denselben Kurs, den sie gekommen war, zurückzuarbeiten. Das aber bedeutete, daß sie zu der Stelle zurückkehrte, wo Jerry in den Wogen schwamm. Und so neigte sich die Wagschale, auf der sein Leben lag, zu seinen Gunsten, weil ein schwarzer Rudergast eine Dummheit gemacht hatte.

Van Horn hielt die Arangi auf dem neuen Kurs und ließ Borckman alle Enden klarmachen, die an Deck herumlagen, während er selbst im Regen niederhockte und das Takel spleißte, das er gekappt hatte. Als der Regen nachließ und weniger laut auf das Deck klatschte, wurde Van Horns Aufmerksamkeit erregt von einem Geräusch, das über das Wasser zu ihm drang. Er hielt in der Arbeit inne, um zu lauschen, und als er Jerrys Kläffen erkannte, sprang er wie elektrisiert auf.

»Der Hund ist über Bord!« rief er Borckman zu. »Klüver nach Luv backen!«

Er stürzte nach achtern und jagte einen Haufen Retournierter nach rechts und links.

»Heh! Ihr fella Besatzung! Rein mit der Besanschoot! Schnell, gute fella!«

Er warf einen Blick ins Kompaßhaus und peilte hastig nach den Lauten, die Jerry ausstieß.

»Hart nieder das Ruder!« befahl er dem Rudergast, dann sprang er ans Rad und warf es selbst herum, während er immer wieder laut rief: »Nordost bei Ost, ein Viertel Ost, Nordost bei Ost, ein Viertel Ost.«

Dann lief er zurück, sah wieder ins Kartenhaus und lauschte vergebens nach einem neuen Jammern Jerrys, in der Hoffnung, dadurch sein erstes Peilen bestätigt zu finden. Aber er brauchte nicht lange zu warten. Obwohl die Arangi durch sein Manöver beigedreht war, wußte er doch, daß Wind und Strömung sie schnell von dem schwimmenden Hündchen entfernen mußten. Er rief Borckman zu, daß er nach achtern laufen und das Walboot klarmachen sollte, während er selbst nach unten stürzte, um seine elektrische Taschenlampe und den Bootskompaß zu holen.

Die Jacht war so klein, daß sie gezwungen war, ihr einziges Walboot an langen doppelten Fangleinen nachzuschleppen, und gerade, als der Steuermann es unter den Stern geholt hatte, kam Van Horn zurück. Ohne sich durch den Stacheldraht stören zu lassen, hob er einen nach dem andern von der Besatzung über die Reling ins Boot, dann folgte er selbst als letzter, indem er sich auf den Besanbaum schwang. Er rief seine Befehle zurück, dann wurde das Boot losgeworfen.

»Setzen Sie ein Licht an Deck, Borckman. Lassen Sie das Schiff beigedreht. Setzen Sie nicht das Großsegel. Machen Sie klar Deck, und machen Sie die Stoßtalje am Großbaum fest.«

Er ergriff die Ruderpinne und feuerte die Ruderer an, indem er ihnen zurief: »Washee-washee, gute fella, washee-washee!« – was auf Trepang »Rudert tüchtig!« heißt.

Während er steuerte, hielt er die Taschenlampe beständig auf den Kompaß gerichtet, so daß er genau Nordost zu Ost, ein Viertel Ost halten konnte. Dann fiel ihm ein, daß der Bootskompaß zwei volle Strich vom Kompaß der Arangi abwich, und er änderte seinen Kurs dementsprechend.

Hin und wieder ließ er die Rudermannschaft anhalten, lauschte nach Jerry und rief ihn. Er ließ sie in Kreisen, hin und zurück, nach Luv und Lee über den Teil des dunklen Meeres rudern, wo er den Hund vermutete.

»Nun, ihr fella Jungens, Ohren hören zu«, hatte er gleich zu Anfang gesagt. »Vielleicht ein fella Junge hören ihn pickaninny Hund singen, ich geben ihm fella fünf Faden Kaliko, zwei zehn Stück Tabak.« Nach einer halben Stunde bot er »Zwei zehn Faden Kaliko und zehn zehn Stück Tabak« dem Jungen, der zuerst »pickaninny Hund singen« hörte.

Jerry befand sich in einer traurigen Verfassung. Nicht gewohnt zu schwimmen, halb erstickt von dem Salzwasser, das ihm in das offene Maul schlug, ließ er schon den Mut sinken, als er zum ersten Male den Strahl von Schiffers Taschenlampe sah. Er setzte das indessen nicht mit Schiffer in Verbindung und nahm deshalb nicht mehr Notiz davon als von den ersten Sternen, die jetzt zwischen den Wolken hervorlugten. Es fiel ihm ebensowenig ein, daß es ein Stern, wie das es keiner sein mochte. Er kämpfte weiter, rang nach Atem und bekam immer mehr Salzwasser in die Lunge. Als er aber schließlich Schiffers Stimme hörte, geriet er ganz außer sich. Er versuchte, sich aufrecht zu stellen und die Vorderpfoten auf Schiffers Stimme zu setzen, die durch die Dunkelheit zu ihm drang, wie er die Vorderpfoten auf Schiffers Knie gesetzt hätte, wenn er bei ihm gewesen wäre. Das Ergebnis war traurig. Aus der wagerechten Lage gebracht, sank er unter, um in einem Erstickungskrampf wieder aufzutauchen.

Das dauerte eine kurze Weile, während welcher der Krampf ihn hinderte, auf Schiffers Rufen zu antworten, das immer noch zu ihm drang. Sobald er jedoch antworten konnte, brach er in ein Freudengeheul aus. Schiffer kam also zu ihm, um ihn aus dem stechenden, beißenden Meer zu holen, das seine Augen blendete und ihm den Atem raubte. Schiffer war wirklich ein Gott, sein Gott, mit der Macht eines Gottes, zu retten.

Bald hörte er den rhythmischen Schlag der Riemen gegen die Dollen, und die Freude in seinem Kläffen wurde verdoppelt durch die Freude in Schiffers Stimme. Immer wieder hörte er ermunternde Zurufe, nur hin und wieder unterbrochen von Ermahnungen an die Rudermannschaft.

»Gut, Jerry, alter Junge. Gut, Jerry, gut. – Washee-washee, ihr fella Jungens! – Ich komme, Jerry, ich komme. Halt aus, alter Junge. Nicht nachlassen. – Washee-washee, wie der Teufel! – Hier sind wir, Jerry. Halt aus. Nicht nachlassen. Los, alter Junge, wir kriegen dich schon. – Langsam ... langsam. Halt!«

Und dann sah Jerry mit verblüffender Deutlichkeit dicht neben sich die dunklen Umrisse des Walbootes aus dem Dunkel auftauchen, der Schein der Taschenlampe fiel ihm gerade in die Augen und blendete ihn, und während er noch vor Freude jaulte, fühlte und erkannte er Schiffers Hand, die ihn am Nacken packte und hochhob.

Triefend naß landete er an der regenfeuchten Weste Schiffers, seine Rute schlug wie verrückt gegen Schiffers Arm, der ihn umschloß, er drehte und wand sich und leckte wie von Sinnen Schiffers Kinn und Mund, Wangen und Nase. Und Schiffer merkte nicht, daß er selber naß war, daß, von Regen und Aufregung begünstigt, ein Anfall seiner alten Malaria im Anzuge war. Er wußte nichts, als daß das Hündchen, das er am Morgen zuvor geschenkt bekommen hatte, wieder sicher in seinen Armen lag.

Während die Bootsmannschaft sich in die Riemen legte, steuerte er, die Ruderpinne unter den einen Arm gepreßt, um Jerry mit dem andern halten zu können.

»Du kleines Scheusal,« sagte er zärtlich einmal über das andre, »du kleines Scheusal.«

Und Jerry antwortete ihm, indem er ihn küßte und wimmerte wie ein verirrtes, wiedergefundenes Kind. Auch er zitterte am ganzen Leibe. Aber es war nicht die Kälte, es waren seine überspannten, empfindlichen Nerven.

Wieder an Bord, sprach Van Horn dem Steuermann gegenüber seine Ansicht aus.

»Der Hund ist nicht einfach über Bord spaziert und auch nicht über Bord geschwemmt. Ich hatte ihn fest in die Decke eingebunden.«

Er trat mitten zwischen die Besatzung und die sechzig Retournierten, die sich sämtlich an Deck befanden, und richtete seine Taschenlampe auf die Decke, die immer noch auf den Jamssäcken lag.

»Da haben wir's. Das Tau ist durchschnitten. Die Knoten sind noch drin. Welcher Nigger hat's getan?« Er sah sich im Kreise der dunklen Gesichter um, indem er das Licht auf sie richtete, und so viel Anklage und Zorn lag in seinen Augen, daß alle Blicke sich senkten oder seitwärts wandten.

»Wenn der Hund nur sprechen könnte«, meinte er. »Er würde schon erzählen, wer es gewesen ist.«

Er beugte sich plötzlich zu Jerry nieder, der sich ganz eng an ihn schmiegte, so eng, daß seine Vorderpfoten auf Schiffers bloßen Füßen standen.

»Du kennst ihn, Jerry, du kennst den schwarzen fella Jungen«, sagte er schnell und anfeuernd, indem er die Hand suchend kreisen ließ.

Jerry war sofort lauter Leben, er hüpfte umher und stieß kurze, eifrige Bellaute aus.

»Ich glaube wirklich, der Hund könnte ihn mir zeigen«, vertraute Van Horn dem Steuermann an. »Los, Jerry, such' ihn, putz' ihn weg! Wo ist er, Jerry? Such' ihn! Such' ihn!«

Alles, was Jerry wußte, war, daß Schiffer etwas wollte. Er sollte etwas finden, was Schiffer suchte, und er brannte vor Eifer, ihm zu dienen. Er sprang eine Weile planlos, aber willig umher, während Schiffer ihn mit seinen Rufen anfeuerte und immer mehr aufregte. Da kam ihm ein Gedanke, ein ganz bestimmter Gedanke. Der Kreis der Eingeborenen öffnete sich, um ihn durchzulassen, und er schoß nach Steuerbord zu den dort aufgestapelten Kisten. Er steckte die Schnauze in die Öffnung, wo der Wildhund lag und schnüffelte. Ja, der Wildhund war drinnen. Er roch ihn nicht nur, er hörte auch sein drohendes Knurren.

Er sah fragend zu Schiffer auf. War es das, was Schiffer wollte? Sollte er zu dem Wildhund gehen? Aber Schiffer lachte und zeigte ihm mit einer Handbewegung, daß er anderswo nach etwas anderm suchen sollte.

Er sprang fort und schnüffelte an Stellen, wo er erfahrungsgemäß Schaben und Ratten zu finden hoffen konnte. Aber er merkte schnell, daß es nicht das war, was Schiffer wollte. Sein Herz klopfte vor Eifer, sich nützlich zu machen, und ohne sich etwas Bestimmtes dabei zu denken, begann er die bloßen Beine der Schwarzen zu beschnüffeln.

Das verursachte immer lebhaftere Zurufe von Schiffer und brachte ihn ganz von Sinnen. Das war es also! Er sollte die Besatzung und die Retournierten an ihren Beinen erkennen. So schnell er konnte, schoß er von einem zum andern, bis er zu Lerumie kam.

Und da vergaß er, daß Schiffer etwas von ihm wünschte. Alles, was er wußte, war, daß Lerumie das Tabu seiner geheiligten Person gebrochen hatte, indem er Hand an ihn legte, und daß es Lerumie war, der ihn über Bord geworfen hatte.

Mit einem Wutgeheul, zähnefletschend und das kurze Nackenhaar gesträubt, fuhr er auf den Schwarzen los. Lerumie floh über das Deck, und Jerry verfolgte ihn unter dem lauten Gelächter aller Schwarzen. Mehrmals glückte es Jerry, unter der wilden Jagd die fliegenden Schenkel mit seinen Zähnen zu ritzen. Dann aber kletterte Lerumie in die Haupttakelung, und Jerry blieb in ohnmächtiger Wut an Deck zurück.

Jetzt hatten sich die Schwarzen in ehrerbietigem Abstand in einem Halbkreis gesammelt, in dessen Brennpunkt Van Horn und Jerry standen. Van Horn richtete die elektrische Taschenlampe auf den Schwarzen in der Takelung und sah die langen parallelen Schrammen an den Fingern, die in Jerrys Decke gedrungen waren. Mit vielsagender Miene zeigte er sie Borckman, der außerhalb des Kreises stand, so daß kein Schwarzer ihm in den Rücken kommen konnte.

Schiffer hob Jerry auf und beschwichtigte ihn mit den Worten:

»Guter Hund, Jerry. Du hast ihn gezeichnet. Du bist ein Kerl, ein ganzer Kerl.«

Dann wandte er sich wieder zu Lerumie, ließ das Licht auf ihn fallen und redete ihn hart und kalt an. »Was Name gehören dir fella Jungen?« fragte er.

»Mich fella Lerumie«, lautete die leise, zitternde Antwort.

»Du kommen Penduffryn?«

»Mich kommen Meringe.«

Kapitän Van Horn überlegte, während er das Hündchen auf seinem Arm streichelte. Schließlich war es ein Retournierter. In einem, höchstens zwei Tagen wurde er an Land gesetzt, und er war ihn los. »Mein Wort,« erklärte er, »mich wütend auf dich. Mich wütend groß fella auf dich. Mich wütend auf dich groß bißchen. Was Name du fella Junge machen den pickaninny Hund gehören mir spazieren in Wasser?«

Lerumie war nicht fähig, zu antworten. Er rollte hilflos die Augen in Erwartung einer Tracht Hiebe, wie weiße Gebieter – das wußte er aus eigner bitterer Erfahrung – sie auszuteilen pflegten.

Kapitän Van Horn wiederholte die Frage, und der Schwarze rollte wieder hilflos die Augen.

»Für zwei Stück Tabak laß ich alle Glocken für dich läuten«, donnerte der Schiffer. »Jetzt mich geben dir starken fella zuviel Rede. Du noch einmal sehen mit Auge gehören dir dies fella Hund mir gehören, ich lassen alle Glocken läuten für dich und dich schmeißen über Bord. Savve?«

»Mich savve«, erwiderte Lemmie kläglich, und damit war die Angelegenheit erledigt.

Die Retournierten gingen nach unten, um weiter zu schlafen. Borckman setzte mit Hilfe der Besatzung das Großsegel und brachte die Arangi in den Kurs. Und Schiffer holte sich eine trockene Decke aus der Kabine und legte sich schlafen mit Jerry im Arm, den Kopf des Hündchens dicht an seine Schulter gedrückt.

Um sieben Uhr morgens, als Schiffer sich aus der Decke herauswickelte und aufstand, feierte Jerry den neuen Tag, indem er den Wildhund in seine Höhle jagte und allgemeines Grinsen unter den Schwarzen an Deck hervorrief, weil sein Knurren und Zähnefletschen Lerumie veranlaßte, ein halbes

Dutzend Schritt beiseitezuweichen und ihm das Deck zu überlassen.

Er nahm das Frühstück gemeinsam mit Schiffer ein, der, statt zu essen, fünfzig Gran Chinin mit einer Tasse Kaffee hinunterspülte und dem Steuermann klagte, daß er gezwungen sei, sich hinzulegen und das Fieber, das ihn überfiele, auszuschwitzen. Trotz seiner Kälteschauer, und trotzdem ihm die Zähne schon im Munde klapperten, während die brennende Sonne die Feuchtigkeit von den Deckplanten wie Nebelschwaden auszog, hätschelte Van Horn Jerry in seinen Armen und nannte ihn Prinzlein und Prinz, König und Sohn von Königen.

Van Horn hatte ja oft den Bericht von Jerrys Stammbaum mit angehört, den Tom Haggin beim Whisky-Soda zum besten gab, wenn es zu höllisch heiß war, um zu Bett zu gehen. Und der Stammbaum war so königlich, wie es für einen irischen Terrier überhaupt möglich ist, denn er reichte ganz bis auf den alten irischen Wolfshund zurück und war vor mindestens zwei Menschengenerationen gepflanzt und seither gehegt worden.

Da war Terrence; der Prächtige – der Sohn, wie Van Horn sich erinnerte, des in Amerika geborenen Milton Droleon aus der Königin der Grafschaft Antrim, deren Stammbaum, wie jeder Kenner weiß, bis auf den fast mythischen Spuds zurückreicht, ohne daß je ein Seitensprung mit jungen Stutzern vom Black-and-tan-Typ oder mit Waliser Bastards vorgekommen wäre.

Und führte Biddy etwa nicht ihren Stammbaum durch eine lange Reihe von Vorfahren auf Erin, die auserlesene Stammutter der ganzen Rasse, zurück? Und in diesem königlichen Stammbaum durfte man auch nicht die berühmte Moya Dollen vergessen.

Und so fühlte Jerry das Glück, zu lieben und geliebt zu werden in den Armen seines geliebten Gottes, sowenig er auch den Sinn von Ausdrücken wie »Königssohn« und »Sohn von Königen« verstand. Er wußte nur, daß es Koseworte waren, wie er wußte, daß Lerumies Fauchen Haß bedeutete. Und noch eines wußte Jerry, ohne sich dieses Wissens bewußt zu sein, nämlich daß er Schiffer in den wenigen Stunden, die er bei ihm war, lieber gewonnen hatte als Derby und Bob, die mit Ausnahme von Herrn Haggin die einzigen weißen Götter waren, die er je gekannt. Er war sich dessen, wie gesagt, nicht bewußt. Er liebte nur, handelte nur, wie sein Herz, sein Kopf es ihm eingab, oder was sonst in seinem Organismus den geheimnisvollen, wunderbaren und unersättlichen Drang erzeugte, den man Liebe nennt.

Schiffer ging nach unten. Er ging, ohne Jerry zu beachten, der leise hinter ihm her trottete, bis sie an die Treppe kamen. Schiffer beachtete Jerry nicht, weil das Fieber an seinem Fleische zerrte und ihm die Knochen schüttelte, seinen Kopf scheinbar zu ungeheurer Größe anschwellen und die Welt vor seinen Augen verschwimmen ließ. Er wankte wie ein Trunkener oder ein uralter Greis. Jerry fühlte, daß etwas mit Schiffer nicht stimmte.

Schiffer, bei dem jetzt unzusammenhängende Fieberreden mit ruhigen Augenblicken der Selbstbeherrschung abzuwechseln begannen, und der nach unten gehen und unter die Decke kriechen wollte, stieg also die steile Treppe hinunter, und Jerry wartete sehnsüchtig, aber beherrscht und schweigend in der Hoffnung, daß Schiffer, unten angekommen, die Arme hinaufreichen und ihn holen würde. Aber Schiffer fühlte sich zu elend, als daß er an Jerrys Existenz gedacht hätte. Mit ausgebreiteten Armen, um nicht zu fallen, wankte er durch die Kajüte nach der Koje in der kleinen Kabine.

Jerry stammte wahrlich aus königlichem Geschlecht. Wie gern hätte er sich bemerkbar gemacht, um hintergeholt zu werden. Aber er tat es nicht. Er beherrschte sich – er wußte selbst nicht weshalb, er hatte nur ein unklares Gefühl, daß er Rücksicht auf Schiffer als einen Gott nehmen mußte, und daß jetzt nicht die Zeit war, sich Schiffer aufzudrängen. Sein Herz wurde von Sehnsucht zerrissen, aber er gab keinen Laut von sich, sondern sah nur sehnsuchtsvoll über den Lukenrand hinab und lauschte auf das leise Geräusch von Schiffers Schritten.

Aber selbst für Könige und deren Nachkommen gibt es Grenzen, und nach einer Viertelstunde war Jerry so weit, daß er das Schweigen brechen mußte. Mit dem Verschwinden Schiffers war die Sonne für Jerry untergegangen. Er hätte den Wildhund jagen können, aber das reizte ihn jetzt nicht. Lerumie ging vorbei, ohne daß Jerry Notiz von ihm nahm, obwohl der Hund sich seiner Macht bewußt war, ihn vertreiben zu können. Die zahllosen Düfte vom Lande kitzelten seine Nase, aber er achtete nicht darauf. Selbst das Großsegel, das über seinem Kopfe hin und her schlug, während die Arangi in der Windstille stampfte, konnte ihm nicht einen einzigen neckischen Blick entlocken.

Gerade als Jerry einen zitternden Drang verspürte, sich niederzusetzen, die Schnauze zum Himmel zu heben und seinem Kummer in einer herzzerreißenden Klage Ausdruck zu verleihen, hatte er einen Einfall. Wie dieser Einfall kam, läßt sich nicht erklären. Es kann ebensowenig erklärt werden, warum ein Mensch heute zum Frühstück grünes Gemüse und nicht Bohnen wählt, während er gestern gerade Bohnen gegessen und grünes Gemüse abgelehnt hat. Es läßt sich ebensowenig erklären, wie ein Richter, der einen Verbrecher zu acht Jahren verurteilt hat, erklären kann, wieso er gerade zu diesem Urteil gelangte, während gleichzeitig fünf oder neun Jahre in seinem Hirn auftauchten. Und wenn nicht einmal Menschen, diese Halbgötter, das Mysterium der Entstehung solcher Gedanken ergründen können, die sie zu einer Handlung treiben, so kann man es von einem Hund wohl noch weniger erwarten.

So aber erging es Jerry. Gerade als er ein Geheul anstimmen wollte, merkte er, daß ein Gedanke, ein ganz anderer Gedanke, mit gebieterischem Zwang in den Mittelpunkt seines Bewußtseins trat. Er gehorchte diesem Einfall wie eine Marionette ihren Drähten und begab sich sofort auf die Suche nach dem Steuermann.

Er hatte ein Anliegen an Borckman. Borckman war ebenfalls ein zweibeiniger weißer Gott. Mit Leichtigkeit konnte Borckman ihn die steile Leiter hinuntertragen, die für ihn ohne Hilfe ein Tabu war, das zu verletzen verhängnisvoll werden konnte. Aber Borckman besaß nicht viel von jener Liebe, die die Voraussetzung für Verständnis ist. Dazu war

Borckman auch beschäftigt. Er mußte für die Arangi auf ihrer Fahrt über das Meer Sorge tragen, Segel trimmen lassen und dem Rudergast Befehle erteilen, ferner noch die Mannschaft beaufsichtigen, die das Deck wusch und Messing putzte, und außerdem hatte er noch damit zu tun, immer wieder einen Schluck aus der Whiskyflasche zu nehmen, die er dem Kapitän gestohlen und zwischen zwei achtern vom Besanmast festgemachten Jamssäcken verstaut hatte.

Borckman wollte sich gerade nach achtern begeben, um wieder einen Schluck zu nehmen, nachdem er mit belegter Stimme dem schwarzen Rudergast gedroht hatte, ihm siebenmal die Glocken zu läuten, weil er falsch steuerte, als Jerry vor ihm auftauchte und ihm in den Weg trat. Aber Jerry trat ihm nicht in den Weg, wie er es etwa bei Lerumie getan hätte. Er fletschte weder die Zähne, noch sträubten sich ihm die Nackenhaare. Im Gegenteil: Jerry war lauter Versöhnlichkeit und Liebenswürdigkeit, lauter sanfte Eindringlichkeit, verkörpert in einem Geschöpf, dem zwar die Rede versagt war, das aber doch von der wedelnden Rute und den zitternden Flanken bis zu den flach am Kopfe liegenden Ohren und den Augen, die am allerberedtesten waren, eine Sprache führte, die jeder feinfühlende Mensch verstehen mußte.

Aber Borckman sah nur, daß sich ihm ein vierbeiniges Geschöpf in den Weg stellte, das er in seiner Arroganz für tierischer ansah als sich selbst. Das ganze hübsche Bild des kleinen Hündchens mit seinem Drang, sich verständlich zu machen, und seinem rührend bittenden Ausdruck blieb seinem Blick verborgen. Was er sah, war nur ein vierbeiniges Tier, das er beiseiteschieben mußte, damit er, der zweibeinige Herr der Schöpfung, zu der Flasche gelangte, die Würmer in seinem Hirn kriechen und ihn Träume träumen lassen sollte, daß er Fürst und nicht Bauer, daß er Herr statt Sklave der Materie sei.

Und so wurde Jerry von einem rohen nackten Fuß beiseitegeschleudert, der ebenso hart und gefühllos war wie eine unbeseelte Sturzsee, die an gefühllosen Klippen zerschellt. Er glitt auf dem Deck aus, gewann aber das Gleichgewicht wieder, blieb stehen und betrachtete den weißen Gott, der ihn so ritterlich behandelt hatte. Die ihm zugefügte Gemeinheit und Ungerechtigkeit ließen Jerry nicht knurren oder die Zähne fletschen, wie er Lerumie oder einem andern Schwarzen gegenüber getan hätte. Ebensowenig entstand in seinem Gehirn ein Gedanke der Vergeltung. Dies war nicht Lerumie. Dies war ein höherer Gott, zweibeinig, weißhäutig wie Schiffer, wie Herr Haggin und die paar andern höheren Götter, die er kennengelernt hatte. Er fühlte sich nur gekränkt wie ein Kind, das einen Schlag von seiner gedankenlosen oder lieblosen Mutter erhalten hat.

Aber übel nahm er es dem Manne doch. Er war sich deutlich bewußt, daß es zweierlei Arten von Rauheit gab. Die freundliche Rauheit der Liebe, wenn Schiffer ihn an der Schnauze packte und schüttelte, daß ihm die Zähne klapperten, und ihn dann auf eine Art und Weise von sich schleuderte, die eine unverkennbare Aufforderung war, zurückzukommen und sich wieder schütteln zu lassen. Solche Rauheit war für Jerry der Himmel. Es war die innige Berührung mit einem angebeteten Gott, dem es beliebte, die gegenseitige Liebe auf diese Art auszudrücken.

Die Rauheit Borckmans aber war anders. Es war die andre Art Rauheit, in der keine Zuneigung, kein Herzenston der Liebe lag. Jerry verstand den Unterschied nicht ganz, aber er fühlte ihn und nahm Borckman seine Rauheit übel, ohne jedoch in Taten auszudrücken, wie unrecht er sie fand. So stand er denn, nachdem er das Gleichgewicht wiedergewonnen hatte, da und betrachtete ernst, als strenge er sich vergebens an, alles zu verstehen, den Steuermann, der die Flasche hoch hob und an den Mund setzte, wobei ein gurgelndes Geräusch aus seiner Kehle kam. Und mit dem gleichen Ernst betrachtete er weiter den Steuermann, als der jetzt nach achtern ging und dem schwarzen Rudergast, der ebenso sanft lächelte wie Jerry, wenn er einen Wunsch auf dem Herzen hatte, alle Schrecken des jüngsten Tages androhte.

Jerry verließ diesen Gott als einen Gott, den man weder lieben noch verstehen konnte, trottete betrübt wieder nach der Kajütstreppe und guckte sehnsüchtig über den Lukenrand in der Richtung, wo er Schiffer hatte verschwinden sehen. In seinem Bewußtsein nagte und bohrte der Wunsch, bei Schiffer zu sein, mit dem etwas nicht in Ordnung war, und der irgendwelchen Kummer hatte. Er sehnte sich nach Schiffer. Er sehnte sich nach ihm, vor allem, weil er ihn liebte, dann aber auch, wenn auch nicht so bewußt, weil er ihm vielleicht nützlich sein konnte. Und in seiner Sehnsucht nach Schiffer, in seiner Hilflosigkeit und jugendlichen Unerfahrenheit winselte er und schrie seinen Herzenswunsch über den Lukenrand hinunter. Sein Kummer war zu rein und ehrlich, als daß er sich zum Zorn gegen die Nigger an Deck und in der Kajüte hätte hinreißen lassen, die ihn auslachten und verspotteten.

Vom Lukenrand bis zum Kajütsboden waren es sieben Fuß. Erst vor wenigen Stunden hatte er die steile Leiter erklommen, aber er wußte, daß es ihm unmöglich war, hinunterzukommen. Und doch wagte er es schließlich. So überwältigend war die Sehnsucht, die ihn trieb, um jeden Preis Schiffer aufzusuchen, so klar sein Verständnis, daß es unmöglich war, mit dem Kopf voran, ohne Beine, Füße und Muskeln gebrauchen zu können, hinunterzugelangen, daß er es gar nicht erst versuchte. Er sprang. Es war ein prachtvoller, heroischer, von Liebe getriebener Sprung. Er wußte, daß er ein Lebenstabu verletzte, gerade wie er wußte, daß er ein Tabu verletzt hätte, wenn er in die Meringe-Lagune gesprungen wäre, wo die schrecklichen Krokodile schwammen. Große Liebe ist stets fähig zum Selbstvergessen, zur Aufopferung. Und nur Liebe, kein geringerer Anlaß, hätte Jerry zu dem Sprung bewegen können.

Er fiel auf Seite und Kopf. Der eine Schlag benahm ihm völlig den Atem; der andre betäubte ihn. Selbst in seiner Ohnmacht, als er am ganzen Körper zitternd dalag, machte er schnelle, krampfhafte Bewegungen mit den Beinen, als wollte er zu Schiffer laufen. Die Nigger betrachteten ihn und lachten, und sie lachten auch noch, als er nicht mehr zitterte und mit den Beinen zappelte. In Wildheit geboren, in Wildheit aufgewachsen, wußten sie es nicht besser, und ihr humoristischer Sinn entsprach ihrer Wildheit. Für sie war der Anblick eines betäubten und möglicherweise toten Hündchens ein lächerliches Ereignis, über das man sich totlachen konnte.

Erst als vier Minuten verstrichen waren, kam Jerry wieder zum Bewußtsein und war imstande, auf die Füße zu kommen und sich mit gespreizten Beinen und schwimmenden Augen im Rollen der Arangi zu halten. Aber mit dem ersten Schimmer von Bewußtsein stand wieder der eine Gedanke vor ihm, daß er zu Schiffer mußte. Die Schwarzen? In seiner Angst und Liebe dachte er gar nicht an sie. Er ignorierte die glucksenden, grinsenden, höhnenden Schwarzen, denen es, hätte das Hündchen nicht unter dem furchtbaren Schutze des großen weißen Kapitäns gestanden, ein besonderes Vergnügen gewesen wäre, es zu töten und zu fressen. Würde Jerry sich doch, wenn er heranwuchs, zu einem mächtigen Niggerjäger entwickeln! Ohne auch nur den Kopf zu wenden oder die Augen zu rollen, mit aristokratischer Verachtung, trottete er durch die Kajüte in die Kabine, wo Schiffer in seiner Koje lag und wie ein Verrückter schwatzte.

Jerry, der nie Malaria gehabt hatte, verstand das nicht. Aber in seinem Herzen fühlte er einen großen Kummer, weil Schiffer Kummer hatte. Schiffer erkannte ihn nicht, selbst nicht, als Jerry in die Koje sprang, quer über Schiffers schwer arbeitende Brust spazierte und ihm den scharfen Fieberschweiß vom Gesicht leckte. Statt dessen stießen die wild um sich schlagenden Arme Schiffers ihn fort und schleuderten ihn heftig gegen die Kojenwand.

Diese Rauheit war nicht die Rauheit der Liebe. Aber es war auch nicht die Rauheit Borckmans, der ihn mit dem Fuße fortgestoßen hatte. Sie war ein Teil von Schiffers Kummer. Jerry überlegte sich dies nicht, aber, und das ist die Hauptsache, er handelte so, als ob er es sich überlegt hätte. Die Sprache reicht hier nicht aus, und man kann nur sagen, daß er es fühlte.

Eben außerhalb der Reichweite eines rastlos um sich schlagenden Armes, setzte er sich hin, sehnsüchtig auf den Augenblick wartend, da er näherkommen und wieder das Gesicht des Gottes lecken könnte, der ihn nicht erkannte, ihn aber, wie er wußte, heiß liebte, und zitternd nahm er Anteil an Schiffers Kummer und litt mit ihm.

»He, Clancey«, schwatzte Schiffer. »Heut haben wir ein gutes Stück Arbeit geschafft, es gibt keine bessere Mannschaft, um die Dummheiten der Wagenführer wieder gutzumachen .. Kran Nummer drei, Clancey. Kriech vorn unter den Wagen.« Und als seine bösen Träume wechselten: »Seht, Liebling, so darfst du nicht zu Vati reden und ihm sagen, wie er dein süßes Goldhaar kämmen soll. Als ob ich es nicht könnte, ich hab dich doch die ganzen sieben Jahre gekämmt – besser als Mutti, Liebling, viel besser als Mutti. Ich bin der einzige, der die goldene Medaille verdient hat, weil er das Haar seines süßen Töchterchens so gut kämmt. – Der Anker ist hoch! Hart über das Ruder dort achtern! Klüver und Vortoppsegel klar! In den Wind! In den Wind! ... Ah, sie macht's, das herrliche Schiff ... Ich geh' höher – sicher, soweit es geht! Blackey, wenn du mir soviel bezahlen wolltest, um meine Karten zu sehen, dann solltest du was erleben, das kannst du mir glauben!«

So floß dies Durcheinander zusammenhangloser Erinnerungen über Schiffers Lippen, seine Brust senkte und hob sich, und er schlug wild mit den Armen um sich, während Jerry an der Kojenwand zusammengekrochen jammerte und jammerte, daß er machtlos war, zu helfen. Nichts von dem, was um ihn her vorging, konnte er begreifen. Er wußte ebensowenig von Poker wie von der Bedienung von Segelschiffen, von Zusammenstößen elektrischer Bahnen in New York oder dem langen Blondhaar eines geliebten Töchterchens in einer kleinen Harlemer Wohnung.

»Beide tot«, sagte Schiffer, dessen Fieberträume wieder wechselten. Er sagte es ganz ruhig, als meldete er nur, wie spät es sei. Dann klagte er: »Ach, ihre schönen blonden Zöpfe!«

Eine Weile lag er unbeweglich da und schluchzte herzzerbrechend. Das war eine günstige Gelegenheit für Jerry. Er kroch in den vom Fieber geschüttelten Arm, kuschelte sich an Schiffers Seite, legte seinen Kopf auf Schiffers Schulter, so daß seine kühle Schnauze Schiffers Wange berührte, und fühlte, wie der Arm sich um ihn zusammenschloß und ihn enger an sich drückte. Das Handgelenk beugte sich, die Hand streichelte ihn schützend, und die Berührung des sammetweichen Körpers rief einen Wechsel in den Fieberträumen Schiffers hervor. In kaltem, scharfem Ton begann er zu murmeln: »Der Nigger, der das Hündchen auch nur schief ansieht ...«

Nach einer halben Stunde brach Van Horn in heftigen Schweiß aus, und damit war die Macht des Malariaanfalls gebrochen. Er fühlte eine große körperliche Erleichterung, und die letzten Nebel des Deliriums hoben sich von seinem Hirn. Aber er war sehr schwach und kraftlos, und nachdem er die Decken beiseitegeworfen und Jerry erkannt hatte, fiel er in einen erfrischenden natürlichen Schlaf.

Erst zwei Stunden später wachte er auf und schickte sich an, an Deck zu gehen. Von der Treppe aus setzte er Jerry an Deck und ging wieder in die Kabine zurück, um eine Flasche Chinin zu holen, die er vergessen hatte. Aber er kehrte nicht gleich zu Jerry zurück. Die lange Schublade unter Borckmans Koje lenkte seinen Blick auf sich. Der Holzknopf, der sie verschloß, war aufgesprungen, und die Schublade hing weit und schief heraus, so daß sie sich festgeklemmt hatte. Es war eine ernste Geschichte.

Er hegte nicht den geringsten Zweifel, daß, wenn die Schublade nachts während der Böen zu Boden gefallen wäre, nicht die leiseste Spur von der Arangi und den achtzig Seelen, die sich an Bord befanden, übriggeblieben sein würde. Denn die Schublade war mit einem Durcheinander von Dynamitstangen, Schachteln mit Zündhütchen, Luntenrollen, Bleigewichten, Eisengerät und vielen Schachteln mit Büchsen-, Revolver- und Pistolenpatronen gefüllt. Er sortierte und ordnete den verschiedenartigen Inhalt und befestigte dann den Knopf wieder mit einem Schraubenzieher und einer längeren Schraube.

Unterdessen erlebte Jerry ein neues Abenteuer, und zwar keines von den angenehmsten. Während er auf Schiffers Rückkehr wartete, erblickte er zufällig den Wildhund, der ganz frech, ein Dutzend Fuß von seiner Höhle, zwischen den Kisten an Deck lag. Sofort kauerte Jerry sich kampfbereit zusammen. Diesmal schien ihm das Glück zu lächeln, denn der Wildhund schlief offenbar fest mit geschlossenen Augen.

In diesem Augenblick schritt der Steuermann bloßbeinig in der Richtung der zwischen den Jamssäcken verstauten Flasche über Deck und rief mit einer merkwürdig heiseren Stimme »Jerry«. Jerry legte die spitzen Ohren zurück und wedelte mit der Rute, um zu zeigen, daß er gehört hätte, gab aber im übrigen zu erkennen, daß er nicht beabsichtigte, den Angriff auf seinen Feind aufzugeben. Beim Ton von des Steuermanns Stimme schlug der Wildhund jedoch schnell die Augen auf, erblickte Jerry und schoß in seine Höhle, wo er augenblicklich kehrt machte und mit triumphierendem Knurren die Zähne zeigte.

Derart durch die Unbedachtsamkeit des Steuermanns um seine Beute gebracht, trottete Jerry wieder zum Kajütsaufgang zurück, um auf Schiffer zu warten. Aber Borckman, in dessen Gehirn es dank den vielen Schlucken, die er aus der Flasche genommen, recht lebhaft zuging, klammerte sich nach Art Betrunkener an einen armseligen Gedanken. Noch zweimal rief er Jerry in gebieterischem Ton zu sich, und zweimal verlieh Jerry mit zurückgelegten Ohren und wedelnder Rute in aller Liebenswürdigkeit und Gutmütigkeit seiner Unlust Ausdruck, der Aufforderung Folge zu leisten. Dann setzte er sich nieder und schaute sehnsüchtig über den Lukenrand nach Schiffer aus.

Borckman erinnerte sich seines ersten Gedankens und ging weiter in der Richtung der Flasche, die er an den Mund setzte und eine geraume Weile himmelwärts hielt. Aber auch der zweite Gedanke ließ ihn trotz aller Armseligkeit nicht los. Nachdem er eine Zeitlang hin und her schwankend vor sich hingemurmelt und, ohne etwas sehen zu können, getan hatte, als studiere er die frische Brise, die die Segel der Arangi füllte und ihr Deck schwanken ließ, und nachdem er schließlich den Versuch gemacht hatte, vor dem Rudergast mit seinen vom Trinken umnebelten Augen den Wachen und Scharfsichtigen zu spielen, taumelte er mittschiffs auf Jerry zu. Das erste, was Jerry von Borckmans Kommen merkte, war ein grausamer, schmerzhafter Griff in Flanke und Leiste, der ihn aufschreien und herumwirbeln ließ. Und dann packte der Steuermann ihn an der Schnauze, wie er es Schiffer im Scherz hatte tun sehen, und schüttelte ihn, daß ihm die Zähne im Maule klapperten, und mit einer Rauheit, die sehr verschieden war von der liebevollen Rauheit, mit der Schiffer ihn zu schütteln pflegte. Kopf und Körper wurden geschüttelt, die Zähne klapperten schmerzhaft, und er wurde auf die roheste Weise ein ganzes Stück über das glatte Deck geschleudert.

Jerry war ein Gentleman. Im Verkehr mit seinesgleichen wie mit Höherstehenden war er die Höflichkeit selbst. Und schließlich verfolgte er selbst einem Unterlegenen wie dem Wildhund gegenüber nicht lange einen Vorteil – jedenfalls nicht übertrieben lange. Wenn er den Wildhund überfiel, war es eigentlich mehr Lärm und Übermut als Brutalität gewesen. Aber einem Höherstehenden, einem zweibeinigen weißen Gott wie Borckman gegenüber, bedurfte er größerer Selbstbeherrschung und der Fähigkeit, seine ursprünglichen Instinkte zu zügeln. Er wollte mit dem Steuermann nicht das Spiel spielen, das er so begeistert mit Schiffer spielte, weil er für den Steuermann, wenn er auch ein zweibeiniger weißer Gott war, nicht die gleichen freundschaftlichen Gefühle hegte.

Und doch war Jerry lauter Höflichkeit. Er kam wieder in einer schwachen Nachahmung der Freudenausbrüche, die er im Umgang mit Schiffer gelernt hatte. In Wirklichkeit spielte er Komödie und versuchte etwas zu tun, wozu sein Herz ihn nicht trieb. Er tat, als spielte er, und stieß ein scherzhaftes Knurren aus, dem doch der Anschein der Wirklichkeit fehlte.

Er wedelte gutmütig und liebenswürdig mit der Rute und knurrte wild und freundschaftlich; aber mit der scharfen Beobachtungsgabe des Betrunkenen spürte der Steuermann den Unterschied, und das erweckte in ihm das vage Gefühl des Genarrtwerdens, des Betrogenseins. Jerry betrog ihn wirklich – aber aus reiner Herzensgüte. Und Borckman merkte in seiner Trunkenheit wohl den Betrug, nicht aber die Herzensgüte dahinter. Augenblicklich stellte er sich feindlich ein. Er vergaß, daß er selbst nur ein Tier war und ging davon aus, nur ein Tier vor sich zu haben, mit dem er auf dieselbe kameradschaftliche Art und Weise spielen wollte wie Schiffer.

Blutiger Krieg war unvermeidlich – anfangs nicht von Jerrys, sondern von Borckmans Seite. Borckman spürte den Urtrieb des Tieres, sich als Tier selbst zum Herrn dieses vierbeinigen Tieres zu machen. Jerry fühlte den Griff um seine Schnauze immer härter und roher werden, und mit immer heftigerer Härte und Roheit wurde er über das Deck geschleudert, das der wachsende Wind jetzt so neigte, daß es einen steilen, schlüpfrigen Hang bildete.

Er kämpfte wie ein Rasender mit Klauen und Zähnen, um den Hang hinaufzukommen, auf dem er keinen Halt finden konnte; und er kam, jetzt nicht mehr mit einer schwachen Nachahmung von Wildheit, sondern mit dem ersten Aufflackern wirklicher Wut. Er wußte das nicht. Wenn er überhaupt nachdachte, so hatte er eher den Eindruck, dasselbe Spiel zu spielen, das er mit Schiffer gespielt hatte. Kurz, das Spiel hatte angefangen, ihn zu fesseln, wenn auch in ganz andrer Weise, als es das Spiel mit Schiffer getan.

Diesmal fletschte er schneller die Zähne und schnappte mit mehr Absicht nach der Hand, die seine Schnauze packen wollte, aber es half ihm nichts, er wurde, härter und weiter als zuvor, die glatte Fläche hinabgeschleudert. Als er zurückkletterte, überkam ihn der Zorn, wenn er sich dessen auch nicht bewußt wurde. Aber der Steuermann, der ein Mensch, wenn auch ein betrunkener Mensch war, merkte die Veränderung in Jerrys Angriff eher, als Jerry selbst sie ahnte. Und Borckman merkte sie nicht nur, sie wirkte auf ihn als Sporn, trieb ihn in tierische Wildheit, so daß er gegen dies Hündchen kämpfte, wie ein primitiver Wilder, unter ganz andern Verhältnissen, mit dem ersten Wurf gekämpft haben mochte, den er aus einer Wolfshöhle in den Felsen gestohlen hatte.

Aber wahrlich: Jerrys Rasse war ebenso alt. Seine Vorfahren waren irische Wolfshunde gewesen, und lange zuvor waren die Vorfahren der Wolfshunde Wölfe gewesen. Es trat ein neuer Klang in Jerrys Knurren. Die unvergeßliche und unauslöschliche Vergangenheit ließ die Fibern in seiner Kehle zittern. Er fletschte die Zähne in wildem Eifer, sie so tief in die Hand des Mannes zu graben, wie seine Leidenschaft es ihm gebot. Denn jetzt war Jerry von Leidenschaft ergriffen.

Fast ebenso schnell wie Borckman hatte er den Sprung in die Finsternis einer früheren Welt zurückgetan. Und diesmal packten seine Zähne zu und zerrissen die zarte empfindliche Haut an der Innenseite von Borckmans rechter Hand zwischen den beiden ersten Fingergliedern. Jerrys Zähne waren nadelscharf, und Borckman, der Jerrys Schnauze packte, schleuderte ihn über Deck, daß er fast gegen die winzige Reling der Arangi schlug, ehe er sich festkrallen konnte.

In diesem Augenblick erschien Van Horn, der unterdessen die Schublade mit den Sprengstoffen unter der Koje des Steuermanns repariert hatte, auf der Treppe, erblickte die Kämpfenden und blieb ruhig stehen, um zuzusehen.

Aber er überschaute Millionen von Jahren und sah zwei tolle Geschöpfe, die die Koppel unzähliger Generationen abgestreift hatten und in die Finsternis der Urzeugung zurückgekehrt waren, ehe noch die erste dämmernde Intelligenz den Kern dieses Lebens zu Milde und Rücksicht umgeformt hatte. Dieselben ererbten Instinkte, die in Borckmans Hirn erwachten, erwachten auch in Jerrys Hirn. Die Zeit war für beide rückwärts geschritten. Alles, was zehntausend Generationen erkämpft hatten, war ausgelöscht, und Jerry und der Steuermann kämpften miteinander wie Wolfshund und Wilder. Keiner von ihnen sah Van Horn, der noch auf der Treppe stand und über den Lukenrand hinweg den Kampf verfolgte.

Für Jerry war Borckman jetzt ebensowenig ein Gott wie er selbst ein glatthaariger irischer Terrier. Beide hatten die Jahrmillionen vergessen. Jerry kannte keine Trunkenheit, aber er kannte Ungerechtigkeit; und sie war es, die seine Wut reizte. Als Jerry das nächste Mal angriff, war Borckman ungeschickt, und beide Hände waren ihm zerschrammt, ehe es ihm glückte, das Hündchen über das Deck zu schleudern.

Aber Jerry kam immer wieder. Wie ein brüllendes Dschungelgeschöpf heulte er hysterisch vor Wut. Aber er winselte nicht. Und ebensowenig wich er vor den Schlägen zurück. Er ging drauflos, kämpfte, ohne den Schlägen auszuweichen, wehrte sich und begegnete den Schlägen mit seinen Zähnen. Schließlich wurde er so heftig fortgeschleudert, daß er mit der Seite hart gegen die Reling schlug. Da rief Van Horn:

»Halt, Borckman! Lassen Sie den Hund in Ruhe!«

Der Steuermann drehte sich um, überrascht und erschrocken, daß er beobachtet wurde. Die scharfen, gebieterischen Worte Van Horns waren ein Ruf über Jahrmillionen. Borckmans wutverzerrtes Gesicht machte einen lächerlichen Versuch, dumm und um Entschuldigung bittend zu grinsen, und er murmelte: »Wir haben nur gespielt.« In diesem Augenblick aber kam Jerry wieder, sprang hoch und grub seine Zähne in die Hand, die ihn geschlagen hatte. Borckman übersprang sofort wieder die Jahrmillionen. Er versuchte, Jerry einen Tritt zu versetzen, trug aber als Dank für seine Mühe nur ein paar tüchtige Schrammen davon. Er stieß vor Wut und Schmerz unartikulierte Laute aus, dann beugte er sich nieder und gab Jerry einen furchtbaren Schlag auf Kopf und Hals. Jerry wurde von dem Schlage mitten im Sprung getroffen, und mit einem Saltomortale schlug er rücklings auf das Deck. Sobald er wieder auf den Füßen stand, schickte er sich zu einem neuen Angriff an, aber Schiffers Stimme hielt ihn zurück:

»Jerry! Halt! Komm her!«

Er gehorchte, aber mit einer gewaltigen Anstrengung, seine Nackenhaare sträubten sich, und die Lippen zogen sich zurück, daß die Zähne ganz entblößt waren, als der Steuermann vorbeiging. Zum erstenmal war ein Winseln in seiner Kehle; aber er winselte weder vor Furcht noch vor Schmerz, sondern vor Zorn und Kampfeseifer, den er auf Schiffers Gebot zu beherrschen suchte.

Schiffer trat an Deck, hob ihn auf und streichelte ihn beruhigend, während er dem Steuermann seine Meinung sagte.

»Borckman, Sie sollten sich schämen. Sie verdienten, totgeschossen oder aufgehängt zu werden. Ein Hündchen, ein kaum entwöhntes Hündchen. Freu' mich, daß Ihre Hand was abgekriegt hat. Geschieht Ihnen recht. Hoffe, daß Sie Blutvergiftung kriegen. Nebenbei: Sie sind betrunken. Gehen Sie in die Falle, und wagen Sie nicht, wieder an Deck zu kommen, ehe Sie nüchtern sind. Savve?«

Und Jerry, der die weite Reise durchs Leben und durch die Geschichte alles Lebens, aus dem die Welt entstanden, gemacht hatte, der um die Herrschaft kämpfte mit dem Urschlamm prähistorischer Zeiten, und das kraft der Liebe, die in weit späteren Zeiten in ihm erwacht und sein ein und alles geworden war, während der Zorn jener alten Zeiten immer noch mit dem Grollen eines vorbeiziehenden Wetters in seiner Kehle widerklang – Jerry wußte – und ein warmes Gefühl durchflutete ihn –, daß sein Schiffer erhaben und gerecht war. Wahrlich: Schiffer war ein Gott, der tat, was recht war, der ihn beschützte, und der wie ein Herrscher über diesen andern, weniger guten Gott gebot, welcher sich in der Furcht vor seinem Zorn fortschlich.

Jerry und Schiffer hielten gemeinsam die lange Nachmittagswache, und Schiffer schüttelte sich vor Lachen, und jeden Augenblick hörte man Ausbrüche wie: »Gott verdamm mich, Jerry, du bist wirklich ein Raufbold und ein rechter Köter«, oder »du bist ein ganzer Kerl, der reine Löwe. Ich wette, daß es keinen Löwen auf der Welt gibt, der mit dir fertig würde.«

Und Jerry, der außer seinem eignen Namen kein Wort von den Lauten, die Schiffer ausstieß, verstand, wußte doch, daß sie Lob und warme Liebe ausdrückten. Und wenn Schiffer sich herabbeugte, ihm die Ohren rieb oder sich die Finger von ihm küssen ließ, oder wenn er ihn in seine Arme hob, wollte Jerrys Herz vor Liebe fast bersten. Denn welch größeres Glück kann einem Geschöpf zuteil werden, als von einem Gott geliebt zu werden? Und dieses Glück eben war Jerry widerfahren. Dies war ein Gott, ein faßbarer, wirklicher, dreidimensionaler Gott, der mit bloßen Beinen und einem Lendenschurz einherging und seine Welt beherrschte, und der ihn liebte, ihn mit Lauten aus Kehle und Mund liebkoste und mit zwei weitgreifenden Armen an sich preßte.

Um vier Uhr ging Van Horn nach einem prüfenden Blick auf die sinkende Sonne und das nahe Su'u nach unten und schüttelte den Steuermann derb wach. Bis zur Rückkehr beider war Jerry Alleinherrscher an Deck. Aber hätte Jerry nicht bestimmt gewußt, daß die weißen Götter, die nach unten gegangen waren, jeden Augenblick wiederkehren mußten, so hätte er seine Herrschaft an Deck nicht lange ausüben können, denn mit jeder Meile, um die sich die Entfernung zwischen Malaita und den Retournierten verringerte, stieg deren Lebensmut, und mit der nahen Aussicht auf die frühere Unabhängigkeit begann Lerumie, als einer von vielen, Jerry mit ausgesprochen kulinarischen Gefühlen und hörbarem Schmatzen zu betrachten. Die Begriffe »Nahrung« und »Rache« deckten sich in diesem Falle völlig.

Mit scharf angeholten Segeln schoß die Arangi in der frischen Brise auf das Land zu. Jerry guckte durch den Stacheldraht und sog die Luft ein, während Schiffer neben ihm stand und Steuermann und Rudergast Befehle erteilte. Die vielen Kisten wurden jetzt losgesurrt, und die Schwarzen begannen sie zu öffnen und wieder zu schließen. Ihr besonderes Entzücken bildete die kleine Glocke, mit der jede Kiste versehen war, und die jedesmal, wenn der Deckel gehoben wurde, läutete. Ihre Freude an diesem Spielzeug war kindlich, und sie öffneten immer wieder die Kisten, um die Glocke läuten zu hören.

Fünfzehn von den Schwarzen sollten in Su'u an Land gesetzt werden, und mit wilden Geberden und Schreien begannen sie die Einzelheiten der Landschaft wiederzuerkennen und einander zu zeigen, der einzigen, die sie bis zu dem Tage gekannt hatten, als sie vor drei Jahren von ihren Vätern, Onkeln und Häuptlingen als Sklaven verkauft worden waren. Eine schmale Rinne von kaum hundert Schritt Breite führte in eine lange, enge Bucht. Das Ufer war von Mangroven und dichter Tropenvegetation überwuchert. Es waren weder Häuser noch sonst irgendwelche Anzeichen zu sehen, daß die Insel von menschliehen Wesen bewohnt war, obgleich Van Horn, der auf diese so nahe dichte Dschungel starrte, genau wußte, daß Dutzende, vielleicht Hunderte von menschlichen Augenpaaren ihn beobachteten.

»Riech sie, Jerry, riech sie«, feuerte er ihn an.

Und Jerrys Haar sträubte sich, und er bellte die Mangrovenmauer an, denn sein scharfer Geruchsinn sagte ihm wirklich klar, daß dort Nigger lauerten.

»Wenn ich riechen könnte wie er,« sagte der Kapitän zum Steuermann, »dann brauchte ich nicht zu fürchten, je meinen Kopf zu verlieren.«

Aber Borckman antwortete nicht und verrichtete verdrossen seine Arbeit. Es wehte nur schwach in der Bucht, und die Arangi schob sich langsam hinein und ging in dreißig Faden Wasser vor Anker. So steil fiel das Ufer ab, daß das Heck der Arangi herumschwang, bis es kaum hundert Fuß von den Mangroven lag.

Van Horn warf immer noch ängstliche Blicke auf die bewaldete Küste, denn Su'u war sehr verrufen. Seit vor fünfzehn Jahren der Schoner Fair Hathaway, der Arbeiter für die Queensland-Plantagen rekrutierte, von den Eingeborenen genommen und die ganze Besatzung erschlagen worden war, hatte sich kein Fahrzeug außer der Arangi je nach Su'u gewagt. Und die meisten Weißen verurteilten darum Van Horn, weil er sich auf ein so gefährliches Abenteuer einließ.

Tief im Lande, in den Bergen, die sich viele tausend Fuß hoch in die Passatwolken hoben, stieg Rauch von vielen Signalfeuern empor, die das Kommen des Schiffes meldeten. Fern und nah war die Anwesenheit der Arangi bekannt; aber aus der Dschungel, die zum Greifen nahe war, hörte man nur das Kreischen der Papageien und das Schwatzen der Kakadus.

Das mit sechs Leuten von der Besatzung bemannte Walboot wurde längsseits geholt, und die fünfzehn Su'uleute mit ihren Kisten hineingesetzt. Unter den Segelleinenüberzug über den Duchten wurden fünf Lee-Enfield-Gewehre gelegt, so daß die Ruderer sie sofort zur Hand hatten. An Deck stand ein andrer Mann von der Besatzung mit einer Büchse in der Hand und bewachte die übrigen Waffen. Borckman hatte sich sein eignes Gewehr geholt und hielt es, zu augenblicklichem Gebrauch bereit, in der Hand. Van Horns Büchse lag schußbereit achtern im Boot, wo er selbst neben Tambi stand, der mit einem langen Ruder steuerte. Jerry stieß ein leises Winseln aus und schaute sehnsüchtig über die Reling nach Schiffer aus, der sich erweichen ließ und ihn ins Boot hob.

Gerade im Boot war es gefährlich, denn es war kaum anzunehmen, daß die Retournierten auf der Arangi selbst eben jetzt einen Aufstand machen würden. Da sie aus Somo, Noola, Langa-Langa und dem fernen Malu stammten, spürten sie einen heillosen Schrecken davor, von den Su'uleuten gefressen zu werden, wenn die weißen Herren sie nicht mehr beschützten – gerade wie die Su'uleute gefürchtet haben würden, von den Somo-, Langa-Langa- und No-ola-Leuten gefressen zu werden.

Was die Gefahr im Boote wesentlich erhöhte, war der Umstand, daß kein Deckboot vorhanden war. Es war sonst stets üblich, daß die größeren Rekrutierungsschiffe zwei Boote schickten, wenn sie etwas an Land zu tun hatten. Während das eine am Ufer anlegte, blieb das andre in kurzer Entfernung liegen, um den Kameraden den Rückzug zu decken, wenn Unruhen ausbrachen. Es wäre für die Arangi, die zu klein war, ein Boot an Deck mitzuführen, zu umständlich gewesen, zwei Boote zu schleppen; daher verzichtete Van Horn, der kühnste aller Arbeiterwerber, auf diesen wesentlichen Schutz.

Tambi steuerte nach den leisen Anweisungen Van Horns parallel mit der Küste. An einer Stelle, wo die Mangroven aufhörten und die hohe Küste und ein schmaler getretener Pfad ganz bis ans Wasser gingen, bedeutete Van Horn den Ruderern, daß sie backen und die Riemen glattlegen sollten. Hohe Palmen und mächtige, weitausladende Bäume hoben sich an dieser Stelle über die Dschungel, und der Pfad glich einem Tunnel, der durch die dichte grüne Mauer von Tropen Vegetation führte.

Van Horn, der die Küste beobachtete, um ein Lebenszeichen zu erspähen, zündete sich eine Zigarre an und faßte mit der einen Hand unter seinen Lendenschurz, um sich zu vergewissern, daß die Dynamitbombe, die er zwischen Schurz und Hüfte gesteckt hatte, noch da war. Die angezündete Zigarre war bestimmt, im Notfall die Lunte der Dynamitbombe in Brand zu setzen. Das Ende der Lunte war gespalten, um einen Streichholzkopf hineinstecken zu können, und sie war so kurz, daß zwischen dem Anzünden mit der Zigarre und der Explosion kaum drei Sekunden verstreichen würden. Das erforderte Kaltblütigkeit und Schnelligkeit seitens Van Horns. In drei Sekunden mußte die Lunte angezündet, mußte gezielt und die sprühende Bombe nach ihrem Ziel geschleudert werden. Übrigens glaubte er nicht, daß es dazu kommen würde, und hielt sie nur für alle Fälle bereit.

Fünf Minuten verstrichen, und an der Küste blieb alles still. Jerry schnüffelte an Schiffers bloßen Beinen, als wolle er ihn vergewissern, daß er ihm nahe sei, was auch immer von der feindlichen Stille an Land drohte, dann setzte er die Vorderpfoten auf den Bootsrand und fuhr fort, eifrig und hörbar zu schnaufen, während sich ihm die Haare sträubten und er leise knurrte.

»Sie sind da, stimmt«, vertraute Schiffer ihm an, und Jerry warf ihm einen lächelnden Seitenblick zu, wedelte mit der Rute und legte die Ohren vor Liebe flach an den Kopf. Dann wandte er wieder die Schnauze dem Lande zu, um den Dschungelbericht zu lesen, den ihm die leichten Wellen der stickigen und beinahe stillstehenden Luft zutrugen.

»He!« rief Van Horn plötzlich. »He, ihr fella Jungens, steckt Köpfe raus, gehören euch!«

Wie in einer Verwandlungsszene wurde das scheinbar unbewohnte Dschungel plötzlich lebendig. Augenblicklich kamen hundert Wilde zum Vorschein. Hinter allen Bäumen und Büschen tauchten sie auf. Alle waren bewaffnet, einige mit Snider-Gewehren und uralten Reiterpistolen, andre mit langschäftigen Tomahawks. Im Handumdrehen war einer von ihnen in den Sonnenschein auf den freien Platz gesprungen, wo der Pfad an das Wasser stieß. Abgesehen von verschiedenartigem Schmuck war er nackt wie Adam vor dem Sündenfall. Eine einzelne Feder stak in seinem krausen, blanken, schwarzen Haar. Ein polierter Pfriem aus weißer, versteinerter Muschelschale war durch die Nasenwand gesteckt, daß er zu beiden Seiten herausragte. Um den Hals hing an einer Schnur aus geflochtener Kokosfaser eine Reihe elfenbeinweißer Wildschweinshauer. Um das eine Bein, eben unterhalb des Knies, trug er ein Strumpfband aus weißen Kaurimuscheln. Eine flammend rote Blume saß kokett über dem einen Ohr, und durch ein Loch im andern war ein Schweineschwanz gezogen, der so frisch war, daß er noch blutete.

Als dieser melanesische Stutzer in den Sonnenschein heraussprang, legte er gleichzeitig seine Snider-Büchse an, indem er von der Hüfte zielte, so daß die weite Mündung direkt auf Van Horn zeigte. Aber Van Horn war ebenso schnell. Im selben Augenblick hatte er zu seiner Büchse gegriffen und zielte ebenfalls von der Hüfte aus. So standen sie denn Angesicht zu Angesicht, den Tod in den Fingerspitzen, nur vierzig Fuß voneinander da. Die Jahrmillionen zwischen Barbarei und Zivilisation klafften auch in diesem kurzen Abstand von vierzig Fuß zwischen ihnen. Das schwerste für einen modernen, hochentwickelten Menschen ist, die Erfahrungen seiner Vorfahren zu vergessen. Am leichtesten wird es ihm, seine Zivilisation zu vergessen und über die Zeiten zurückzugleiten bis in die Kindheit der Menschheit. Eine Lüge, ein Schlag ins Gesicht, ein Stich der Eifersucht ins Herz kann im Bruchteil einer Sekunde einen Philosophen des zwanzigsten Jahrhunderts in einen affenartigen Troglodyten verwandeln, der sich die Brust mit den Fäusten schlägt und blutdürstig die Zähne fletscht.

So ging es Van Horn, aber doch mit einem gewissen Unterschied. Er war gleichzeitig der vollkommen moderne und der ganz primitive Mensch, fähig, in der Wut mit Zähnen und Klauen zu kämpfen, und doch beseelt von dem Wunsche, der zivilisierte Mensch zu bleiben, solange er durch seine Überlegenheit diese Studie von ebenholzschwarzer Haut und blendend weißem Zierat beherrschen konnte, die sich ihm entgegenstellte.

Zehn lange Sekunden war alles still. Selbst Jerry dämpfte sein Knurren, ohne zu wissen, warum. Hundert kopfjagende Kannibalen am Rande der Dschungel, fünfzehn retournierte Su'u-Neger im Boot, eine Besatzung von sieben Schwarzen, ein einziger Weißer, eine Zigarre im Mund, eine Büchse an der Hüfte, und ein irischer Terrier, der sich mit gesträubten Haaren dicht an den bloßen Schenkel seines Herrn drückte, das waren die Geschöpfe, die in dieser feierlichen Stille von zehn Sekunden atmeten, und keines von ihnen ahnte, was das Ende werden würde.

Einer der Retournierten machte, im Bug des Walbootes stehend, das Friedenszeichen, indem er waffenlos die offene Hand emporstreckte und dann in dem unbekannten Su'u-Dialekt schwatzte. Van Horn zielte ruhig weiter und wartete. Der Stutzer ließ seinen Snider sinken, und alle atmeten erleichtert auf.

»Mich gut fella Junge«, zwitscherte der Stutzer, halb wie ein Vogel, halb wie eine Elfe.

»Dich groß fella verrückt zuviel«, antwortete Van Horn barsch, indem er seine Büchse fallen ließ und den Ruderern und dem Rudergast bedeutete, das Boot zu wenden. Dabei rauchte er seine Zigarre so sorglos und gleichgültig, als hätte es sich nicht einen Augenblick zuvor um Leben und Tod gehandelt.

»Mein Wort«, fuhr er mit gut gespieltem Zorn fort. »Was Name du, zielen auf mich? Mich nicht kai-kai (essen) dich. Mich kai-kai dich, Magen gehören mir, umhergehen. Du nicht mögen kai-kai Su'u-Junge, gehören dir? Su'u-Junge, gehören dir, sein wie Bruder. Lange vor jetzt, dreimal Monsun früher, mich sprechen wahre Rede. Mich sagen, drei Monsun Jungen kommen wieder. Mein Wort, drei Monsun vorbei. Jungen sein bei mir, kommen wieder.«

In diesem Augenblick war das Boot so weit herumgeschwungen, daß die Lage von Bug und Heck jetzt vertauscht war. Van Horn machte kehrt, so daß er dem Stutzer mit der Snider-Büchse ins Gesicht sah. Auf ein neues Zeichen des Kapitäns backten die Ruderer und legten mit dem Heck an der Stelle an, wo der Pfad ans Wasser stieß. Und jeder Ruderer tastete, den Riemen für den Fall eines Angriffs bereit, heimlich unter das Segelleinen, um sich zu vergewissern, wo sein verstecktes Lee-Enfield-Gewehr lag.

»Schön, Jungen, gehören dir, gehen herum?« fragte Van Horn den Stutzer, der in der auf den Salomoninseln üblichen Weise bejahte, indem er die Augen halb schloß und den Kopf mit ein paar seltsamen kleinen Rucken zurückwarf.

»Nicht kai-kai Su'u fella Jungen, wenn bei dir herumgehen?«

»Nicht bange«, antwortete der Stutzer. »Wenn ihn Su'u fella Jungen, alles gut. Wenn ihn nicht fella Su'u-Jungen, mein Wort, viel Lärm. Ischikola, groß fella schwarzer Herr hier, ihn reden, mich reden mit dir. Ihn sagen, viel schlimme fella Jungen hier im Busch. Ihn sagen groß fella weißer Herr nicht gehen umher. Ihn sagen, lieber, guter großer fella weißer Herr bleiben auf Schiff.«

Van Horn nickte gleichgültig, als ob die Mitteilung ganz bedeutungslos sei, obwohl er sich klar darüber war, daß er diesmal keine neuen Arbeiter auf Su'u bekam. Während er die andern zwang, auf ihren Plätzen sitzenzubleiben – dirigierte er die Retournierten einzeln über das Heck an Land. Das war die Taktik auf den Salomoninseln. Jede Zusammenrottung war gefährlich. Man durfte nicht riskieren, daß sie aus der Reihe kamen. Und Van Horn rauchte seine Zigarre nachlässig und gleichgültig wie zuvor und beobachtete unabgewandt, aber scheinbar ganz interesselos jeden einzelnen Retournierten, der, seine Kiste auf der Schulter, nach achtern ging und an Land kletterte. Einer nach dem andern verschwand im Tunnel, und als der letzte sich an Land befand, gab er Befehl, das Boot zum Schiff zurückzurudern.

»Nichts hier zu machen diesmal«, sagte er zum Steuermann. »Wir gondeln los, sobald es hell wird.«

Die plötzliche tropische Dämmerung senkte sich auf sie herab, und es wurde Nacht. Uber ihnen funkelten die Sterne. Nicht das leiseste Lüftchen kräuselte das Wasser, und die beiden Männer troffen am ganzen Körper von Schweiß. Ohne besonderen Appetit aßen sie ihr Abendbrot an Deck, und jeden Augenblick hoben sie den Arm, um sich den Schweiß aus den Augen zu wischen.

»Daß ein Mensch nach den Salomons kommen muß – verdammtes Loch«, erklärte der Steuermann.

»Oder dableiben muß«, ergänzte der Kapitän.

»Mich hat das Fieber zu sehr mitgenommen«, brummte der Steuermann. »Ich würde sterben, wenn ich wegginge. Weiß noch, wie ich's vor zwei Jahren versuchte. Bei kaltem

Wetter bricht das Fieber erst richtig aus. Als ich nach Sidney kam, lag ich längelang auf dem Rücken. Sie fuhren mich im Krankenwagen nach dem Hospital. Mir ging es immer schlechter. Die Ärzte erzählten mir, meine einzige Rettung sei, dorthin zurückzukehren, wo ich das Fieber bekommen hätte. Täte ich das, so könnte ich noch lange leben. Bliebe ich in Sidney, so wäre es bald zu Ende mit mir. In einem andern Krankenwagen schickten sie mich wieder an Bord. Und das waren meine ganzen Ferien in Australien. Ich hatte durchaus keine Lust, auf den Salomons zu bleiben. Die sind die reine Hölle. Aber ich mußte es tun oder krepieren.«

Er rollte überschläglich dreißig Gran Chinin in ein Stück Zigarettenpapier, betrachtete die Pille einen Augenblick ärgerlich und verschluckte sie dann hastig. Dadurch wurde auch Van Horn erinnert, er streckte die Hand aus und nahm eine ähnliche Dosis.

»Wir wollen lieber ein Decksegel aufspannen«, schlug er vor.

Borckman ließ einige Leute von der Besatzung eine leichte Persenning wie eine Gardine an der Landseite der Arangi aufhängen. Es war eine Vorsichtsmaßregel gegen verirrte Schüsse aus den nur hundert Fuß entfernten Mangroven.

Van Horn ließ durch Tambi das kleine Grammophon heraufholen, das dann das Dutzend zufällig mitgenommener Platten ableierte, die bereits tausendmal unter der Nadel gewesen waren. In einer Pause erinnerte sich Van Horn des Mädchens und ließ sie aus ihrem dunklen Loch im Vorratsraum herausholen, um die Musik zu hören. Sie gehorchte zitternd, denn sie fürchtete, daß jetzt ihre Stunde gekommen wäre. Sie glotzte stumm mit furchtsam aufgerissenen Augen den großen weißen Herrn an; sie zitterte noch am ganzen Körper, als er sie schon längst vermocht hatte, sich niederzulegen. Das Grammophon bedeutete ihr nichts. Sie kannte nur Furcht – Furcht vor diesem schrecklichen weißen Manne, der sicherlich dazu ausersehen war, sie zu essen.

Jerry verließ für einen Augenblick die streichelnde Hand Schiffers, um sich zu ihr zu begeben und sie zu beschnüffeln. Das war seine Pflicht. Er wollte noch einmal ihre Identität feststellen. Einerlei, was auch immer geschah, einerlei, wie viele Monate und Jahre vergingen, er würde sie wiedererkennen, in alle Ewigkeit wiedererkennen. Er kehrte zu der freien Hand Schiffers zurück, die ihn weiter streichelte. Die andre Hand hielt die Zigarre, die Van Horn rauchte.

Die Schwüle wurde noch drückender. Die Luft war erstickend durch den feuchten, schweren Dunst, der aus dem Mangrovenbusch aufstieg. Angespornt durch die kreischende Musik, die an die Hafenplätze seiner früheren Welt erinnerte, lag Borckman mit dem Gesicht nach unten auf dem heißen Deck und trommelte mit seinen bloßen Zehen einen Zapfenstreich, während er in einem Monolog von Kehllauten seinen Gefühlen fluchend Luft machte. Aber Van Horn, der immer noch den stöhnenden Jerry streichelte, fuhr mit philosophischer Gemütsruhe fort, seine Zigarre zu rauchen, und zündete sich, als die erste aufgeraucht war, eine neue an.

Plötzlich aber wurde er aus seinen Betrachtungen gerissen durch ein schwaches Plätschern von Rudern, das er als erster an Bord hörte. Eigentlich war es Jerrys leises Knurren und der Umstand, daß sich ihm die Haare sträubten, gewesen, was Van Horn hatte aufhorchen lassen. Er zog die Dynamitbombe aus seinem Lendenschurz und betrachtete die Zigarre, um sich zu vergewissern, daß sie brannte, worauf er schnell und ruhig aufstand und schnell und ruhig an die Reling trat.

»Was Name gehören dir?« rief er in die Dunkelheit hinein.

»Mich fella Ischikola«, lautete die Antwort in dem zitternden Falsett eines alten Mannes.

Ehe Van Horn weitersprach, lockerte er seine automatische Pistole in ihrem Halfter, den er sich handgerecht nach vorn rückte.

»Wie viele fella Jungen sein bei dir?« fragte er.

»Ein fella zehn Jungen allzusammen bei mir«, erklang die alte Stimme.

»Dann komm längsseits.« Ohne den Kopf zu wenden, ließ Van Horn unbewußt die rechte Hand auf den Pistolenkolben sinken und befahl: »Du fella Tambi. Holen Laterne. Nein, bringen hierher. Du gehen mit ihr an Besanwanten und sehen scharf Auge, gehören dir.«

Tambi gehorchte, indem er die Laterne zwanzig Fuß vom Standpunkt des Kapitäns hielt. Das gab Van Horn einen Vorteil über die Männer, die sich im Kanu näherten, denn die Laterne, die durch den Stacheldrahtzaun an der Reling gesteckt und ziemlich tief gehalten wurde, mußte die Besatzung des Kanus scharf beleuchten, während er selbst im Halbdunkel und im Schatten stand.

»Washee-washee!« rief er gebieterisch, als das unsichtbare Kanu sich immer noch nicht sehen ließ.

Dann hörte man das Geräusch von Paddeln, und gleich darauf tauchte im Lichtkreise der hohe, schwarze, gondelartig gebogene, mit silberschimmerndem Perlmutter eingelegte Bug eines Kriegskanus auf, dann das lange schmale Kanu selbst, das keinen Ausleger hatte; die blitzenden Augen und schwarzschimmernden Körper der splitternackten Neger, die, im Boote kniend, paddelten; Ischikola, der alte Häuptling, der mittschiffs kauerte, ohne zu rudern, eine erloschene, nicht gestopfte Tonpfeife verkehrt zwischen den zahnlosen Kiefern, und endlich am Heck, als Bootsmann, der Stutzer – ganz schwarze Nacktheit und weißer Zierat mit Ausnahme des Schweineschwanzes in dem einen Ohr und der roten Hibiskusblüte, die immer noch hinter dem andern Ohr flammte.

Es war schon vorgekommen, daß weniger als zehn Schwarze ein Sklavenschiff mit nur zwei Weißen genommen hatten, und Van Horns Faust schloß sich um den Kolben seiner Pistole, obwohl er sie nicht ganz aus dem Halfter zog, mit der Linken führte er die Zigarre zum Munde und zog kräftig, daß sie gut brannte.

»Hallo, Ischikola, du verdammter Spitzbube«, begrüßte Van Horn den alten Häuptling, als der Stutzer durch eine Drehung seines Ruders das Kanu neben die Arangi legte.

Ischikola lächelte im Laternenlicht zu Van Horn herauf. Er lächelte mit dem rechten Auge, dem einzigen, das er hatte, da ihm das linke in seiner Jugend durch einen Pfeil bei einem Dschungel-Scharmützel zerstört worden war.

»Mein Wort!« grüßte er zurück. »Lange du nicht bleiben Auge gehören mir.«

Van Horn machte eine leicht verständliche scherzhafte Andeutung über die letzten Frauen, um die er seinen Harem vermehrt hatte, und den Preis, den er in Schweinen für sie erlegt hatte.

»Mein Wort,« sagte er schließlich, »du reich fella allzuviel.«

»Mich gern wollen kommen an Bord bei dir«, schlug Ischikola bescheiden vor.

»Mein Wort, Nacht sie bleiben«, wandte der Kapitän ein, fügte dann aber als Verstoß gegen die bekannte Regel, daß Besuche nach Einbruch der Nacht nicht mehr gestattet wurden, hinzu: »Du kommen an Bord, Jungen bleiben in Boot.«

Liebenswürdig half Van Horn dem alten Mann über die Reling zu klettern und durch den Stacheldrahtzaun an Deck zu kriechen. Ischikola war ein schmutziger alter Wilder. Eines seiner Tambos (Tambo ist auf Trepang-Englisch und Melanesisch dasselbe wie »Tabu«) war, daß Wasser unter keinen Umständen seine Haut berühren durfte. Er, der an der Salzsee, in einem Lande mit tropischen Regengüssen lebte, vermied gewissenhaft jede Berührung mit Wasser. Er schwamm oder watete nie und floh vor jedem Regenschauer unter Dach und Fach. Nicht, daß dies für den ganzen Stamm gegolten hätte. Es war nur das besondere Tambo, das die Teufel-Teufel-Medizinmänner ihm auferlegt hatten. Andre Angehörige des Stammes hatten von den Teufel-Teufel-Medizinmännern als Tambo bekommen, daß sie kein Haifischfleisch essen, keine Schildkröte anfassen oder nicht in Berührung mit Krokodilen oder deren versteinerten Überresten kommen, oder daß sie nicht durch die Berührung eines Weibes oder durch den Schatten eines Weibes auf ihrem Wege entheiligt werden durften.

Die Folge war daher, daß Ischikola, dessen Tambo Wasser war, von einer Kruste jahrzehntealten Schmutzes bedeckt war. Er war schuppig wie ein Aussätziger, dazu eingeschrumpft vor Alter und hatte ein runzliges, ausgedörrtes Gesicht. Ferner hinkte er furchtbar von einer alten Speerwunde am Schenkel, die seine ganze Gestalt verzerrte, so daß er stark vornübergebeugt ging. Aber sein einziges Auge funkelte klar und boshaft, und Van Horn wußte, daß er damit ebensoviel sah, wie er selbst mit seinen zweien.

Van Horn schüttelte ihm die Hand – eine Ehre, die er nur Häuptlingen zuteil werden ließ – und bedeutete ihm, auf Deck niederzuhocken neben dem entsetzten Mädchen, das wieder zu zittern begann bei dem Gedanken, daß sie Ischikola einst hundert Kokosnüsse hatte bieten hören, um sie zu Mittag zu essen.

Jerry mußte natürlich, späteren Wiedererkennens halber, diesen gottlosen, hinkenden, nackten und einäugigen alten Mann beschnüffeln. Und als er geschnüffelt und sich das spezielle Parfüm des Häuptlings gemerkt hatte, mußte er unbedingt ein schreckeneinflößendes Knurren ausstoßen, was ihm einen schnellen beifälligen Blick von Schiffer eintrug. »Mein Wort, gut fella kai-kai Hund«, sagte Ischikola. »Mich geben halb Faden Muschelgeld dies fella Hund.«

Für ein so junges Hündchen war das Angebot glänzend, denn ein halber Faden Muschelgeld, auf einer Schnur von Kokosfasern aufgezogen, bedeutete in barem Gelde ein halbes Pfund Sterling, zweieinhalb Dollar oder in lebenden Schweinen zweieinhalb ziemlich ausgewachsene Exemplare.

»Ein Faden Muschelgeld dies fella Hund«, antwortete Van Horn, während er in seinem Herzen wußte, daß er Jerry für keinen noch so phantastischen Preis, den ein Neger ihm bieten konnte, verkaufen würde; aber der Verstand gebot ihm, eine so niedrige Forderung über pari zu stellen, damit er keinen Verdacht bei dem Eingeborenen erweckte und nicht verriet, wie hoch er in Wirklichkeit diesen goldhaarigen Sohn Biddys und Terrences schätzte. Dann behauptete Ischikola, daß das Mädchen viel magerer geworden sei, und daß er, der ein Kenner in bezug auf Menschenfleisch war, sich diesmal nicht für berechtigt hielte, mehr als dreimal zwanzig Trinkkokosnüsse zu bieten.

Nach Auswechselung dieser Höflichkeiten sprachen der weiße und der schwarze Herr über mancherlei, der eine bluffte mit der überlegenen Intelligenz des Weißen, und der andre fühlte und erriet als der primitive Staatsmann, der er war, in der Hoffnung, vielleicht etwas darüber erfahren zu können, wie die menschlichen und politischen Kräfte ausbalanciert waren, die sich auf sein Su'u-Territorium bezogen. Das waren zehn Quadratmeilen, die auf der einen Seite vom Meere und auf der andern von den Linien begrenzt wurden, die die ewigen Kriege zwischen den Stämmen zogen, Kriege, die älter waren als die älteste Su'u-Mythe. Ewig waren Köpfe genommen und Menschen gefressen worden, bald von der einen, bald von der andern Seite, immer von den jeweils siegreichen Stämmen. Die Grenzen waren dieselben geblieben, Ischikola versuchte sich in rohem Trepang Aufklärung zu verschaffen über die allgemeine Situation der Salomons in bezug auf Su'u, und Van Horn war nicht darüber erhaben, das unehrliche diplomatische Spiel zu treiben, das in allen Kanzleien der Weltmächte getrieben wird.

»Mein Wort,« schloß Van Horn, »ihr schlechten fella zuviel diesen Ort. Zuviel Köpfe ihr fella nehmen, zuviel kai-kai Langschwein bei euch.« (Langschwein bedeutet gebratenes Menschenfleisch.)

»Was Name lang Zeit schwarz fella gehören Su'u nehmen Köpfe, kai-kai Langschwein?« entgegnete Ischikola.

»Mein Wort,« sagte Van Horn wieder, »zuviel diesen Ort. Einmal sehr bald groß fella Kriegsschiff halten Su'u und läuten sieben Glocken Su'u.«

»Was Name er groß fella Kriegsschiff halten Salomons?« fragte Ischikola.

»Groß fella Cambrian, ihn fella Name gehören Schiff«, log Van Horn, denn er wußte nur zu gut, daß die letzten zwei Jahre kein englischer Kreuzer im Salomonarchipel gewesen war.

Das Gespräch wurde allmählich zur Karikatur einer Verhandlung zwischen zwei Mächten; aber da wurden sie durch einen Ruf Tambis unterbrochen, der die Laterne über die Reling hielt und jetzt eine Entdeckung gemacht hatte.

»Schiffer, Gewehr er sein in Kanu!« rief er.

Van Horn war mit einem Sprung an der Reling und guckte über den Stacheldrahtzaun hinunter. Ischikola stand trotz seines verkrüppelten Körpers kaum eine Sekunde später neben ihm.

»Was Name das fella Gewehr bleiben auf Boden?« fragte Van Horn zornig.

Der Stutzer achtern im Kanu blickte gleichgültig in die Luft und versuchte, mit dem Fuß die grünen Blätter über die Kolben einiger Büchsen zu schieben, machte aber die Sache nur noch schlimmer, denn jetzt lagen sie ganz offen da. Er bückte sich, um die Blätter mit der Hand zurechtzulegen, richtete sich aber schnell wieder auf, als Van Horn ihn anbrüllte. »Klar dort! Nehmen Hand gehören dir lang Stück bißchen!«

Van Horn wandte sich gegen Ischikola und heuchelte eine Wut, die er wegen des alten, ewig wiederkehrenden Tricks gar nicht spürte.

»Was Name du kommen längsseits, Gewehr ihn bleiben in Kanu gehören dir?« fragte er.

Der alte Salzwasserhäuptling rollte sein einziges Auge und blinzelte in gut gespielter Dummheit und Unschuld.

»Mein Wort, mich wütend auf dich zu sehr«, fuhr Van Horn fort. »Ischikola, du sehr schlimmer fella Junge. Du gehen zur Hölle über Bord.«

Der alte Bursche humpelte mit größerer Gewandtheit, als er sie beim Anbordkommen gezeigt hatte, über das Deck, schlüpfte ohne Hilfe durch den Stacheldrahtzaun und ließ sich, ebenfalls ohne Hilfe, in das Kanu gleiten, wobei er sehr gewandt sein ganzes Gewicht auf das gesunde Bein stützte. Er blinzelte nach oben, als wolle er um Verzeihung bitten und seine Unschuld beteuern. Van Horn wandte sich ab, um ein Lächeln zu verbergen, lachte aber frei heraus, als der alte Spitzbube ihm seine leere Pfeife zeigte und mit einschmeichelnder Stimme sagte:

»Denke, fünf Stück Tabak du geben mir?«

Während Borckman nach unten ging, um den Tabak zu holen, hielt Van Horn Ischikola einen Vortrag über die heilige Unverletzlichkeit von Wahrheit und Versprechungen. Dann lehnte er sich über den Stacheldrahtzaun und reichte dem Häuptling die fünf Stück Tabak.

»Mein Wort«, drohte er. »Einen Tag, Ischikola, ich ganz fertig mit dir. Du nicht gut Freund bleiben bei Salzwasser. Du großer Narr bleiben in Busch.«

Ischikola versuchte zu protestieren. Van Horn schnitt ihm aber das Wort ab mit einem: »Mein Wort, du quatschen mit mir zu viel.«

Aber das Kanu blieb noch immer liegen. Der Stutzer tastete heimlich mit dem Zeh nach den Gewehrkolben unter den grünen Blättern, und Ischikola zeigte wenig Lust aufzubrechen.

»Washee-washee!« rief Van Horn plötzlich gebieterisch.

Die Ruderer gehorchten augenblicklich ohne Befehl ihres Häuptlings oder des Stutzers und paddelten mit langen, festen Schlägen das Kanu ins Dunkel hinein. Ebenso schnell wechselte Van Horn seine Stellung an Deck und zog sich ein ganzes Stück zurück, damit ihn kein auf gut Glück abgegebener Schuß treffen konnte. Dann kauerte er sich nieder und lauschte auf das Plätschern der Paddeln, das sich in der Ferne verlor.

»Schön, du fella Tambi«, befahl er ruhig. »Machen Musik er fella gehen umher.«

Und während der banale Rhythmus eines amerikanischen Marsches kreischend über das Wasser tönte, legte er sich zurück, stützte die Ellbogen aufs Deck, rauchte seine Zigarre und drückte Jerry zärtlich an sich.

Und als er so rauchte, sah er, wie die Sterne plötzlich von einer Regenwolke verdeckt wurden, die aus Luv oder jedenfalls dorther kam, wo er Luv vermutete. Während er berechnete, wie viele Minuten vergehen mochten, bis er Tambi mit dem Grammophon und den Platten nach unten schicken müßte, bemerkte er, daß das Buschmädchen ihn in dumpfer Furcht anstarrte. Er nickte zustimmend mit halbgeschlossenen Augen und aufwärts gewandtem Gesicht und machte eine Handbewegung nach der Kajütstreppe. Sie gehorchte wie ein geprügelter Hund, mit schwankenden Beinen und am ganzen Körper zitternd, in ihrer beständigen Angst vor dem großen weißen Herrn, der sie, wie sie überzeugt war, eines Tages essen würde. In dieser Verfassung schlich sie zur Kajütstreppe und kroch, die Füße voran, wie ein riesiger, schwarzköpfiger Wurm, hinunter, während Van Horn einen Stich in seinem Herzen fühlte, weil er nicht den Abgrund der Zeiten zu überbrücken vermochte, der sie trennte.

Nachdem er auch Tambi mit dem kostbaren Grammophon nach unten geschickt hatte, rauchte er weiter, während die scharfen Regenspritzer seinen erhitzten Körper angenehm kühlten.

Nur fünf Minuten dauerte der Regen. Dann kamen die Sterne wieder am Himmel zum Vorschein, Deck und Mangrovenbusch dampften, und die brütende Hitze hüllte alles ein.

Van Horn wußte Bescheid. Außer dem Fieber hatte er nie eine Krankheit gekannt, und deshalb beeilte er sich auch nicht, eine Decke zu holen und sich zuzudecken.

»Sie haben die erste Wache«, sagte er zu Borckman. »Wenn ich Sie morgen früh wecke, will ich schon unterwegs sein.«

Er legte den Kopf auf seinen rechten Oberarm, ließ Jerry unter den linken kriechen, preßte ihn eng an sich und schlief ein.

So abenteuerlich lebten weiße Männer und eingeborene Schwarze von einem Tag zum andern auf den Salomoninseln, streitend und feilschend. Die Weißen kämpften, um die Köpfe auf den Schultern zu behalten, die Schwarzen – nicht weniger hartnäckig –, um den Weißen die Köpfe zu nehmen, ohne selbst dabei zu Schaden zu kommen.

Und Jerry, der nur die Welt der Meringe–Lagune kannte und jetzt die Entdeckung machte, daß die neuen Welten, der das Schiff Arangi und die Insel Malaita angehörten, im wesentlichen dieselben waren, betrachtete das ewige Spiel zwischen Schwarzen und Weißen mit einer Art dämmernden Verständnisses.

Bei Tagesanbruch hatte die Arangi die Anker gelichtet. Ihre Segel hingen schwer in der toten Luft, und die Besatzung saß im Walboot und arbeitete mit den Riemen, um das Schiff durch die enge Einfahrt hinauszubugsieren. Als die Jacht einmal durch eine unberechenbare Strömung aus dem Kurs gebracht wurde und sich stark der Brandung an der Küste näherte, scharten sich die Schwarzen an Deck in großer Angst zusammen wie furchtsame Schafe im Pferch, wenn der wilde Räuber der Wälder draußen heult. Und es war auch nicht nötig, daß Van Horn dem Walboot zurief: »Washee-washee, ihr verdammten Kerle!« Die Bootsbesatzung hob sich gleichsam auf die Zehenspitzen und legte alle Kraft in jeden Ruderschlag. Sie wußten genau, welch schreckliches Schicksal ihrer wartete, wenn das von den Wellen überspülte Korallenriff den Kiel der Arangi packte. Und sie fürchteten sich, fürchteten sich genau wie das furchtsame Mädchen im Vorratsraum. Es war mehr als einmal geschehen, daß die Leute von Langa-Langa und Somo denen auf Su'u einen Festtag bereitet hatten, wie denn auch die Su'u-Leute gelegentlich dieselbe Rolle bei Festmählern in Langa-Langa und Somo gespielt hatten.

»Mein Wort,« wandte sich Tambi, der am Ruder stand, an Van Horn, als die Gefahr überstanden und die Arangi klargekommen war, »Bruder gehören mein Vater, lang Zeit vor, er kommen Schiffsbesatzung dieser Ort. Groß fella Schoner Bruder gehören mein Vater, er kommen hierher. Alles fertig dieser Ort Su'u. Bruder gehören mein Vater Su'u-Jungen kai-kai alle zusammen.«

Van Horn erinnerte sich der Fair Hathaway, die vor fünfzehn Jahren von den Eingeborenen auf Su'u geplündert und verbrannt wurde, nachdem die ganze Besatzung erschlagen worden war. Wirklich: zu Beginn des zwanzigsten Jahrhunderts waren die Salomons ein wildes Land, und von allen Salomons war die große Insel Malaita die wildeste.

Er ließ einen nachdenklichen Blick über die hohen Ufer der Insel nach dem Seemannszeichen, dem Koloratberge, schweifen, der sich, grünbewaldet, viertausend Fuß hoch bis in die Wolken erhob. Als er hinschaute, sah er dünne Rauchwölkchen in immer wachsender Zahl von den Hängen und den niederen Höhen aufsteigen.

»Mein Wort,« grinste Tambi, »viel Jungen bleiben in Busch, gucken nach dir, Auge gehören ihnen.«

Van Horn lächelte verständnisinnig. Er wußte, daß die uralte Telegraphie mittels Rauchsignalen von Dorf zu Dorf, von

Stamm zu Stamm die Botschaft trug, daß ein Arbeiterwerber an der Leeküste lag. Bei Sonnenaufgang war ein frischer Seitenwind aufgesprungen, und den ganzen Vormittag flog die Arangi nordwärts. Beständig wurde ihr Kurs von den immer dichter aufsteigenden Rauchwolken über die grünen Wipfel hinweg gemeldet. Gegen Mittag stand Van Horn, stets in Begleitung Jerrys, vorn und lotete, während die Arangi in den Wind ging, um zwischen zwei palmenbewachsenen Inselchen hindurchzufahren. Das Loten war nötig. Überall hoben sich Korallenriffe aus der türkisblauen Tiefe, durchliefen die ganze Farbenskala vom tiefsten Nephrit bis zum bleichsten Turmalin, und über sie hinweg spülten die wechselnden Farben des Meeres, schäumten die Wellen träge oder brachen sich in weißen, schaumsprühenden Spritzern.

Die Rauchsäulen über den Höhen schwatzten weiter, und längst, ehe die Arangi die Einfahrt passiert hatte, wußte die ganze Leeküste, von den Salzwasserleuten am Strande bis zu den fernsten Buschdörfern, daß der Arbeiterwerber auf dem Wege nach Langa-Langa war. Als die Lagune, die von einem Gürtel kleiner Inselchen vor der Küste gebildet wurde, immer mehr in Sicht kam, begann Jerry die Riffdörfer zu riechen. Viele Kanus bewegten sich über die glatte Fläche der Lagune, von Paddeln getrieben oder vorm Südostpassat segelnd, der frisch durch die breiten Kronen der Kokospalmen wehte. Jerry bellte gereizt die am nächsten herankommenden an, die Haare sträubten sich ihm, und er stellte sich furchtbar grimmig, um zu zeigen, daß er dem weißen Gotte neben ihm ein hinreichender Beschützer war. Und nach jeder solchen Warnung rieb er seine kühle, feuchte Schnauze gegen die sonnenhelle Haut von Schiffers Schenkel.

Als die Arangi erst in der Lagune war, fiel sie mit Querwind ab. Nach einer schnellen Fahrt von einer halben Meile drehte sie mit losen Vorschooten und flatterndem Großsegel und Besan bei. Dann fiel der Anker in fünfzig Fuß Tiefe. Das Wasser war so klar, daß jede der mächtigen geriffelten Muschelschalen auf dem Korallengrunde sichtbar war. Man brauchte nicht das Walboot, um die Langa-Langa-Retournierten zu landen. Hunderte von Kanus lagen in zwanzig Reihen zu beiden Seiten der Arangi, und jeder Schwarze wurde mit seiner Kiste und seiner Glocke von Dutzenden von Verwandten und Freunden für sich in Anspruch genommen.

Es herrschte eine solche Erregung, daß Van Horn niemand erlaubte, an Bord zu kommen. Im Gegensatz zu Hornvieh sind Melanesier bei Ausbruch einer Panik ebensosehr zum Angriff wie zur Flucht geneigt. Zwei Mann von der Besatzung standen neben den auf dem Skylight befindlichen Lee-Enfield-Gewehren. Borckman besorgte mit der halben Besatzung den Schiffsdienst. Van Horn überwachte in Begleitung Jerrys das Ausschiffen der Langa-Langa-Retournierten, achtete sorgfältig darauf, daß ihm niemand in den Rücken kam, und beobachtete scharf den Rest der Besatzung, der den Stacheldrahtzaun an der Reling bewachte. Und jeder Somo-Neger saß auf seiner Kiste, um zu verhüten, daß sie irrtümlich von einem Langa-Langa-Neger in das wartende Kanu geworfen wurde.

Nach einer halben Stunde zog die ganze lärmende Schar ab. Nur einige wenige Kanus blieben zurück, und in einem von ihnen saß Nau-hau, der mächtigste Häuptling von der Feste Langa-Langa. Van Horn machte ihm ein Zeichen, daß er an Bord kommen könne. Im Gegensatz zu den meisten großen Häuptlingen war Nau-hau jung, und im Gegensatz zu den meisten Melanesiern war er stattlich, ja beinahe schön zu nennen.

»Hallo, König von Babylon«, begrüßte ihn Van Horn, denn so nannte er ihn wegen seines semitischen Gepräges und wegen der rohen Kraft, die sein Gesicht und seine Haltung kennzeichnete.

Nackt geboren und zur Nacktheit erzogen, betrat Nau-hau das Deck dreist und unbeschämt. Sein einziges Kleidungsstück war ein Kofferriemen, den er sich um den Leib geschnallt hatte. Zwischen diesem und seinem bloßen Körper stak die ungeschützte Klinge eines zehnzölligen Schlächtermessers. Sein einziger Schmuck war ein weißer Porzellan-Suppenteller, der durchbohrt war und ihm an einer aus Kokosfasern geflochtenen Schnur um den Hals hing, so daß der

Teller ihm auf der Brust hing und die schwellenden Muskeln halb bedeckte. Das war der größte aller Schätze. Von keinem Mann auf Malaita hatte er je gehört, daß er einen ganzen Suppenteller besessen hätte.

Und der Suppenteller machte ihn ebensowenig lächerlich wie seine Nacktheit. Er war König, wie sein Vater es vor ihm gewesen, aber er war größer als sein Vater. Leben und Tod hielt er in seiner Hand. Oft hatte er seine Macht ausgeübt, hatte seinen Untertanen in der Sprache von Langa-Langa zugezwitschert: »Erschlagt hier« und »Erschlagt dort«; »Du sollst sterben« und »Du sollst leben«. Und weil sein Vater, der vor einem Jahre abgedankt hatte, so töricht gewesen war, sich in die Regierung seines Sohnes einzumischen, hatte der ihm durch zwei Leute den Hals mit einem Strick aus Kokosfasern zuschnüren lassen, daß er hernach nie wieder atmete. Und weil seine Lieblingsfrau, die Mutter seines Erstgeborenen, in ihrer törichten Liebe gewagt hatte, eines seiner königlichen Tambos zu verletzen, hatte er sie töten lassen und sie höchst selbstsüchtig und gewissenhaft bis auf das letzte Knöchelchen, ja bis auf das Mark ihrer Knochen aufgefressen, ohne selbst seinen allernächsten Genossen auch nur einen einzigen Bissen von ihr zu gönnen.

Königlich war er von Natur, durch Erziehung und Wesen. Er benahm sich mit königlichem Selbstbewußtsein. Er sah königlich aus – wie ein prachtvoller Hengst, wie ein Löwe in einer goldbraunen Wüste königlich aussehen mag. Er war ein herrliches Tier – ein erster Entwurf zu den strahlenden menschlichen Eroberern und Herrschern auf höheren Stufen der Entwicklung, wie sie zu andern Zeiten und Orten aufgetaucht sind. Königlich war Haltung von Körper, Brust, Schultern und Kopf. Königlich war sein Blick: hochmütig unter schweren Lidern.

Königlich war auch sein Mut, als er in diesem Augenblick die Arangi betrat, trotzdem er wußte, daß er auf Dynamit trat. Wie er längst aus bitterer Erfahrung wußte, waren weiße Männer, mochten sie sonst sein, wie sie wollten, selbst der reine Sprengstoff, gerade wie die geheimnisvollen, totbringenden Waffen, die sie zuweilen benutzten. Als kleiner Knabe

war er einmal mit in einem Kanu gewesen, das einen Sandel-
holzkutter, noch kleiner als die Arangi, angegriffen hatte. Nie
hatte er das Mysterium vergessen. Er hatte gesehen, wie zwei
der weißen Männer getötet und ihre Köpfe an Deck abgehau-
en wurden. Der dritte war, immer kämpfend, eine Minute
zuvor nach unten geflohen. Und da war der Schoner mit
seinem ganzen Reichtum an Bandeisen, Tabak, Messern und
Kattun in die Luft geflogen und in einem zersplitterten, zer-
fetzten Nichts wieder ins Meer gefallen. Das war Dynamit
gewesen – das Mysterium. Und er, der durch ein glückliches
Wunder unbeschädigt durch die Luft gewirbelt war, er hatte
erraten, daß weiße Männer selbst Dynamit waren, zusammen-
gesetzt aus demselben geheimnisvollen Stoff wie der, mit dem
sie die schnellen Fischzüge, oder in der äußersten Not sich
selbst und ihre Schiffe in die Luft sprengten – diese Schiffe,
mit denen sie von weither übers Meer gezogen kamen. Und
dennoch betrat er diesen unsicheren, entsetzlichen, todbrin-
genden Stoff, aus dem, wie er sehr wohl wußte, auch Van
Horn bestand, betrat ihn fest und schwer, wagte es, seinen
Hochmut dagegen einzusetzen, obwohl jeden Augenblick die
Explosion erfolgen konnte.

»Mein Wort,« begann er, »was Name du machen Jungen
gehören mir bleiben zu lange bei dir?« Was eine wahre und
wohlbegründete Anklage war, da die Leute, die Van Horn
zurückbrachte, dreiundeinhalb Jahre statt drei fortgeblieben
waren.

»Du reden das fella Gerede ich werden böse zu sehr auf
dich«, antwortete Van Horn streitlustig und fügte dann dip-
lomatisch hinzu, indem er die Hand in eine mittendurch ge-
sägte Tabakkiste steckte und dem Häuptling eine Handvoll
anbot: »Viel besser, du rauchen und reden gut fella Rede.«

Aber Nau-hau lehnte mit einer großartigen Handbewegung die Gabe ab, nach der ihn hungerte.

»Viel Tabak bleiben bei mir«, log er. »Was Name ein fella
Junge gehen fort nicht kommen wieder?« fragte er.

Van Horn zog das lange dünne Abrechnungsbuch aus
seinem Lendenschurz, und während er schnell die Seiten
überblickte, empfing Nau-hau einen Eindruck von dem Dy-

namit in der überlegenen Macht des weißen Mannes, die ihn befähigte, sich in den beschriebenen Blättern eines Buches statt in seinem Kopfe genau zu erinnern.

»Sati«, las Van Horn, indem er seinen Finger auf die Stelle setzte und aufmerksam bald auf das beschriebene Blatt, bald auf den schwarzen Häuptling vor sich, sah, während der schwarze Häuptling selbst dachte und grübelte, welche Möglichkeit er hätte, hinter den andern zu gelangen und ihm mit einem einzigen Messerhieb – dem Hieb, den er so gut kannte – das Rückgrat eben unterhalb des Halses durchzuhauen.

»Sati«, las Van Horn. »Letzter Monsun beginnen diese Zeit, ihn fella Sati werden krank Magen gehören ihm zu sehr; dann ihn fella Sati ganz fertig.« So lautete auf Trepang die Eintragung: »Gestorben an Dysenterie 4. Juli 1901.«

»Viel Arbeit ihn fella Sati lange Zeit«, ging Nau-hau gerade auf die Sache los. »Was kommen Geld gehören ihm?« Van Horn rechnete.

»Zusammen ihn machen sechs zehn Pfund und zwei fella Pfund Gold«, lautete die Übersetzung von zweiundsechzig Pfund Lohn. »Ich bezahlen Vorschuß Vater gehören ihm ein zehn Pfund und fünf fella Pfund. Ihn fertig ganz für vier zehn Pfund und sieben fella Pfund.«

»Was Name bleiben vier zehn Pfund und sieben fella Pfund?« fragte Nau-hau, der wohl mit der Zunge, aber nicht mit dem Kopfe diese ungeheure Summe bewältigen konnte.

Van Horn hob die Hand.

»Zuviel Eile du fella Nau-hau. Ihn fella Sati kaufen Laden bei Plantage zwei zehn Pfund und ein fella Pfund. Sati fertig, ihm gehören zwei zehn Pfund und sechs fella Pfund.«

»Was Name bleiben zwei zehn Pfund und sechs fella Pfund?« beharrte Nau-hau unerbittlich.

»Bleiben bei mir«, antwortete der Kapitän kurz.

»Geben mir zwei zehn Pfund und sechs fella Pfund.«

»Geben dir Hölle«, sagte Van Horn abweisend, und in seinen blauen Augen spürte der schwarze Häuptling deutlich das Dynamit, aus dem der weiße Mann gemacht schien. Wieder sah er den blutigen Tag vor sich, da er zum erstenmal eine

Dynamitexplosion erlebt hatte und durch die Luft gewirbelt war.

»Was Name das alt fella Junge bleiben in Kanu?« fragte Van Horn, indem er auf einen alten Mann in dem längsseit liegenden Kanu zeigte. »Ihn Vater gehören Sati?«

»Ihn Vater gehören Sati«, bestätigte Nau-hau.

Van Horn machte dem Alten ein Zeichen, daß er an Bord kommen solle, übergab Borckman die Aufsicht an Deck und ging mit Nau-hau nach unten, um das Geld aus seinem Geldschrank zu holen. Dann kehrte er zurück und wandte sich, ohne die geringste Notiz vom Häuptling zu nehmen, direkt an den Alten. »Was Name gehören dir?«

»Mich fella Nino«, lautete die bebende Antwort.

»Ihn fella Sati gehören mir.«

Van Horn sah fragend auf Nau-hau, der bestätigend in der Art der Salomoninseln nickte, worauf Van Horn sechsundzwanzig Goldstücke in die Hand von Satis Vater zählte.

Augenblicklich streckte Nau-hau die Hand aus und empfing die Summe. Zwanzig Goldstücke behielt der Häuptling selbst, die übrigen sechs gab er dem Alten wieder. Das ging Van Horn nichts an. Er hatte seine Pflicht getan und seine Schuld bezahlt. Daß ein Häuptling seinen Untertan tyrannisierte, hatte nichts mit seinem Geschäft zu tun.

Beide Herren, der weiße und der schwarze, waren sehr mit sich zufrieden. Van Horn hatte das Geld an den bezahlt, der es zu bekommen hatte; Nau-hau hatte kraft seiner Königswürde Satis Vater vor den Augen Van Horns der Frucht von Satis Fleiß beraubt. Aber Nau-hau war nicht darüber erhaben, sich zu brüsten. Er schlug den Tabak aus, der ihm zum Geschenk angeboten wurde, kaufte eine Kiste von Van Horn und bezahlte ihm fünf Pfund dafür. Dann verlangte er, daß die Kiste geöffnet würde, damit er sich sofort eine Pfeife stopfen konnte.

»Viel gute Jungen bleiben Langa-Langa?« fragte Van Horn mit unbeirrbarer Höflichkeit, um das Gespräch in Gang zu halten und seine völlige Gleichgültigkeit zu zeigen.

Der König von Babylon grinste, würdigte ihn aber keiner Antwort.

»Vielleicht ich gehen an Land und gehen umher«, sagte Van Horn herausfordernd und prüfend.

»Vielleicht zuviel Lärm für dich«, antwortete Nauhau ebenso herausfordernd. »Vielleicht viel schlechte fella Jungen kai-kai dich.«

Wenn Van Horn sich dessen auch nicht bewußt war, so hatte er doch bei dieser Herausforderung dasselbe stechende Gefühl in den Haarwurzeln wie Jerry, wenn sich ihm die Haare sträubten.

»He, Borckman«, rief er. »Bemannen Sie das Walboot!«

Als das Walboot längsseits lag, stieg er zuerst selbst gleichmütig ein und forderte dann Nau-hau auf, ihn zu begleiten.

»Mein Wort, König von Babylon«, flüsterte er dem Häuptling ins Ohr, als die Besatzung sich über die Riemen beugte. »Ein fella Junge machen Lärm, ich zuerst schießen Hölle aus dir heraus. Dann ich schießen Hölle aus Langa-Langa heraus. Ganze Zeit, du fella gehen herum, du gehen herum mit mir. Du nicht mögen gehen herum mit mir, du gleich ganz fertig.«

Und an Land ging Van Horn, ein weißer Mann, allein begleitet von einem kleinen irischen Terrier, dessen Herz vor Liebe überströmte, und einem schwarzen König, den widerwilliger Respekt vor dem Dynamit in dem weißen Manne erfüllte. Und der barbeinige Schwadroneur durchschritt eine von dreitausend Seelen bewohnte Feste, während sein weißer, dem Schnaps verfallener Steuermann das winzige Fahrzeug hielt, das vor der Küste verankert lag, und seine schwarze Bootsmannschaft, die Riemen in den Händen, das Walboot mit dem Heck gegen Land hielt und auf den Augenblick wartete, da er plötzlich hineinspringen würde – dieser Mann, dem sie dienten, den sie aber nicht liebten, und dessen Kopf sie mit größter Bereitwilligkeit genommen hätten, wenn sie es gefahrlos hätten tun können.

Van Horn hatte nicht die Absicht gehabt, an Land zu gehen, und wenn er es auf die hochmütige Herausforderung des schwarzen Häuptlings tat, so geschah es lediglich aus geschäftlichen Rücksichten. Eine Stunde lang schlenderte er umher, die Rechte immer am Kolben der automatischen

Pistole an seiner Lende, und ohne die Augen von Nau-hau zu lassen, der neben ihm ging. Denn Nau-hau, der mit Mühe einen Vulkanausbruch unterdrückte, konnte beim geringsten Anlaß explodieren. Und wie Van Horn so dahinschlenderte, war ihm vergönnt zu sehen, was nur wenige Weiße gesehen, denn Langa-Langa und seine Schwesterinseln – schöne Perlen, die wie auf einer Schnur an der Küste von Malaita aufgereiht lagen – waren ebenso einzigartig wie unerforscht.

Ursprünglich waren diese Inseln nur Sandbänke und Korallenriffe gewesen, die halb vom Meere überspült wurden. Nur ein gejagtes, verzweifeltes Geschöpf hatte sich hier mit unglaublicher Mühe den dürftigsten Lebensunterhalt schaffen können. Aber eben solche gejagte, verzweifelte Geschöpfe, deren Dörfer überfallen, oder die vor dem Zorn ihrer Häuptlinge und dem Schicksal geflohen waren, als Langschweine in den Kochtopf zu wandern, waren hierhergekommen und hatten ausgehalten. Und diese Menschen, die nur den Busch gekannt hatten, lernten jetzt das salzige Wasser kennen und entwickelten sich zu einer Salzwasserrasse. Sie lernten Fische und Schaltiere kennen, und sie erfanden Angelhaken und Schnüre, Netze und Reusen und all die sonstigen Methoden, um sich die Nahrung zu verschaffen, die in dem ewig wechselnden, unsicheren Meere schwimmt.

Diese Flüchtlinge stahlen sich Weiber vom Festlande und vermehrten sich. Mit wahrer Herkulesarbeit unter der brennenden Sonne besiegten sie das Meer. Sie umdeichten ihre Korallenriffe und Sandbänke mit Korallenblöcken, die sie in dunklen Nächten vom Festland stahlen. Prachtvolles Mauerwerk bauten sie ohne Mörtel und Meißel, um dem Anprall des Ozeans Widerstand zu leisten. Ebenso stahlen sie vom Festland – wie Mäuse aus menschlichen Wohnungen, wenn die Menschen schlafen – Kanuladungen fetter, reicher Erde.

Generationen und Jahrhunderte vergingen, und siehe: dort, wo einst halb überspülte nackte Sandbänke gewesen, erhoben sich jetzt Festungen mit Mauern und Wällen, unterbrochen von Anlegestellen für die langen Kanus. Den Schutz vor dem Festland bildeten die Lagunen, die ihr engeres Arbeitsgebiet darstellten. Kokospalmen, Bananenbäume und hohe Brotfruchtbäume gaben Nahrung und Schutz vor der Sonne. Ihre Gärten gediehen. Ihre langen, schmalen Kanus verheerten die Küsten und rächten das den Vätern angetane Unrecht an den Nachkommen derer, die sie verfolgt und zu fressen versucht hatten.

Wie die Flüchtlinge und Überläufer, die sich einst in die Salzsümpfe der Adria zurückgezogen und die Paläste des mächtigen Venedig auf tief in den Schlamm gesenkten Pfählen erbaut hatten, so errichteten diese elenden gejagten Schwarzen ein mächtiges Reich, bis sie Herren des Festlandes wurden, Handel und Handelswege beherrschten und den Buschmann zwangen, ewig im Busch zu bleiben und sich nie auf das salzige Meer zu wagen. Und hier, mitten in dem fetten Reichtum und Hochmut des Meervolkes, erging sich übermütig Van Horn, nahm die Gelegenheit wahr, ohne den Gedanken fassen zu können, daß der Tod bald über ihm sein konnte, in dem Bewußtsein, daß er den Grund zu guten Geschäften für die Zukunft legte, Geschäften, die darin bestanden, kühnen, ebenso wagemutigen weißen Männern auf fernen Inseln Arbeitskräfte zu verschaffen.

Und als Van Horn eine halbe Stunde später Jerry in das Achterdeck des Walbootes setzte und dann selbst einstieg, blieb am Strande ein verdutzter, verwunderter schwarzer König zurück, der mehr als je von Respekt vor dem mit Dynamit geladenen weißen Manne erfüllt war, welcher ihm Tabak, Kattun, Messer und Beile brachte und unerbittlich an diesem Handel verdiente.

An Bord zurückgekehrt, ließ Van Horn augenblicklich den Anker lichten, setzte Segel und kreuzte die zehn Meilen durch die Lagune nach der Luvseite von Somo. Unterwegs legte er in Binu an, um den Häuptling Johnny zu begrüßen und ein paar Retournierte an Land zu setzen. Dann ging es weiter nach Somo, wo für die Arangi und viele der an Bord Befindlichen die Reise für immer ein Ende haben sollte.

Der Empfang, der Van Horn in Somo zuteil wurde, war das Gegenteil von dem in Langa-Langa. Nachdem die Retournierten an Land geschafft waren, womit der größte Teil des Nachmittags verging, lud Van Horn den Häuptling Baschti ein, an Bord zu kommen. Und Häuptling Baschti kam, sehr behende und beweglich, trotz seines hohen Alters, und sehr liebenswürdig – ja, so liebenswürdig, daß er darauf bestand, drei seiner ältesten Frauen mit an Bord zu bringen. Das war etwas ganz Unerhörtes. Nie hatte er einer seiner Frauen erlaubt, sich vor einem Weißen zu zeigen, und Van Horn fühlte sich so geehrt, daß er jeder von ihnen eine hübsche Tonpfeife und zwölf Stück Tabak überreichte.

So spät am Tage es auch war, ging das Geschäft doch glänzend, und Baschti, der sich den Löwenanteil von den Löhnen genommen hatte, der den Vätern zweier verstorbener Arbeiter zukam, kaufte großzügig von den Waren der Arangi. Als Baschti eine Menge frischer Rekruten versprach, wollte Van Horn, der den Wankelmut der Eingeborenen kannte, daß sie sich sofort einschrieben. Baschti wurde gleich bedenklich und schlug vor, es am nächsten Tage zu tun. Van Horn behauptete, daß damit nichts gewonnen wäre, und vertrat seinen Standpunkt so gut, daß der alte Häuptling schließlich ein Kanu an Land schickte, um die Leute aufzugreifen, die ausersehen waren, mit der Arangi nach den Plantagen zu ziehen.

»Wie denken Sie darüber?« fragte Van Horn Borckman, dessen Augen stark verschwommen waren.

»Ich habe den alten Gauner noch nie so freundlich gesehen. Führt er was im Schilde?«

Der Steuermann starrte auf die vielen Kanus, die längsseits lagen, bemerkte die zahlreichen Weiber in ihnen und schüttelte den Kopf.

»Wenn sie was vorhaben, schicken sie die Marys stets in den Busch«, sagte er.

»Bei diesen Niggern kann man nie wissen«, brummte der Kapitän. »Die Kerle mögen nicht viel Phantasie besitzen, aber hin und wieder haben sie doch einen neuen Einfall. Und Baschti ist der gerissenste alte Nigger, den ich je gesehen habe. Warum sollte er uns nicht mal bluffen und gerade das Gegenteil von dem tun, was wir von ihm erwarten? Haben sie noch nie ihre Weiber mitgenommen, wenn es Lärm gab, so ist das noch kein Grund, daß sie es immer ebenso machen müssen.«

»Selbst Baschti hat nicht Grütze genug, um sich so was auszudenken«, wandte Borckman ein. »Er ist eben mal guter Laune. Er hat doch schon für vierzig Pfund Waren gekauft. Deshalb will er uns wieder einen Haufen Nigger verschaffen, und ich möchte wetten, er hofft, daß die Hälfte stirbt, so daß er auch deren Lohn ausgeben kann.«

Das klang alles sehr vernünftig, aber doch schüttelte Van Horn den Kopf.

»Passen Sie jedenfalls gut auf«, ermahnte er ihn. »Und denken Sie daran, daß wir nie beide zugleich in der Kajüte sein dürfen. Und ja keinen Schnaps mehr, ehe wir mit dem ganzen Kram fertig sind, verstanden?«

Baschti war unglaublich mager und ungeheuer alt. Wie alt er war, wußte er selber nicht. Er wußte nur, daß noch keiner von seinem Stamm gelebt hatte, als er ein Knabe war. Er erinnerte sich der Zeit, da einige der ältesten Lebenden geboren wurden, aber im Gegensatz zu ihm waren das hinfällige zitternde Greise mit rinnenden Augen, zahnlos, taub oder lahm. Er hingegen war noch vollkommen rüstig. Er konnte sich sogar eines Dutzends arg mitgenommener Zähne rühmen, die bis auf den Gaumen abgenutzt, aber doch noch brauchbar zum Kauen waren. Obwohl er nicht mehr so ausdauernd wie in seiner Jugend war, dachte er noch selbständig und klar wie je. Seinem Verstand hatte der Stamm es zu danken, daß er jetzt stärker war als zu der Zeit, da Baschti ans Ruder kam. Im Kleinen war er ein melanesischer Napoleon gewesen. Als Krieger hatte seine überlegene Begabung ihm ermöglicht, das Gebiet der Buschleute einzuengen, und die Narben an seinem welken Körper bezeugten, daß er stets in der vordersten Reihe gekämpft hatte. Als Gesetzgeber hatte er seinen Stamm ermutigt und stark und tüchtig gemacht. Als Staatsmann war er stets weitsichtiger gewesen als die Nachbarhäuptlinge, wenn es galt, Verträge zu schließen oder Konzessionen zu erteilen.

Und in seinem Gehirn, das immer noch sehr lebhaft arbeitete, hatte er jetzt einen Plan ausgeklügelt, um Van Horn anzuführen und das mächtige britische Reich, von dem er wenig ahnte, aber noch weniger wußte, übers Ohr zu hauen.

Denn Somo hatte eine Geschichte. Es war ein merkwürdiger Widerspruch: ein Salzwasserstamm, der an einer Lagune auf dem Festland lebte, wo man sonst nur Buschleute vermuten konnte. Die graue Vorzeit lebte noch in alten Sagen. Eines Tages, vor so langer Zeit, daß man keinen Maßstab für sie hatte, war Somo, der Sohn Lotis, des Häuptlings der Inselfeste Umbo, mit seinem Vater in Streit geraten und mit einem Dutzend Kanus voll jungen Männern vor seinem Zorn geflohen. Ganze zwei Monsune waren sie auf dem Wasser umhergeirrt, hatten der Sage nach zweimal Malaita umfahren und sehr viele Raubzüge bis nach Uri und San Christoval auf der andern Seite des großen Meeres unternommen.

Weiber hatten sie sich natürlich nach siegreichen Kämpfen geraubt, und zuletzt waren Somo und seine Leute mit Weibern und Kindern auf dem Festland gelandet, hatten die Buschmänner vertrieben und die Salzwasserfeste Somo gegründet. Sie war wie eine Inselfeste am Wasser erbaut, mit Mauern aus Korallenblöcken umgeben, um dem Meere und Räubern, die vom Meere kommen sollten, standzuhalten. Nach rückwärts reichte die Feste bis an den Busch, und hier glich sie jedem andern ausgedehnten Buschdorfe. Aber Somo, der weitsichtige Vater des neuen Stammes, hatte seine Grenzen tief in den Busch, bis zu den Ausläufern der Berge gesteckt, und auf jeder Erhebung hatte er ein Dorf erbaut. Nur den wirklich Tapferen, die zu ihm geflohen waren, hatte Somo erlaubt, sich dem neuen Stamm anzuschließen; Schwächlinge und Feiglinge waren schleunigst aufgefressen worden, und der schier unglaubliche Bericht von ihren vielen Köpfen, welche die Kanuhäuser schmückten, gehörte mit zur Sage.

Und dieser Stamm und das Gebiet um diese Festung waren Baschti schließlich als Erbe zugefallen, und er hatte sein Erbteil gemehrt. Er war auch jetzt nicht darüber erhaben, es weiter zu mehren. Lange hatte er sorgsam alle Einzelheiten des Planes überdacht, den er jetzt ausführen wollte. Vor drei Jahren hatte der Ano-Ano-Stamm viele Meilen weiter abwärts an der Küste einen Werber gekapert, ihn mit der ganzen Besatzung vernichtet und fabelhafte Mengen Tabak, Kattun, Perlen und Handelswaren aller Art, nebst Gewehren und Munition erbeutet.

Und der Preis, den sie dafür bezahlen mußten, war gering genug gewesen. Ein halbes Jahr später hatte ein Kriegsschiff die Nase in die Lagune gesteckt, hatte Ano-Ano bombardiert und die Bewohner Hals über Kopf in den Busch gejagt. Die Leute vom Schiff hatten sie nutzlos verfolgt. Schließlich hatten sie sich damit begnügt, vierzig fette Schweine zu töten und fünfzig Kokospalmen zu fällen. Kaum aber befand sich das Schiff wieder auf hoher See, als das Ano-Ano-Volk auch schon wieder ins Dorf zurückkehrte. Granatenfeuer wirkt nicht besonders verheerend auf leichte Grashütten, und nach einigen Stunden Arbeit für die Weiber war alles wieder in Ordnung. Was die vierzig toten Schweine betraf, so stürzte sich der ganze Stamm auf die Leichen, briet sie zwischen hohen Steinen unter der Erde und hielt ein Festmahl von ihnen. Die zarten Sprossen der gefällten Kokospalmen wurden ebenfalls gegessen, während die Tausende von Kokosnüssen von ihren Schalen befreit, in Streifen geschnitten, an der Sonne gedörrt und geräuchert wurden, bis alles zu Kopra geworden war, die dem ersten Handelsschiff, das in die Nähe kam, verkauft werden konnte.

So war die Buße, die man ihnen auferlegt hatte, der Anlaß zu Fest und Freude geworden – und das alles sprach die betriebsame, berechnende Seele Baschtis in hohem Maße an. Was gut für Ano-Ano war, mußte seiner Meinung nach erst recht gut für Somo sein. Da es die Art der unter der britischen Flagge fahrenden weißen Männer war, Schweine totzuschlagen und Kokospalmen zu fällen, um Blutvergießen und Kopfraub zu rächen, konnte Baschti nicht einsehen, warum er nicht wie Ano-Ano Nutzen daraus ziehen sollte. Der Preis, der später möglicherweise gelegentlich bezahlt werden mußte, stand in einem schreienden Mißverhältnis zu den Reichtümern, die er sich jetzt verschaffen konnte. Außerdem war es über zwei Jahre her, daß sich das letzte britische Kriegsschiff im Salomon-Archipel gezeigt hatte.

Und so beugte Baschti, dessen Hirn einen herrlichen neuen Gedanken geboren hatte, sein weises Haupt, um seine Zustimmung kundzugeben und seinem Volke zu erlauben, in großen Scharen an Bord zu kommen und Einkäufe zu machen. Nur sehr wenige wußten, was er im Schilde führte oder daß er überhaupt etwas im Schilde führte.

Der Handel wurde immer lebhafter, je mehr Kanus längsseits kamen, und schwarze Männer und Weiber füllten das Deck. Dann kamen die geworbenen Arbeiter, neu eingefangene junge Wilde, scheu wie Hirsche, aber gehorsam dem strengen Gesetz der Väter und des Stammes, und begaben sieh einer nach dem andern, begleitet von ihren Vätern, Müttern und Verwandten, jede Familie für sich, in die Kajüte der Arangi, um vor den großen weißen Kapitän zu treten, der ihre Namen in ein geheimnisvolles Buch eintrug und sie den Kontrakt, der sie zu dreijähriger Arbeit verpflichtete, anerkennen ließ, indem sie mit der rechten Hand den Federhalter, mit dem er schrieb, berühren mußten, worauf er ein Jahr Vorschuß in Waren an das Oberhaupt der betreffenden Familie auszahlte.

Der alte Baschti saß in der Nähe und nahm seinen üblichen, reichlichen Zehnten von jedem Vorschuß, während seine drei alten Frauen demütig zu seinen Füßen niederkauerten und durch ihre Nähe allein schon dazu beitrugen, Van Horn sicher zu machen, der entzückt über das glänzende Geschäft war. Auf diese Weise konnte er seine Fahrt nach Malaita abkürzen und bald mit vollem Schiff wieder abfahren. An Deck, wo Borckman scharf nach allen möglichen Gefahren Ausschau hielt, strich Jerry umher und schnüffelte an den unzähligen Beinen all der vielen Schwarzen, die er nie zuvor gesehen hatte. Der Wildhund war mit den Retournierten an Land gegangen, und von den Retournierten war nur einer wieder an Bord gekommen. Das war Lerumie, und Jerry stolzierte immer wieder mit steifen Beinen und gesträubten Haaren an ihm vorbei, ohne daß Lerumie ihn jedoch beachtete. Lerumie ignorierte ihn kühl, ging einmal in die Kajüte hinunter, kaufte sich einen Handspiegel und versicherte nach seiner Rückkehr dem alten Baschti mit einem Blick, daß alles bereit sei, und daß es losgehen könne, sobald eine günstige Gelegenheit sich biete.

Es war Borckman, der ihnen diese Gelegenheit verschaffte. Und er würde es nicht getan haben, wenn er sich nicht der Unvorsichtigkeit und des Ungehorsams gegen den Befehl seines Kapitäns schuldig gemacht hätte. Er konnte den Schnaps nicht lassen. Er fühlte nicht, was in der Luft lag. Das Achterdeck, wo er stand, war fast ganz verlassen. Mittschiffs und vorn war das Deck voll von Schwarzen beiderlei Geschlechts, die mit der Besatzung freundschaftlich schwatzten. Er ging zu den Jamssäcken, die achtern vom Besanmast festgesurrt waren, und holte die Flasche hervor. Ehe er trank, warf er mit einem letzten Rest von Vorsicht einen Blick über die Schulter zurück. In seiner Nähe stand eine harmlose Mary in mittleren Jahren, fett, verwachsen, unschön, ein zweijähriges säugendes Kind rittlings auf der Hüfte. Von dieser Seite brauchte man jedenfalls keine Gefahr zu fürchten. Dazu war es ganz offensichtlich eine unbewaffnete Mary, denn sie trug nicht einen einzigen Fetzen am Körper, wo sie eine Waffe hätte verstecken können. Und dicht an der Reling, zehn Fuß entfernt, stand Lerumie und betrachtete sich selbstgefällig in dem Spiegel, den er sich soeben gekauft hatte.

In dem Spiegel sah Lerumie, wie sich Borckman über die Jamssäcke beugte, sich wieder aufrichtete und, die Flasche senkrecht am Munde, den Kopf zurückbog. Lerumie hob die rechte Hand als Zeichen für eine Frau in einem Kanu neben dem Schiffe. Sie bückte sich hastig und warf Lerumie einen Gegenstand zu. Es war ein langschäftiger Tomahawk, eine Zimmermannsaxt an einem Stiel von einheimischer Arbeit aus schwarzem, blank poliertem, hartem Holz, mit Perlmutter in sehr primitivem Muster eingelegt und mit Kokosfasern umwickelt, so daß er sich gut fassen ließ. Die Schneide war scharf geschliffen wie ein Rasiermesser.

So lautlos, wie der Tomahawk durch die Luft in Lerumies Hand flog, ebenso lautlos flog er im nächsten Augenblick durch die Luft aus seiner Hand in die der fetten Mary, die hinter dem Steuermann stand und ihr Kind stillte. Sie packte den Schaft mit beiden Händen, während das Kind, das rittlings auf ihrer Hüfte saß, sich festhielt, indem es sie mit beiden Ärmchen halb umklammerte.

Noch wartete sie, denn solange Borckman mit zurückgelegtem Kopfe dastand, war es nicht möglich, ihm das Rückgrat eben unterhalb des Nackens durchzuhauen. Viele Augen sahen die bevorstehende Tragödie. Jerry sah sie, verstand sie jedoch nicht. So feindlich er auch sonst gegen die Schwarzen gestimmt war, hatte er diesen Angriff aus der Luft doch nicht erraten. Tambi, der sich zufällig in der Nähe des Skylights befand, sah sie und streckte im selben Augenblick die Hand nach einem Lee-Enfield-Gewehr aus. Lerumie sah Tambis Bewegung und gab der Frau durch einen Zischlaut zu verstehen, daß sie eilen müsse.

Borckman, der von dieser, der letzten Sekunde seines Lebens so wenig wußte, wie er von der ersten Sekunde seines Lebens gewußt, ließ die Flasche sinken und beugte den Kopf vor. Die scharfe Schneide tat ihre Schuldigkeit. Was Borckman in dem Nu, als sein Gehirn von seinem Körper getrennt wurde, gefühlt oder gedacht haben mag, wenn er denn überhaupt etwas fühlte oder dachte, das ist ein Geheimnis, das kein lebendes Wesen lösen kann. Kein Mensch, dessen Rückgrat auf diese Weise zerhauen wurde, hat je mit einem Worte verraten, was er gefühlt und gedacht hat. Ebenso schnell, wie die Axt fiel, sank Borckman auf dem Deck zusammen. Er wankte weder, noch stürzte er. Er wurde schlaff wie ein Ballon, aus dem plötzlich die Luft entweicht, oder wie eine Blase, die ein Loch bekommt. Die Flasche glitt aus seiner toten Hand auf die Jamssäcke, ohne zu zerbrechen, wenn auch der Rest des Inhalts ganz still auf das Deck gluckste.

So schnell folgten einander die Ereignisse, daß die erste Kugel aus Tambis Gewehr die Mary verfehlte, ehe Borckman noch ganz auf das Deck gesunken war. Er kam nicht ein zweites Mal zum Schuß, denn die Mary ließ den Tomahawk fallen, faßte das Kind mit beiden Händen, stürzte zur Reling und sprang in das Kanu, das zufällig unter ihr lag und unter ihrem Gewicht kenterte.

Dann geschah alles auf einmal. Von den Kanus zu beiden Seiten kam ein funkelnder, glitzernder Regen von Tomahawks mit perlmuttereingelegten Schäften. Sie wurden von den Somomännern an Deck aufgefangen, während die Weiber niederkauerten und sich in Sicherheit brachten. Im selben Augenblick, als die Mary, die Borckman getötet hatte, über Bord sprang, bückte Lerumie sich nach dem Tomahawk, und Jerry, der fühlte, daß es jetzt um Leben und Tod ging, grub seine Zähne in die Hand, die sich nach der Waffe ausstreckte. Lerumie richtete sich auf, alle Wut und aller Haß, die sich seit Monaten gegen das Hündchen in ihm aufgespeichert hatten, machten sich in einem lauten Geheul Luft, und als Jerry ihm an die Beine fuhr, gab er ihm aus aller Macht einen Fußtritt, der ihn unter dem Bauche traf und hochschleuderte.

Und in der Sekunde, oder in dem Bruchteil der Sekunde, als Jerry hochgeschleudert wurde und über den Stacheldrahtzaun ins Wasser flog, wurden Gewehre von allen Seiten aus den Kanus an Bord gereicht, und feuerte Tambi seinen nächsten Schuß ab. Und Lerumie, der den Fuß, mit dem er Jerry getreten hatte, noch nicht wieder auf das Deck gesetzt hatte, und der sich wieder nach dem Tomahawk bücken wollte, wurde von der Kugel gerade ins Herz getroffen und stürzte nieder, um gemeinsam mit Borckman in den Frieden des Todes hinüberzugleiten.

Ehe Jerry noch das Wasser erreicht hatte, war Tambis Stolz über seinen wundervollen Schuß ausgelöscht, denn in dem Augenblick, als er den Drücker losließ, durchschnitt ein Tomahawk seine Wirbelsäule eben unter dem Schädelansatz und verlöschte für ewig das strahlende Bild der meerumspülten sonnenflammenden Tropenwelt. Und ebenso schnell – denn alle Begebenheiten erfolgten fast gleichzeitig – erlitt die übrige Besatzung den Tod, und das Deck wurde die reine Schlachtbank.

Mitten im Knallen der Büchsen und im Todeskampf der Menschen tauchte Jerrys Kopf aus dem Wasser auf. Ein Mann streckte aus einem Kanu die Hand aus, packte ihn am Nacken und zog ihn ins Boot. Er knurrte und suchte seinen Retter zu beißen, war aber weniger erbittert als von der wahnsinnigsten Angst um Schiffer ergriffen. Ohne darüber nachzudenken, wußte er, daß das schwerste Unglück des Lebens die Arangi betroffen hatte – das Unglück, das alles Lebende instinktiv sich nähern fühlt, und das nur die Menschen kennen und »Tod« nennen. Er hatte gesehen, wie Borckman getroffen wurde. Er hatte gehört, wie Lerumie getroffen wurde. Und jetzt hörte er Büchsenschüsse und dazwischen Siegesgeheul und Angstschreie.

Und deshalb brüllte und heulte er jetzt, als er mit einer kräftigen Faust im Nacken in der Luft hing, er schnappte nach Luft und fauchte, bis der Schwarze wütend wurde und ihn ärgerlich auf den Boden des Kanus warf. Mit großer Mühe kam er wieder auf die Beine und machte zwei Sprünge, den einen auf den Rand des Kanus, den andern in hoffnungsloser Verzweiflung, ohne an sich zu denken, in der Richtung der Arangi.

Er sprang einen ganzen Meter zu kurz und stürzte kopfüber ins Wasser. Als er wieder an die Oberfläche kam, schwamm er wie ein Rasender, halb erstickt von dem Salzwasser, das ihm in die Lunge drang, weil er in seiner Sehnsucht nach Schiffer beständig heulte, jammerte und bellte.

Aber ein zwölfjähriger Knabe in einem andern Kanu, der das Abenteuer des ersten Schwarzen mit Jerry angesehen hatte, behandelte ihn ungenierter. Er schlug den Hund, der noch im Wasser schwamm, erst mit der Breitseite, dann mit der Kante eines Paddelruders auf den Kopf. Und die Finsternis der Bewußtlosigkeit überflutete das kleine, klare Hirn mit all seiner Liebespein, so daß der schwarze Knabe ein schlaffes, unbewegliches Hündchen in sein Kanu zog.

Unterdessen war – noch ehe Jerry nach Lerumies Tritt das Wasser erreicht hatte – unten in der Kajüte Van Horn dem Tode in einer kurzen, bedeutungsvollen Sekunde, oder vielmehr dem Bruchteil einer Sekunde begegnet. Nicht umsonst hatte der alte Baschti am längsten von allen Männern seines Stammes gelebt und am weisesten in der ganzen langen Reihe von Herrschern seit Somos Tagen geherrscht. Wären ihm Zeit und Ort günstiger gewesen, so hätte er leicht ein Alexander, ein Napoleon oder ein dunkelhäutiger Kahehameha werden können. Aber auch jetzt machte er seine Sache gut, ja ausgezeichnet in Anbetracht seines engbegrenzten kleinen

Königreichs an der Küste der finsteren Kannibaleninsel Malaita.

Und wie gut er es machte! Kaltblütig, liebenswürdig, immer unter Berufung auf die Rechte, die ihm seiner Häuptlingswürde zufolge zukamen, hatte er Van Horn zugelächelt, hatte er seine königliche Erlaubnis gegeben, daß seine jungen Männer sich zu dreijähriger Plantagenarbeit verpflichteten, hatte er seinen Anteil an dem Vorschuß gefordert, der jedem von ihnen für das erste Jahr ausbezahlt wurde. Aroa – man konnte ihn wohl seinen Premierminister und Schatzmeister nennen – hatte die Abgaben ebenso schnell in Empfang genommen, wie die Beträge ausbezahlt wurden, und sie in große Beutel aus fein geflochtenen Kokosfasern getan. Auf dem Rande der Koje hinter Baschti saß ein glatthäutiges dreizehnjähriges Mädchen, das die Fliegen mit dem königlichen Fliegenwedel von seinem königlichen Haupte verjagte. Zu seinen Füßen kauerten seine drei alten Frauen, deren älteste, zahnlos und ziemlich hinfällig, ihm jedesmal, wenn er nickte, einen Korb aus lose geflochtenen Pandangblättern reichte.

Und Baschti, dessen scharfe Ohren auf das erste ungewöhnliche Geräusch an Deck warteten, nickte beständig und steckte die Hand in den Korb – bald nach einer Betelnuß, Kalk und dem grünen Blatt, in das dieser Bissen unweigerlich eingepackt wurde, bald nach Streichhölzern, mit denen er seine Pfeife anzündete, die offenbar nicht gut zog und immer wieder ausging.

Zuletzt war der Korb die ganze Zeit dicht bei seiner Hand gewesen, und jetzt griff er zum letztenmal hinein. Das geschah in dem Augenblick, als die Axt Borckman getroffen und Tambi seinen ersten Schuß abgefeuert hatte. Und Baschtis welke alte Hand, auf deren fleischlosem Rücken sich ein ganzes Netz stark hervortretender Adern befand, zog eine mächtige Pistole hervor, die so alt war, daß sie ausgezeichnet von einem von Cromwells Rundköpfen getragen worden sein oder Quiros oder La Perouse begleitet haben konnte. Es war eine Steinschloßpistole, so lang wie der Unterarm eines Mannes, und sie war am selben Nachmittag von Baschti in eigener hoher Person geladen worden.

Fast ebenso schnell wie Baschti war auch Van Horn. Aber doch nicht schnell genug. Im selben Augenblick, als seine Hand an die moderne automatische Pistole flog, die lose, ohne Halfter auf seinen Knien lag, ging die Jahrhunderte alte Pistole los. Bei ihrer Ladung von zwei Kartätschenkugeln und einem Rundgeschoß hatte sie die Wirkung einer abgesägten Schrotbüchse. Und Van Horn spürte die Flamme und die Finsternis des Todes so plötzlich, daß sein »Gott verdammich!« unausgesprochen auf seinen Lippen starb und seine Finger die halb erhobene Pistole fallen ließen.

Und die mit Schwarzpulver überladene uralte Waffe hatte noch eine andre Wirkung. Sie zersprang Baschti in der Hand. Während Aora sich mit einem scheinbar aus dem leeren Raum geholten Messer daranmachte, dem weißen Herrn den Kopf abzuschneiden, warf Baschti einen halben Blick auf seinen rechten Zeigefinger, der an einem Hautfetzen baumelte. Er faßte ihn mit der linken Hand, riß ihn mit einem schnellen Ruck und einer Drehung der Hand ab und warf ihn dann grinsend, als sei es ein guter Witz, in den Pandangkorb, den ihm seine Frau immer noch mit einer Hand hinhielt, während sie sich mit der andern an die Stirn faßte, die von einem Splitter der Pistole getroffen war.

Unterdessen hatten sich gleichzeitig drei der neuen Rekrutierten mit Hilfe ihrer Väter und Onkel auf den einzigen von der Besatzung, der sich unten befand, gestürzt, um ihn abzutun. Baschti, der so lange gelebt hatte, daß er Philosoph war, machte sich nichts aus Schmerzen und noch weniger aus dem Verlust eines Fingers. Er lachte und zwitscherte vor Siegesstolz und Freude über den Erfolg seiner List, und seine drei Frauen, die nur lebten, um ihm Beifall zu spenden, beugten sich tief vor ihm in kriechender Lobpreisung und Anbetung. Lange hatten sie gelebt dank seiner königlichen Laune. Und deshalb lagen sie ihm zu Füßen und stießen unzusammenhängende, unartikulierte Laute aus, lagen vor ihm, dem Herrn über Leben und Tod, der so oft Beweise seiner unendlichen Weisheit gegeben und es auch diesmal wieder getan hatte.

Im Vorratsraum aber lag das magere Mädchen auf Händen und Knien wie ein banges Kaninchen in seinem Bau und sah voll Entsetzen alles mit an. Sie wußte, daß jetzt ihre Stunde geschlagen hatte, daß der Kochtopf ihrer harrte.

Was an Bord der Arangi geschah, erfuhr Jerry nie. Er wußte nur, daß eine Welt vernichtet war, denn er sah ihre Vernichtung. Der Knabe, der ihn mit dem Paddel auf den Kopf geschlagen hatte, band ihm die Beine sicher zusammen und warf ihn auf den Strand, wo er ihn in der Aufregung über die Plünderung der Arangi vergaß.

Unter großem Geschrei und Gesang wurde die schöne Teakholzjacht von den langen Kanus an Land geschleppt und dicht an der Stelle, wo Jerry lag, unter den Korallenmauern auf den Strand gesetzt. Feuer flammten am Strande, Laternen wurden an Bord angezündet, und unter mächtigem Jubel wurde die Arangi vollkommen ausgeplündert. Alles Bewegliche wurde an Land geschafft, von Ballasteisen bis zu Takelung und Segeln. Nicht ein einziger Mensch schlief diese Nacht in Somo. Selbst die kleinsten Kinder krochen ums Feuer oder lagen übersatt im Sande. Um zwei Uhr morgens wurde auf Baschtis Befehl der Rumpf angezündet, und Jerry, den nach Wasser durstete, der gejammert und geklagt hatte, bis er nicht mehr konnte, und der hilflos mit zusammengebundenen Beinen auf der Seite lag, sah die schwimmende Welt, die er nur kurze Zeit gekannt hatte, in Rauch und Flammen aufgehen. Und beim Schein des brennenden Schiffes verteilte der alte Baschti die Beute. Keiner vom Stamm war so gering, daß er nicht seinen Teil bekam. Selbst die elenden Sklaven, die seit ihrer Gefangennahme vor Angst, daß sie gefressen würden, gezittert hatten, erhielten jeder eine Tonpfeife und ein paar Stück Tabak. Den Löwenanteil an Handelswaren ließ Baschti ungeteilt in sein großes Grashaus schaffen. Der ganze Reichtum an Geräten, die man fand, wurde zur Aufbewahrung in die verschiedenen Kanuhäuser geschafft, während die Teufel-Teufel-Medizinmänner in den Teufel-Teufel-Häusern sich daranmachten, die vielen Köpfe über langsam glimmenden Feuern zu trocknen, denn außer der Besatzung gab es noch ein gutes Dutzend Eingeborener aus No-ola und ein paar aus Malu, die Van Horn noch nicht heimgebracht hatte.

Nicht alle waren übrigens erschlagen. Baschti hatte ein strenges Verbot gegen ein Blutbad größeren Stils ausgesprochen. Aber nicht etwa, weil er ein weiches Herz hatte. Eher, weil er ein ganz durchtriebener Bursche war. Totgeschlagen sollten sie nacheinander alle werden. Baschti hatte nie Eis gesehen, ahnte nichts von dessen Existenz und wußte auch nichts von Gefriermethoden. Die einzige ihm bekannte Art, Fleisch aufzubewahren, war, es am Leben zu erhalten. Und im größten Kanuhaus, dem Klubhaus der Männer, in das keine Mary ihren Fuß setzen durfte, ohne unter Tortur mit dem Tode bestraft zu werden, wurden die Gefangenen aufbewahrt. Wie Federvieh oder Schweine an Händen und Füßen gebunden, wurden sie, wie es traf, auf den hart getretenen Lehmboden geworfen, unter dem die Überreste früherer Opfer lagen, von einer dünnen Erdschicht bedeckt, während die irdischen Reste mehrerer von Baschtis unmittelbaren Vorgängern, darunter, als der letzte in der Reihe, sein eigener Vater, in Grasmatten gewickelt vom Dache herunterhingen, wo sie seit zwei vollen Generationen baumelten. Und da die magere kleine Mary jetzt gefressen werden sollte, und da Tabus für einen Menschen, der zum Gefressenwerden verurteilt ist, keine Gültigkeit mehr haben, wurde sie, an Händen und Füßen gebunden, zwischen die vielen Schwarzen geworfen, die sie geneckt und gehöhnt hatten, weil Van Horn sie mästen und fressen wollte.

Und in dies Kanuhaus wurde auch Jerry gebracht und zwischen die andern auf den Boden geworfen. Agno, der erste der Teufel-Teufel-Medizinmänner, war am Strande über ihn gestolpert, und trotz aller Einwände des Jungen, der behauptete, daß er das Hündchen gefunden habe, und daß es folglich ihm gehöre, hatte er es in das Kanuhaus bringen lassen. Als Jerry an den Feuern vorbeigetragen wurde, wo das Festmahl zubereitet wurde, hatte seine scharfe Nase ihm gesagt, woraus es bestand. Und so neu ihm auch alles war, hatten sich ihm doch die Haare gesträubt, und er hatte seine Mitgefangenen angeknurrt; denn er verstand nicht, wie kläglich es ihnen selbst ging, und da er infolge seiner Erziehung im Nigger den ewigen Feind sah, hielt er sie für verantwortlich für die Katastrophe, die die Arangi und Schiffer betroffen hatte.

Denn Jerry war ja nur ein kleiner Hund mit der Begrenzung eines Hundes und war noch nicht lange auf der Welt. Aber er machte nur eine kurze Weile seiner Wut über die Schwarzen Luft. Allmählich dämmerte ihm das Gefühl, daß sie auch nicht glücklich wären. Einige von ihnen waren schwer verwundet, und sie klagten und stöhnten. Ohne sich so recht klar darüber zu werden, fühlte Jerry doch, daß ihre Lage ebenso qualvoll war wie die seine. Und wahrlich: qualvoll war seine eigne Lage. Er lag auf der Seite, und die Stricke, mit denen seine Beine zusammengebunden waren, saßen so stramm, daß sie in sein junges Fleisch schnitten und den Blutumlauf verhinderten. Dazu kam, daß der Durst ihn fast überwältigte, so daß er stöhnend, mit trockner Zunge und trocknem Maul in der Gluthitze lag.

Ein trauriger Ort war dies Kanuhaus, erfüllt von Seufzen und Stöhnen, mit Leichen unter dem Fußboden und als Teil des Fußbodens selbst, voller Geschöpfe, die auch bald Leichen sein sollten, und voll Leichen, die unter dem Dache hin und her schaukelten. Dazwischen standen lange schwarze Kanus mit hohen Steven wie geschnäbelte, raubgierige Ungeheuer, die sich undeutlich im Schein eines glimmenden Feuers abhoben, an dem ein Ältester vom Somo-Stamme saß und seiner ewigen Beschäftigung nachging, die im Dörren eines Buschmannkopfes bestand. Er war eingeschrumpft, blind und altersschwach, und er schwatzte vor sich hin und schnitt Grimassen wie ein riesiger Affe, während er immer wieder den im scharfen Rauch hängenden Kopf wandte und eine Handvoll verrotteten Feuerschwamm nach der andern in das glimmende Feuer warf.

Sechzig Fuß im Quadrat maß dieses Haus, und durch die dunkeln Querstreben schimmerte im Feuerschein hin und wieder der Endbalken, der mit Kokosgeflecht in barbarischen Schwarzweiß-Zeichnungen bedeckt und von jahrelangem Rauch geschwärzt war, bis alles fast denselben schmutzigbraunen Ton angenommen hatte. Von den hohen Querstreben hingen an langen Kokosfaserschnüren die Köpfe von Feinden, die bei Dschungelkämpfen und Raubzügen übers Meer gefangengenommen waren. Die ganze Stätte atmete Tod und Verfall, und der blöde Greis, der im Rauche dasaß und, vor Gicht zitternd, das Symbol des Todes zubereitete, stand am Rande des Grabes und der Vernichtung.

Gegen Morgen schleppten Dutzende von Somomännern unter lautem Geschrei noch eines der großen Kriegskanus herbei. Sie bahnten sich den Weg mit Händen und Füßen, traten, stießen, warfen und schleppten die gefesselten Gefangenen beiseite, um Platz für das Kanu zu schaffen. Sie waren alles eher als milde gegen das Fleisch, das das Glück und Baschtis Klugheit ihnen verschafft hatte.

Eine Weile blieben sie im Hause sitzen, pafften ihre Tonpfeifen, lachten und schwatzten und erzählten sich mit ihren merkwürdigen dünnen Fistelstimmen die Ereignisse der Nacht und des gestrigen Nachmittags. Dann streckten sie sich einer nach dem andern aus und schliefen ein, ohne sich zuzudecken, denn so nackt hatten sie, die gerade unter dem Pfade der Sonne lebten, seit dem Tage, an dem sie geboren waren, geschlafen.

Als die Dunkelheit zu weichen begann, wachten nur noch die Schwerverwundeten oder die zu stramm Gefesselten sowie der hinfällige Greis, der jedoch nicht so alt wie Baschti war. Als der Knabe, der Jerry mit einem Schlag seines Paddels betäubt und ihn nachher als seine besondere Beute gefordert hatte, sich ins Kanuhaus schlich, hörte der Greis ihn nicht. Da er blind war, sah er ihn nicht, und er fuhr fort, vor sich hin zu schwatzen und zu lachen, den Kopf des Buschmannes über dem Feuer hin und her zu wenden und Feuerschwamm in das glimmende Feuer zu werfen. Es war dies keine Arbeit, die ausdrücklich des Nachts hätte besorgt werden müssen, selbst nicht für ihn, der vergessen hatte, was er sonst tun sollte. Aber die Aufregung über die Eroberung und Plünderung der Arangi hatte sich auch seinem umnebelten Hirn mitgeteilt, die undeutliche Erinnerung an die Kraft, die in einem siegreichen Leben lag, tauchte in seinem Hirn auf, und er stürzte sich mit fieberhafter Freude in den Siegesrausch, der in Somo herrschte, indem er aus aller Macht an der Zubereitung des Kopfes arbeitete, der an sich schon der gegenständliche Ausdruck der Siegesfreude war.

Aber der zwölfjährige Bengel, der sich hereinschlich, schritt vorsichtig über die Schlafenden hinweg und bahnte sich seinen Weg zwischen den Gefangenen hindurch. Er tat es, obgleich ihm das Herz bis zum Halse schlug. Er wußte, welche Tabus er verletzte. Nicht alt genug, die Grashütte seines Vaters zu verlassen und im Kanuhaus der Jünglinge, geschweige denn in dem der unverheirateten Männer zu schlafen, wußte er, daß er sein Leben mit all seinen Mysterien und stolzen Träumen wagte, wenn er sich derart ohne Erlaubnis das geheiligte Vorrecht der erwachsenen reifen Somomänner aneignete.

Aber er wollte Jerry haben, und er bekam ihn. Nur die magere kleine Mary, die, an Händen und Füßen gebunden, auf das Gefressen werden wartete und mit vor Entsetzen weit aufgerissenen Augen starrte, sah, wie der Knabe Jerry an den zusammengebundenen Beinen ergriff und aus dieser Katakombe lebenden Fleisches, von der sie selbst einen Teil ausmachte, wegtrug. Und Jerry, diese heldenmütige kleine Seele, würde geknurrt und Widerstand geleistet haben, wäre er nicht zu kraftlos und wären Maul und Kehle nicht zu trocken gewesen, als daß er einen einzigen Laut hätte hervorbringen können. Verzweifelt und hilflos, kaum seiner mächtig, wie eine willenlose Marionette in den Krallen eines bösen Traumes, wie ein Schlafender, der aus einem Alp erwacht, merkte er, daß er aus dem nach Tod stinkenden Kanuhause durch das Dorf, wo die Luft nicht viel reiner war, fortgetragen wurde, auf einem Pfad unter hohen, weit ausladenden Bäumen, die sich im ersten schwachen Hauch des Morgenwindes zu regen begannen.

Lamai hieß der Knabe, wie Jerry später erfahren sollte, und nach Lamais Haus wurde Jerry getragen. Es war nicht viel Staat zu machen mit diesem Hause, nicht einmal im Vergleich zu andern Menschenfressergrashütten. Auf dem Lehmboden, der eine festgetretene Masse von jahrelangem Schmutz war, lebten Lamais Vater, Mutter und vier jüngere Brüder und Schwestern. Ein Strohdach, durch das es bei jedem kräftigeren Regenschauer tropfte, ruhte dicht über dem Boden auf einem wackligen Balken. Die Wände waren noch durchlässiger für den Regen. Wirklich war die Hütte, die Lumai, Lamais Vater, gehörte, die elendeste in ganz Somo.

Lumai, der Herr des Hauses und das Oberhaupt der Familie, war im Gegensatz zu den meisten Malaitern fett. Und seine Korpulenz schien seine Gutmütigkeit und die damit verwandte Faulheit erzeugt zu haben. Aber eines störte seine gemütliche Unverantwortlichkeit, und das war seine Frau, die schlimmste Xantippe von Somo, die ebenso mager wie ihr Mann rundlich war, die ebenso gereizt und scharf, wie er milde und freundlich sprach, deren Energie mit seiner Faulheit wetteiferte, und die ebenso sauertöpfisch wie er lebensfroh war.

Der Knabe guckte eben ins Haus hinein und sah Vater und Mutter unbedeckt je in einer Ecke liegen, während seine vier nackten Brüder und Schwestern wie junge Hunde in einem Klumpen auf dem Boden lagen.

Aber dieses Haus, das eigentlich kaum etwas anderes als eine Tierhöhle war, lag inmitten eines Paradieses. Die Luft war würzig und süß, schwer vom Dufte wilder, wohlriechender Pflanzen und prachtvoller Tropenblumen. Die Hütte wurde überragt von drei Brotfruchtbäumen, deren stolze Äste sich ineinander verflochten. Bananen und Platanen hingen übervoll von großen Fruchtbüscheln, die ihrer baldigen Reife entgegensahen, und mächtige goldene, reife Papaa-Melonen standen wie Kugeln aufrecht auf den Bäumen, deren schlanke Stämme kaum ein Drittel des Durchmessers der Früchte maßen, die sie trugen. Aber das wunderbarste für Jerry war ein gurgelnder, rieselnder Bach, der sich unsichtbar seinen Weg über bemooste Steine unter einer Decke von feinen leichten Farren bahnte. Kein Treibhaus eines Königs konnte sich mit diesem wilden Überfluß an sonnensatter Vegetation messen. Jerry, der bei dem Geräusch des Wassers ganz außer sich geriet, mußte sich erst gefallen lassen, von dem Knaben, der auf dem Boden kauerte, sich hin und zurück wiegte und ein seltsames, kleines, zärtliches Lied vor sich hinsang, umarmt und geliebkost zu werden. Und Jerry, dem die Gabe der Rede fehlte, hatte kein Mittel, ihm von dem Durst zu erzählen, der ihn fast zu Tode quälte.

Dann band Lamai ihn gut mit einer Kokosschnur fest, die er ihm um den Hals legte, worauf er ihm die Stricke löste, die ihm ins Fleisch schnitten. So gefühllos war Jerry aus mangelndem Blutumlauf, und so schwach, weil er einen Teil eines Tropentages und eine ganze Tropennacht gedurstet hatte, daß er sich erhob und hinfiel und immer wieder hinfiel bei seinen Versuchen, auf die Füße zu kommen. Und Lamai verstand oder erriet, was ihm fehlte. Er nahm eine am Ende einer Bambusstange befestigte Kokosnußschale, tauchte sie in die Farren und reichte sie, bis zum Rand mit dem teuren Wasser gefüllt, Jerry.

Jerry lag zuerst beim Trinken auf der Seite, bis mit dem Wasser das Leben in die ausgetrockneten Kanäle seines Körpers zurückfloß. Bald aber konnte er aufstehen und stand nun, zwar noch immer schwach und unsicher, mit gespreizten Beinen da und trank eifrig. Der Knabe lachte und zwitscherte vor Freude bei dem Anblick, und bald hatte Jerry sich soweit erholt, daß er Zeit fand, mit seiner Zunge, mit der ganzen Beredsamkeit des Herzens, die ein Hund entfalten kann, zu reden. Er hob die Schnauze von der Schale und leckte mit seiner schmalen, rosenroten Zunge Lamais Hand. Und Lamai, der begeistert war, daß sie jetzt eine Sprache hatten, in der sie sich verständigen konnten, hielt Jerry immer wieder die Schale hin, und Jerry trank immer wieder.

Er trank weiter. Er trank, bis seine in der Sonne eingeschrumpften Flanken wie ein Ballon gefüllt waren, wenn zwischen dem Trinken auch immer längere Pausen entstanden, in denen seine Zunge auf der schwarzen Haut von Lamais Hand die Sprache der Dankbarkeit redete. Und alles ging gut und würde weiter gut gegangen sein, wäre nicht Lamais Mutter, Lenerengo, erwacht, zu ihrem schwarzen Sprößling getreten und hätte mit kreischender Stimme gegen ihren Erstgeborenen protestiert, weil er den Haushalt mit einem neuen Mund und viel Mühe belastete.

Hierauf folgte ein lauter Zank, von dem Jerry nicht ein Wort verstand, wenn er den Sinn auch herausfühlen mochte. Lamai war mit ihm und für ihn, Lamais Mutter aber war gegen ihn. Sie schalt und kreischte und verlieh ihrer unerschütterlichen Überzeugung Ausdruck, daß ihr Sohn verrückt, ja schlimmer als das sei, weil er nicht mit einem Gedanken daran gedacht hätte, welche Rücksicht er einer armen abgearbeiteten Mutter schuldete. Sie appellierte an den schlafenden Lumai, der schwer und fett aufwachte und in seinem Somodialekt einige friedliche Bemerkungen murmelte, die darauf ausgingen, daß es eine sehr brave Welt sei, daß junge Hunde und erstgeborene Söhne etwas sehr Schönes wären, daß er noch nie verhungert und daß Frieden und Schlaf das Herrlichste sei, was einem Sterblichen zuteil werden könne. Und zum Beweis ließ er sich in den Frieden des Schlafes gleiten, drückte mangels eines Kissens die Nase gegen seinen Oberarmmuskel und begann zu schnarchen.

Aber Lamai stampfte mit trotzigen Blicken auf den Boden und vergewisserte sich, ob er ungehindert weglaufen könnte, wenn sie auf ihn losführe. Er wollte sein Hündchen behalten, und nach einer langen Rede über die Jämmerlichkeit von Lamais Vater ging Lenerengo schließlich hinein, um weiterzuschlafen.

Ein Gedanke zeugt den andern. Lamai hatte den erstaunlichen Durst Jerrys entdeckt. Das brachte ihn auf den Gedanken, daß er ebenso hungrig sein könnte. Darum legte er trockene Zweige auf die schwelenden Holzkohlen, die er aus der Asche des Herdfeuers ausgrub, und machte ein großes Feuer an. Als das Feuer um sich griff, legte er viele Steine von einem danebenliegenden Haufen hinein, die alle von Rauch geschwärzt waren, so daß sie ersichtlich schon oft auf ähnliche Weise gebraucht worden waren. Und dann grub er unter dem Wasser des Baches einen geflochtenen Beutel hervor, und ans Tageslicht kam eine fette Waldtaube, die er tags zuvor in einer Schlinge gefangen hatte. Er wickelte die Taube in grüne Blätter, legte heiße Steine aus dem Feuer um sie herum und bedeckte Taube und Steine mit Erde.

Als er nach einiger Zeit die Taube herausholte und die versengten Blätter entfernte, verbreitete sich ein so lebhafter Geruch, daß Jerry die Ohren spitzte und seine Nüstern sich weiteten. Nachdem der Knabe den dampfenden Braten in zwei Stücke gerissen und gekühlt hatte, begann Jerry zu fressen und hörte nicht eher auf, als bis das letzte Stückchen Fleisch von den Knochen gerissen und die Knochen selbst zerbissen, zermalmt und verschlungen waren. Und während der ganzen Mahlzeit machte Lamai Jerry Liebeserklärungen, wiederholte immer wieder sein kleines zärtliches Lied; streichelte und liebkoste ihn.

Jerry indessen erwiderte jetzt, da Wasser und Fleisch ihn erfrischt und gestärkt hatten, die zärtlichen Annäherungsversuche des Knaben nicht mehr ganz so warm. Er war höflich und nahm die Liebkosungen mit weichen, strahlenden Augen, mit Schwanzwedeln und den üblichen Körperverdrehungen entgegen, aber er war unruhig, lauschte beständig nach fernen Geräuschen und sehnte sich aus ganzem Herzen fort. Das entging nicht der Aufmerksamkeit des Knaben, und ehe er sich schlafen legte, befestigte er denn auch das Ende der Schnur, die er um Jerrys Hals gebunden hatte, gehörig an einem Baum.

Nachdem Jerry einige Zeit an der Schnur gezerrt und gezogen hatte, gab er seine Versuche auf. Aber nicht für lange. Der Gedanke an Schiffer ließ ihm keine Ruhe. Er wußte und wußte doch nicht, welch nicht wieder gutzumachendes Unglück Schiffer begegnet war. Und so kam es, daß er nach kurzem leisen Jammern und Winseln mit seinen scharfen Milchzähnen die Kokosschnur benagte, bis sie durchgebissen war.

Frei wie eine Brieftaube, die nach der Heimat zurückfliegt, stürzte er blind nach dem Strande und dem salzigen Meer, wo die Arangi sich, mit Schiffer auf der Brücke, auf den Wellen gewiegt hatte. Somo war so gut wie ausgestorben, und die wenigen Menschen, die er traf, lagen in tiefem Schlummer. Folglich störte ihn niemand, als er über die gewundenen Pfade zwischen den vielen Häusern hindurch trottete, vorbei an den unanständigen Königsstatuen mit ihrem Totemwappen, aus ganzen Baumstämmen geschnitzten menschlichen Figuren, die in den aufgerissenen Rachen von Haien saßen. Denn Somo, das seinen Ursprung auf Somo, den Gründer des Stammes, zurückführte, verehrte den Haigott und die Salzwassergötter, wie auch die Gottheiten, die über Busch und Sumpf und Berg geboten.

Jerry bog rechts ab, bis er, an der Kaimauer vorbei, an den Strand kam. Von der Arangi war auf der ruhigen Oberfläche der Lagune nichts zu sehen. Überall lagen die traurigen Reste des Festmahls umher, und er konnte den schwelenden Geruch von ausgehenden Feuern und verbranntem Fleisch spüren. Viele der Teilnehmer am Feste hatten sich nicht erst die Mühe gemacht, nach Hause zu gehen, sondern lagen rings in der Morgensonne im Sande, Männer, Frauen und Kinder, wie der Schlaf sie zufällig überrascht hatte.

So dicht am Wasser, daß er sich die Vorderpfoten benetzte, setzte Jerry sich nieder. Sein Herz wollte vor Sehnsucht nach Schiffer fast brechen, und er hob die Schnauze zur Sonne und klagte seine Not, wie Hunde es getan, seit sie aus den wilden Wäldern zu den Lagerfeuern der Menschen kamen.

Und hier fand Lamai ihn, versuchte zuerst, ihn in seinem Kummer zu trösten, indem er ihn an seine Brust drückte und liebkoste, und trug ihn dann zur Grashütte am Bache zurück. Wasser bot er ihm, aber Jerry konnte nicht mehr trinken. Liebe bot er ihm, aber Jerry konnte seine nagende Sehnsucht nach Schiffer nicht vergessen. Zuletzt wurde Lamai wütend auf das unvernünftige Hündchen, er vergaß in knabenhafter Heftigkeit seine Liebe, schlug Jerry rechts und links auf den Kopf und band ihn an, wie wohl noch nie der Hund eines weißen Mannes angebunden worden war. Auf seine Art war Lamai ein Genie. Er hatte es noch nie mit einem Hunde tun sehen, und doch hatte er ohne weiteres die glänzende Idee, Jerry mit einem Stock anzubinden. Der Stock war aus Bambus und vier Fuß lang. Das eine Ende band er mit einer ganz kurzen Schnur an Jerrys Hals, das andre mit einer ebenso kurzen Schnur an einen Baum. Jerry konnte mit seinen Zähnen nur den Stock erreichen, und ein alter, zäher Bambusstock hält den Zähnen eines Hundes leicht stand.

Viele Tage blieb Jerry, an den Stock gebunden, Lamais Gefangener. Es war keine glückliche Zeit, denn Lamais Haus war eine Stätte von ewigem Zank und Streit. Lamai prügelte sich wild mit seinen Brüdern und Schwestern, weil sie Jerry necken wollten, und diese Schlägereien endeten unweigerlich damit, daß Lenerengo selbst herausstürzte und die ganze Bande ohne Ansehen der Person verprügelte.

Und wenn das überstanden war, sagte sie selbstverständlich, schon aus Prinzip, Lumai ihre Meinung, und wenn Lumai, dessen milde Stimme stets zu Frieden und Ruhe mahnte, derart seinen Teil abbekommen hatte, verlegte er seine Residenz für ein paar Tage ins Kanuhaus. Hier war Lenerengo machtlos. Das Kanuhaus der Männer durfte keine Mary betreten. Lenerengo hatte nie das Schicksal vergessen, das der letzten Mary zuteil geworden war, die das Tabu verletzt hatte. Das war vor vielen Jahren geschehen, als sie selbst noch ein ganz junges Mädchen war, aber sie erinnerte sich noch deutlich des unglücklichen Weibes, das erst einen ganzen Tag an einem Arm und dann einen ganzen Tag am andern Arm in der Sonne gehangen hatte. Dann hatten alle Männer im Kanuhaus einen Festschmaus abgehalten, bei dem sie den Braten darstellte, und noch lange Zeit darauf hatten alle Frauen in Gegenwart ihrer Männer nur leise gesprochen.

Jerry gewann Lamai lieb, aber seine Liebe war weder stark noch leidenschaftlich. Sie entsprang eher einer Art Dankbarkeit, denn Lamai war der einzige, der dafür sorgte, daß er Nahrung und Wasser bekam. Aber dieser Knabe war kein Schiffer, kein Herr Haggin. Er war nicht einmal Derby oder Bob. Er war ein tieferstehendes männliches Wesen, ein Nigger, und Jerry war sein ganzes Leben lang dazu erzogen worden, in den weißen Männern überlegene zweibeinige Götter zu sehen.

Indessen mußte er doch unwillkürlich die Intelligenz und die Kraft der Nigger bemerken. Er dachte nicht darüber nach. Er nahm die Tatsache als etwas Selbstverständliches hin. Sie hatten die Macht, andre Wesen zu beherrschen, konnten Stöcke und Steine durch die Luft schleudern und konnten ihn sogar als Gefangenen an einen Stock binden, der ihn völlig hilflos machte. Waren sie auch den weißen Göttern unterlegen, so waren sie doch eine Art Götter.

Es war das erstemal in seinem Leben, daß Jerry angebunden war, und es gefiel ihm gar nicht. Nutzlos verdarb er seine Milchzähne, die schon lose wurden, weil die andern Zähne darunter durchbrechen wollten. Der Stock war stärker als er. Obwohl er Schiffer nicht vergaß, schlief der Kummer über seinen Verlust mit der Zeit ein, bis alle andern Gefühle von dem Wunsch nach Freiheit zurückgedrängt wurden.

*

Als aber der Tag kam, da er in Freiheit gesetzt wurde, benutzte er ihn nicht, um nach dem Strande zu laufen. Das Schicksal wollte, daß Lenerengo ihn befreite. Sie tat es mit Vorbedacht, weil sie ihn loswerden wollte. Als sie aber Jerry losgebunden hatte, blieb er stehen, um ihr zu danken, wedelte mit der Rute und lächelte sie mit seinen nußbraunen Augen an. Sie stampfte mit dem Fuße auf, um ihm zu bedeuten, daß er gehen sollte, und schrie ihn wütend an, um ihn bange zu machen. Das verstand Jerry nicht; er kannte Furcht so wenig, daß er sich nicht einschüchtern ließ. Er wedelte nicht mehr mit der Rute und sah sie zwar weiter an, lächelte aber nicht mehr. Ihm war klar, daß ihr Benehmen und der Lärm, den sie machte, Feindseligkeit ausdrückten, und er war auf der Hut, war auf jede feindliche Handlung von ihrer Seite vorbereitet.

Wieder schrie sie ihn an und stampfte mit dem Fuße. Die einzige Wirkung, die das ausübte, war, daß Jerry jetzt seine Aufmerksamkeit dem Fuße zuwandte. Daß er nicht gleich weglief, wenn sie ihn in Freiheit setzte, war zuviel für diese temperamentvolle Frau. Sie trat nach Jerry, und Jerry wich aus und biß sie in den Knöchel.

Jetzt war der Krieg erklärt, und sie hätte aller Wahrscheinlichkeit nach Jerry in ihrer Wut getötet, wäre Lamai nicht auf dem Schauplatz erschienen. Der losgebundene Stock erzählte genug von ihrer Treulosigkeit und empörte Lamai, der zwischen sie sprang und den Schlag mit einem Poi-Stößer abwehrte, der Jerry sonst leicht den Kopf zerschmettert hätte.

Jetzt war Lamai in Gefahr, und seine Mutter hatte ihm schon einen Schlag auf den Kopf versetzt, daß er zu Boden stürzte, als der arme Lumai, den der furchtbare Lärm aus dem Schlafe geweckt hatte, sich herauswagte, um Frieden zu stiften. Und wie gewöhnlich vergaß Lenerengo alles andre über dem größeren Vergnügen, ihren Mann auszuzanken.

Die Geschichte endete harmlos genug. Die Kinder hörten auf zu weinen. Lamai band Jerry wieder an den Stock. Lenerengo schimpfte, bis ihr die Luft ausging, und Lumai begab sich gekränkt ins Kanuhaus, wo die Männer in Frieden schlafen konnten, ohne von Marys geplagt zu werden.

Als Lumai am Abend im Kreise der andern Männer saß, erzählte er von seinem Ärger und dessen Ursache: dem Hündchen, das mit der Arangi gekommen war. Nun hörte zufällig Agno, der oberste der Teufel-Teufel-Medizinmänner oder der Hohepriester des Stammes, die Geschichte mit an, und er entsann sich, daß er Jerry mit dem Rest der Gefangenen ins Kanuhaus geschickt hatte. Eine halbe Stunde später hatte er sich Lamai vorgenommen. Kein Zweifel, der Junge hatte die Tabus verletzt, und das sagte er ihm auch unter vier Augen, bis Lamai zitterte und weinte und in Todesangst vor seinen Füßen kroch, denn die Strafe war der Tod.

Es war eine zu gute Gelegenheit, den Jungen ein für allemal gefügig zu machen, als daß Agno sie nicht in vollem Maße benutzt hätte. Ein toter Junge hatte keinen großen Wert für ihn, aber ein lebendiger Junge, dessen Leben er in der Hand hatte, würde ihm treu dienen. Da kein andrer etwas von dem verletzten Tabu wußte, konnte er darüber schweigen. Und deshalb befahl er Lamai, sofort in das Kanuhaus der Jünglinge zu ziehen, wo er seine Lehrzeit in der langen Reihe von Hantierungen, Prüfungen und Zeremonien beginnen sollte, bis er schließlich ins Kanuhaus der Junggesellen kam, um halbwegs als erwachsener Mann anerkannt zu werden.

*

Am Morgen band Lenerengo Jerry auf Geheiß des Teufel-Teufel-Medizinmannes die Beine zusammen, was nicht ohne Kampf vor sich ging, bei dem sein Kopf arg gestoßen und ihre Hände bös zerkratzt wurden. Dann trug sie ihn durchs

Dorf, um ihn in Agnos Haus abzuliefern. Unterwegs legte sie ihn auf dem offenen Platz, wo die Königsstatuen standen, auf den Boden und ging, um an der Festfreude der Bevölkerung teilzunehmen.

Der alte Baschti war nicht nur ein strenger Gesetzgeber, in seiner Art stand er einzig da. Er hatte diesen Tag gewählt, um zwei streitsüchtige Weiber abzustrafen, allen andern Weibern eine Lehre zu erteilen und seinen Untertanen wieder einmal eine Freude zu verschaffen, weil sie ihn zum Herrscher hatten. Tiha und Wiwau, die beiden Frauen, waren derb, voll und jung, und sie hatten wegen ihrer unaufhörlichen Streitereien Ärgernis über Ärgernis gegeben. Baschti ließ sie um die Wette laufen. Aber was für ein Wettlauf war das! Es war zum Totlachen. Männer, Frauen und Kinder, die zusahen, heulten vor Freude. Selbst ältere Weiber und Graubärte, die schon mit einem Fuß im Grabe standen, schrien vor Vergnügen bei dem Anblick.

Der Wettlauf fand auf einer Bahn statt, die eine halbe Meile lang war und von der Stelle am Strande, wo die Arangi verbrannt worden war, mitten durch das Dorf bis zum Strand am andern Ende der Korallenmauer führte. Diese Entfernung sollten Tiha und Wiwau hin und zurück durchlaufen, und zwar sollte die eine die andre antreiben, so daß die andre eine unerreichbare Schnelligkeit zu erreichen versuchte.

Nur Baschtis Kopf hatte diese Vorstellung erdenken können. Erstens wurden Tiha zwei runde Korallenblöcke, die wenigstens vierzig Pfund jeder wogen, in die Arme gelegt. Sie war gezwungen, sie eng an die Seiten zu pressen, um sie nicht fallen zu lassen. Hinter sie stellte Baschti Wiwau, die mit einer Bürste aus Bambussplittern an einem langen leichten Bambusschaft bewaffnet war. Die Splitter waren nadelscharf – ja, es waren tatsächlich die Nadeln, die man zum Tätowieren brauchte, und sie sollten auf Tihas Rücken in derselben Weise angewendet werden wie die Stachelstöcke, mit denen die Menschen Ochsen antreiben. Es konnte dem Opfer kein ernsthafter Schaden zugefügt werden, aber es war eine grausame Qual, und gerade das beabsichtigte Baschti.

Wiwau trieb mit dem Stachelstock an, und Tiha stolperte und fiel bei der Bemühung, eine größere Schnelligkeit zu erreichen. Da bei der Ankunft am Strande die Rollen vertauscht werden sollten – Wiwau sollte den Stein zurücktragen und Tiha sie mit dem Stachelstock antreiben –, und da Wiwau wußte, daß Tiha ihr mit Zinsen zurückzahlen würde, was sie ihr gab, strengte sie sich nach Kräften an, solange sie konnte. Beide troffen von Schweiß. Jede hatte ihre Anhänger in der Volksmenge, die sie bei jedem Stoß mit anzüglichen Zurufen ermunterten.

Bei aller Lächerlichkeit steckte ein eisernes, primitives Gesetz dahinter. Die beiden Steine mußten die ganze Strecke getragen werden. Die Frau, die den Stachelstock hatte, mußte ihn kräftig und ohne Bedenken gebrauchen. Die Geschlagene durfte nicht wütend werden noch sich mit ihrem Quälgeist in einen Kampf einlassen. Baschti hatte sie schon im voraus darauf aufmerksam gemacht, daß die Strafe für Verletzung der von ihm gegebenen Gesetze eigentlich darin bestanden hätte, bei Ebbe an einen Pfahl auf das Riff gebunden und von den Fischhaien gefressen zu werden.

Als die Kämpfenden an die Stelle kamen, wo Baschti und sein Premierminister Aora standen, verdoppelten sie ihre Anstrengungen; Wiwau trieb Tiha begeistert an, und Tiha sprang jedesmal, wenn die Bürste sie traf, so daß sie andauernd Gefahr lief, die Steine zu verlieren. Dicht hinter ihnen kamen alle Dorfkinder und Dorfhunde, vor Aufregung heulend und kläffend.

»Lang Zeit du fella Tiha nicht sitzen im Kanu«, brüllte Aora dem Opfer zu, und Baschti ließ wieder ein vergnügtes Gackern hören.

Bei einem ungewöhnlich heftigen Schlage ließ Tiha den einen Stein fallen und mußte den Stachelstock, als sie ins Knie sank und den Stein wieder aufhob, gleich wieder schmecken. Dann watschelte sie weiter.

Einmal empörte sie sich gegen die Qualen, die sie erdulden mußte; sie blieb stehen und wandte sich zu ihrem Quälgeist um.

»Mich böse auf dich zu viel«, sagte sie zu Wiwau. »Nachher – bald –«

Aber sie vollendete die Drohung nicht. Ein besonders heftiger Schlag brach ihren Mut, und sie wankte weiter.

Als sie sich dem Strande näherten, ließ das Geschrei der Menge nach. Aber nach wenigen Minuten setzte es mit erneuter Kraft wieder ein. Jetzt war es Wiwau, die unter der Last stöhnte, und Tiha, die, wütend über die erlittene Unbill, doppelte Vergeltung zu üben versuchte.

Gerade vor Baschti ließ Wiwau einen der Steine fallen, und bei dem Versuch, ihn aufzuheben, verlor sie auch den andern, der fünf bis sechs Fuß von dem ersten wegrollte. Tiha wurde ein wahrer Wirbelwind rachlustiger Wut, und ganz Somo geriet außer sich. Baschti schlug sich auf die bloßen Schenkel und lachte, bis ihm die Tränen über die runzligen Wangen liefen.

Und als alles vorbei war, sprach Baschti zu seinem Volke: »So sollen alle Weiber kämpfen, wenn sie zu kampflustig sind.«

Er sagte es nicht gerade mit diesen Worten. Er sagte es auch nicht in der Somo-Sprache. Er sagte es auf Trepang, und seine Worte lauteten:

»Jede fella Mary er mögen kämpfen, alle fella Mary in Somo kämpfen dies fella Weise.«

Nach Beendigung des Wettlaufs blieb Baschti noch eine Weile im Gespräch mit seinen Großen stehen, unter denen sich auch Agno befand. Lenerengo stand, auf ähnliche Weise beschäftigt, mit mehreren ihrer alten Freundinnen zusammen. Jerry lag noch so da, wie sie ihn hingeworfen hatte; da kam der Wildhund, den er auf der Arangi tyrannisiert hatte, und beschnüffelte ihn. Zuerst tat er es in respektvollem Abstand, zu sofortiger Flucht bereit. Dann kam er vorsichtig näher. Jerry beobachtete ihn erbittert. In dem Augenblick, als die Schnauze des Wildhundes ihn berührte, ließ er ein warnendes Knurren hören. Der Wildhund sprang zurück, stürzte in wilder Flucht davon und war schon eine ganze Strecke gelaufen, als er erkannte, daß er nicht verfolgt wurde.

Wieder kam er vorsichtig zurück, so, wie sein Instinkt ihn auf der Jagd nach Wild vorzugehen hieß, dann kroch er ganz am Boden zusammen, so daß sein Bauch fast die Erde berührte. Dann hob und senkte er die Füße so gewandt und lautlos wie eine Katze, wobei er hin und wieder nach rechts und nach links sah, als fürchtete er einen Flankenangriff. Der laute Ausbruch eines Knabenlachens in der Ferne brachte ihn plötzlich in Abwehrstellung: er hieb die Klauen in den Boden und spannte die Muskeln wie Stahlfedern, um sofort sprungbereit zu sein und der Gefahr – er wußte nicht, woher sie drohte und worin sie bestand – zu entgehen. Als er sich überzeugt hatte, woher der Lärm kam, und daß keine Gefahr für ihn bestand, begann er wieder, sich vorsichtig dem irischen Terrier zu nähern.

Was möglicherweise geschehen wäre, kann niemand sagen, denn in diesem Augenblick fiel Baschtis Blick zufällig zum erstenmal seit der Eroberung der Arangi auf das goldene Hündchen. Im Wirbel der Ereignisse hatte Baschti das Hündchen ganz vergessen.

»Was Name das fella Hund?« rief er scharf, und sein Ruf brachte den Wildhund wieder in Abwehrstellung und zog sich Lenerengos Aufmerksamkeit zu. Vor Angst kroch sie fast vor den furchtbaren alten Häuptling und berichtete mit zitternder Stimme, wie sich alles zugetragen hätte. Ihr Taugenichts von Sohn, Lamai, hätte den Hund aus dem Wasser gezogen. Das Tier hätte viel Unruhe und Mühe in ihrem Hause verursacht. Jetzt aber sei Lamai zu den Jünglingen gezogen, und sie solle den Hund auf ausdrücklichen Befehl Agnos in dessen Haus bringen.

»Was Name das Hund bleiben bei dir?« fragte Baschti, jetzt direkt zu Agno gewandt.

»Mich kai-kai ihn«, lautete die Antwort. »Ihn fett fella Hund. Ihn gut fella Hund kai-kai.«

In Baschtis wachsamem alten Hirn blitzte plötzlich ein Gedanke auf, der schon längst dort geruht hatte und gereift war.

»Ihn gut fella Hund zu viel«, erklärte er. »Besser du essen Busch fella Hund«, riet er ihm, auf den Wildhund zeigend.

Agno schüttelte den Kopf. »Busch fella Hund kein gut kai-kai.«

»Busch fella Hund kein gut zu viel«, lautete Baschtis Urteil. »Busch fella Hund zu viel Furcht. Viele Busch fella Hund zu viel Furcht. Busch Hund nicht kämpfen. Hund von weißer Herr kämpfen wie Hölle. Busch Hund laufen wie Hölle. Du sehen Augen gehören dir, du sehen.«

Baschti beugte sich über Jerry und durchschnitt die Stricke, mit denen seine Beine gebunden waren. Und Jerry, der sofort auf den Füßen stand, hatte diesmal zuviel Eile, um sich erst zu bedanken. Er stürzte dem Wildhund nach, erwischte ihn auf der Flucht, riß ihn zu Boden und wälzte sich mit ihm herum, während eine Staubwolke sich um sie erhob. Der Wildhund gab sich die größte Mühe, zu entkommen, aber Jerry drängte ihn in eine Ecke, warf ihn nieder und biß ihn, während Baschti seinen Beifall kundgab und seine Großen rief, um zuzusehen. Jetzt war Jerry ein rasender kleiner Dämon geworden. Angefeuert durch alle Unbill, die er seit dem blutigen Tage auf der Arangi und dem Verlust Schiffers bis zum heutigen Tage, als ihm die Beine zusammengebunden wurden, erlitten hatte, ließ er seine ganze Rache an dem Wildhund aus. Der Besitzer des Wildhundes, ein Retournierter, beging den Fehler, Jerry mit einem Tritt verscheuchen zu wollen. Im selben Augenblick war Jerry auf ihn losgesprungen und hatte ihm mit seinen Zähnen den Schenkel zerschrammt. Dann geriet er dem Schwarzen zwischen die Beine und warf ihn um.

»Was Name!« rief Baschti wütend dem Missetäter zu, der, vor Angst außer sich, liegenblieb, wo er hingefallen war, und zitternd auf das nächste Wort seines Häuptlings wartete.

Aber Baschti bog sich schon vor Lachen beim Anblick des Wildhundes, der, als gälte es das Leben, Jerry dicht auf den Fersen, die Straße hinunterlief, daß der Staub aufwirbelte.

Als sie verschwunden waren, erklärte Baschti seine Idee. Wenn Menschen Bananen pflanzten, so war das, was dabei herauskam, Bananen. Pflanzten sie Yamswurzeln, so erhielten sie Yams, weder süße Kartoffeln noch etwas andres, sondern nur Yams. Dasselbe galt von Hunden. Da alle Hunde von schwarzen Menschen Feiglinge waren, wurden weiter alle Hunde von schwarzen Menschen, so viele man ihrer auch heranzog, Feiglinge. Die Hunde weißer Menschen waren mutige Kämpfer. Wenn sie sich fortpflanzten, mußten sie ebenfalls mutige Kämpfer hervorbringen. Nun schön, so schloß er, hier hatte man einmal den Hund eines weißen Mannes. Es würde der Gipfel der Torheit sein, ihn aufzufressen und für alle Zeit den Mut, der ihm innewohnte, zu vernichten. Das klügste war, ihn als Zuchthund zu betrachten und am Leben zu erhalten, so daß sein Mut in kommenden Generationen von Somohunden immer wiederkehrte und sich verbreitete, bis alle Somohunde stark und mutig waren.

Ferner befahl Baschti seinem obersten Teufel-Teufel-Medizinmann, sich Jerrys anzunehmen und gut auf ihn zu achten. Und schließlich erließ er ein Gebot an den ganzen Stamm, daß Jerry tabu war. Kein Mann, Weib oder Kind durfte einen Speer oder einen Stein nach ihm werfen, ihn mit der Keule oder dem Tomahawk schlagen oder sonst irgendwie verletzen.

Von jetzt an bis zu dem Tage, da Jerry selbst eines der größten Tabus verletzte, verbrachte er in Agnos Grashütte eine glückliche Zeit. Denn Baschti beherrschte im Gegensatz zu den meisten Häuptlingen seine Teufel-Teufel-Medizinmänner mit starker Hand. Andre Häuptlinge, selbst Nau-hau in Langa-Langa, wurden von ihren Teufel-Teufel-Medizinmännern beherrscht, übrigens glaubte das Somovolk, daß Baschti ebenso beherrscht wurde. Aber sie wußten nicht, was hinter den Kulissen vorging, wenn Baschti, der an nichts glaubte, bald mit dem einen, bald mit dem andern Medizinmann unter vier Augen sprach.

Bei diesen privaten Unterredungen zeigte er ihnen, daß er ihr Spiel durchschaute, daß er genau so gut Bescheid wußte wie sie selber, und daß er kein Sklave des finsteren Aberglaubens und frechen Betruges war, wodurch sie sich das Volk Untertan machten. Ferner entwickelte er die Theorie, die ebenso alt ist wie Herrscher und Priester, daß Herrscher und Priester zusammenarbeiten müßten, um das Volk gut zu regieren. Er hatte nichts dagegen, daß die Götter und die

Priester, das Sprachrohr der Götter, als die angesehen wurden, die das entscheidende Wort zu sprechen hatten, aber die Priester sollten wissen, daß in Wirklichkeit er das entscheidende Wort zu sprechen hatte. Glaubten sie selbst auch nur wenig an ihre Künste, so glaubte er noch weniger daran.

Er wußte Bescheid mit den Tabus und der Wahrheit, die hinter den Tabus steckte. Er erklärte seine persönlichen Tabus und ihre Entstehung. Er durfte nie Fleisch von Schaltieren essen, erzählte er Agno. Der alte Nino, der Vorgänger Agnos, hatte ihm dieses Tabu auf Befehl des Haigottes auferlegt. In Wirklichkeit aber hatte er, Baschti, sich von ihm das Tabu auferlegen lassen, weil er das Fleisch von Schaltieren nicht mochte und nie gemocht hatte.

Dazu kam noch, daß er, der länger als der älteste unter den Priestern gelebt, jeden von ihnen ernannt hatte. Er kannte sie, hatte sie zu dem gemacht, was sie waren, und sie lebten kraft seines Wohlwollens. Und sie würden weiter nach seinen Weisungen handeln, wie sie es stets getan, oder sie würden schnell und plötzlich verschwinden. Er brauchte nur an den Tod Koris zu erinnern – Koris, des Teufel-Teufel-Medizinmannes, der sich selbst für stärker als Baschti gehalten und für diesen Irrtum eine ganze Woche in Qualen geschrien hatte, ehe er aufhörte zu schreien und für immer schwieg.

*

In Agnos großer Grashütte gab es wenig Licht und viel Mystik. Für Jerry, der nur Dinge kannte oder nicht kannte und sich nicht den Kopf über etwas zerbrach, das er nicht wußte, gab es keine Mystik. Gedörrte Köpfe und andre gedörrte und verschimmelte Teile menschlicher Körper imponierten ihm nicht mehr als die gedörrten Alligatoren, die zur Ausschmückung von Agnos düsterer Wohnung beitrugen.

Es wurde gut für Jerry gesorgt. Weder Kinder noch Frauen füllten das Haus des Teufel-Teufel-Medizinmannes. Ein paar alte Weiber, ein elfjähriges Mädchen, das die Fliegen verscheuchen mußte, und zwei junge Männer aus dem Kanuhaus der Jünglinge, die unter der Anleitung des großen Lehrers Priester werden sollten, bildeten den Haushalt und warteten Jerry auf. Er erhielt ausgewähltes Futter. Wenn Agno zuerst von einem Schwein bekommen hatte, kam Jerry an die Reihe. Selbst die beiden Schüler und die Fliegenverscheucherin kamen erst nach ihm, und sie wieder überließen die Reste den alten Frauen. Und im Gegensatz zu den gewöhnlichen Wildhunden, die sich bei Regen schutzsuchend unter den vorspringenden Dachrand schlichen, erhielt Jerry ein trockenes Plätzchen unter dem Dache, wo die Köpfe von Buschmännern und längst vergessenen Sandelholzhändlern mitten in einer verstaubten, wirren Sammlung von getrockneten Haieingeweiden, Krokodilschädeln und Skeletten von Salomon-Ratten hingen, die von der Nasenspitze bis zur Schwanzspitze zwei Drittel Ellen maßen.

Jerry hatte uneingeschränkte Freiheit, und sehr oft schlich er sich aus dem Dorfe und lief nach Lamais Haus, doch nie traf er ihn, der seit Schiffers Tagen das einzige menschliche Wesen war, das einen Platz in seinem Herzen gefunden hatte. Jerry gab sich nie zu erkennen, sondern lag unter den dichten Farren am Bache, beobachtete das Haus und witterte nach seinen Bewohnern. Aber nie witterte er den Geruch von Lamai, und nach einiger Zeit gab er seine nutzlosen Besuche auf und gewöhnte sich daran, das Haus des Teufel-Teufel-Medizinmannes als sein Heim und den Teufel-Teufel-Medizinmann selbst als seinen Herrn zu betrachten.

Aber er hegte keine Liebe für diesen Herrn. Agno, der kraft der Furcht so lange in seinem von Mystik erfüllten Hause geherrscht hatte, kannte Liebe ebensowenig, wie es in seinem Wesen Liebe oder Herzlichkeit gab. Er hatte keinen Sinn für Humor und war eisig grausam wie ein Eiszapfen. Nächst Baschti war er der mächtigste Mann des Stammes, und sein ganzes Leben wurde ihm dadurch verbittert, daß er nicht der allermächtigste war. Er hegte keine freundlichen Gefühle für Jerry, weil er aber Baschti fürchtete, fürchtete er sich, Jerry etwas zuleide zu tun.

Monate vergingen. Jerry bekam seine richtigen Zähne und nahm an Gewicht und Größe zu. Er war so nahe daran, verdorben zu werden, wie es für einen Hund überhaupt möglich ist. Er, der selbst tabu war, lernte schnell, vor dem Somovolke den Herrn zu spielen und seinen Willen überall und immer durchzusetzen. Niemand wagte, ihn mit Stöcken oder Steinen zu bedrohen. Agno haßte ihn – das wußte er; ihm war jedoch auch klar, daß Agno ihn fürchtete und nicht wagte, ihm etwas zuleide zu tun. Aber Agno war ein kalt berechnender Philosoph, der seine Zeit abwartete. Er unterschied sich von Jerry dadurch, daß er menschliche Voraussicht besaß und sich in seinen Handlungen auf fernliegende Ziele einstellen konnte.

Vom Rande der Lagune, in dessen Wasser Jerry sich nie wagte, weil er sich des Krokodil-Tabus, das er auf Meringe gelernt hatte, erinnerte, streifte er oft bis zu den fernsten Buschdörfern, die zu Baschtis Reich gehörten. Alle wichen ihm aus. Alle gaben ihm zu fressen, wenn er den Wunsch ausdrückte. Denn er war tabu, und er konnte, ohne ausgescholten zu werden, tun, was ihn gelüstete, sowohl hinsichtlich ihrer Schlafmatten wie ihrer Eßschalen. Er konnte so tyrannisch sein, wie er wollte, sein Übermut konnte alle Grenzen überschreiten, denn niemand widersetzte sich seinen Wünschen. Ja, Baschti hatte sogar kundgegeben, daß es Pflicht des Somovolkes war, Jerry, wenn er von ausgewachsenen Buschhunden überfallen wurde, zu Hilfe zu kommen und die Angreifer zu treten, zu steinigen und zu prügeln. Und so erfuhren seine eigenen vierbeinigen Vettern auf höchst unangenehme Weise, daß er tabu war.

Und Jerry gedieh. Er hätte leicht so dick werden können, daß er schlaff und dumm geworden, wären seine Nerven nicht so hochgespannt, wäre seine Neugier nicht so eifrig und unersättlich gewesen. Unbehindert, sich in ganz Somo frei zu bewegen, war er bald überall, lernte Umfang und Grenzen des Landes und Tun und Treiben der wilden Tiere kennen, die Wälder und Sümpfe bewohnten und sein Tabu nicht anerkannten.

Zahlreich waren die Abenteuer, die er erlebte. Er focht zwei Kämpfe mit Waldratten aus, die fast ebenso groß wie er selber waren, und als er die ausgewachsenen, wilden Tiere in eine Ecke drängte, kämpften sie mit ihm, wie noch keiner mit ihm gekämpft hatte. Die erste tötete er, ohne zu wissen, daß es eine alte, schwache Ratte war. Die andre, die sich in ihrer vollen Kraft befand, strafte ihn so hart, daß er schwach und krank heim in das Haus des Teufel-Teufel-Medizinmannes kroch, wo er eine ganze Woche unter den getrockneten Symbolen des Todes lag, sich die Wunden leckte und Leben und Gesundheit langsam wiedergewann.

Er schlich sich hinter den Dugong, und es machte ihm ein köstliches Vergnügen, das dumme, furchtsame Geschöpf durch einen plötzlichen, heftigen Angriff zu erschrecken. Er wußte selbst, daß es nur Lärm und Spektakel war, aber es belustigte ihn ungeheuer, und er mußte lachen, wenn er an diesen gelungenen Spaß dachte. Er scheuchte Tropenenten, die nie die Insel verließen, von ihren verborgenen Nestern auf, ging vorsichtig um die Krokodile herum, die sich zum Schlafen auf den Strand geschleppt hatten, und kroch in den Busch, um die schneeweißen kecken Kakadus, die wilden Fischadler, die schwer fliegenden Bussarde, die Loris, Königsfischer und die lächerlichen, schwatzenden Zwergpapageien aufzustöbern.

Dreimal stieß er außerhalb der Grenzen von Somo auf die kleinen schwarzen Buschleute, die eher Geistern als richtigen Menschen glichen, so lautlos bewegten sie sich, und so schwer waren sie von ihrer Umgebung zu unterscheiden; bei drei denkwürdigen Gelegenheiten hatten sie versucht, ihn mit ihren Speeren zu treffen. Und die Lehre, die ihm die Waldratten erteilt hatten, daß er vorsichtig sein müsse, dieselbe Lehre erteilten ihm nun diese Zweibeiner, die in der Dämmerung des Busches herumschlichen. Er hatte nicht mit ihnen gekämpft, obwohl sie versucht hatten, ihn mit ihren Speeren zu treffen. Er hatte schnell begriffen, daß dies andre Menschen als das Somovolk waren, daß sein Tabu hier nicht galt, und daß sie in gewisser Weise zweibeinige Götter waren, die den fliegenden Tod in ihren Händen hielten, wodurch sie über die Reichweite ihrer Hände hinausgelangten und Entfernungen überbrückten.

Und wie Jerry den Busch durchstreifte, so auch das Dorf. Nichts war ihm heilig. In den Häusern der Teufel-Teufel-Medizinmänner, wo Männer und Frauen in Angst und Beben vor dem Mysterium auf der Erde krochen, ging er mit steifen

Beinen und gesträubten Haaren umher, denn hier hingen frische Köpfe, die, wie seine Augen und Nüstern ihn lehrten, einmal den lebendigen Niggern auf der Arangi gehört hatten. Im größten Teufel-Teufel-Haus fand er Borckmans Kopf, und er knurrte ihn, ohne Antwort zu erhalten, an, in Erinnerung an den Kampf, den er mit dem vom Schnaps benebelten Steuermann auf dem Deck der Arangi ausgefochten hatte.

Einmal aber fand er, in Baschtis Haus, alles, was von Schiffer auf Erden übriggeblieben war. Baschti hatte sehr lange gelebt, hatte sehr weise gelebt und viel nachgedacht und war sich vollkommen klar darüber, daß er zwar länger als andre Menschen gelebt hatte, daß aber auch seine eigene Lebensspanne sehr kurz bemessen war. Und er hätte sehr gern alles gewußt, Sinn und Zweck des Lebens gekannt.

Er liebte die Welt und das Leben, zu dem das Glück ihn geboren hatte; Glück sowohl im allgemeinen wie namentlich auch in bezug auf seine Stellung als Herr über Priester und Volk. Er fürchtete sich nicht vor dem Tode, aber er dachte darüber nach, ob er möglicherweise wieder leben könnte. Er hegte die größte Verachtung für die törichten Anschauungen der Priester und fühlte sich sehr einsam in dem Chaos dieses verwirrenden Problems.

Denn er hatte so lange und so glücklich gelebt, daß er gesehen hatte, wie Lust und Verlangen dahinschwanden, bis sie ganz erloschen. Er hatte Frauen und Kinder und die scharfe Schneide jugendlichen Verlangens gekannt. Er hatte seine Kinder heranwachsen und Väter und Großväter, Mütter und Großmütter werden sehen. Aber er, der Frauen und Liebe und Vaterfreude und die Freude, den Hunger des Magens zu stillen, gekannt hatte, er war jetzt über alles das erhaben. Essen? Er wußte kaum, was das hieß, so wenig aß er. Das Verlangen, das an seinem Fleisch genagt, als er jung und stark gewesen, trieb ihn längst nicht mehr an. Er aß aus Notwendigkeit und Pflichtgefühl und machte sich sehr wenig daraus, was er aß, außer einem, nämlich Großfußhühnereiern, die, wenn die Zeit war, auf seinem persönlichen Brutplatz gelegt wurden, der streng tabu war. Hier verspürte er die letzten schwach zitternden Gefühle von Fleischeslust. Sonst lebte er im Reiche des Verstandes, herrschte über sein Volk und suchte sich beständig Wissen zu verschaffen, mittels dessen er seinem Volke Gesetze geben konnte, um es stärker und lebensfähiger zu machen.

Aber er war sich ganz klar über den Unterschied zwischen dem abstrakten Stamme und dem Konkretesten von allem, dem Individuum. Der Stamm war das Bleibende, während seine einzelnen Mitglieder verschwanden. Der Stamm war eine Erinnerung an Geschichte und Gewohnheiten aller früheren Mitglieder, weitergeführt von den lebenden Mitgliedern, bis sie selbst verschwanden und Geschichte und Erinnerung in der Gesamtheit wurden, die man weder fühlen noch fassen konnte, die eben der Stamm war. Als Mitglied des Stammes mußte er früher oder später – und dies Später war sehr nahe – verschwinden. Aber wohin verschwinden? Ja, das war eben die Frage! Und so kam es, daß er hin und wieder allein gebot, seine Grashütte zu verlassen; wenn er dann allein war, nahm er die Köpfe herunter, die, in Bastmatten eingewickelt, am Deckenbalken hingen, diese Köpfe von Männern, die er, jedenfalls teilweise, noch leben gesehen hatte, und die in das geheimnisvolle Nichts des Todes verschwunden waren.

Nicht wie ein Geizhals hatte er diese Köpfe gesammelt, und nicht wie ein Geizhals, der seine geheimen Schätze zählt, betrachtete er diese Köpfe, wenn er sie, ausgewickelt, in seinen Händen hielt oder auf seine Knie legte. Er wollte Bescheid wissen. Er wollte wissen, was sie jetzt wissen mochten, da sie längst in das Dunkel eingegangen waren, das über dem Ende des Lebens ruht.

Sehr verschieden waren diese Köpfe, die Baschti in der schwach erleuchteten Grashütte in seine Hände nahm oder auf seine Knie legte, während die Sonne über ihm am Himmel flammte und der Monsun durch die Blätter der Palmen und die Zweige der Brotfruchtbäume rauschte. Da war der Kopf eines Japaners, des einzigen, von dem er je etwas gesehen oder gehört hatte. Ehe er geboren war, hatte sein Vater diesen Kopf genommen. Er war schlecht erhalten und von Alter und Mißhandlung arg mitgenommen. Und doch studierte Baschti seine Züge, sagte sich, daß er einst zwei Lippen gehabt, ebenso lebendig wie seine eigenen, und einen Mund, so sprechend und gefräßig, wie sein eigener früher gewesen war. Zwei Augen und eine Nase hatte dieser Kopf gehabt, einen kräftigen Haarwuchs und ein Paar Ohren, ganz wie er selbst. Zwei Beine und einen Körper mußte er einst besessen, und Begehren und Verlangen mußte er gekannt haben. Das Feuer des Zorns und der Liebe mußte er gekannt haben, ehe er je ans Sterben dachte.

Da war ein Kopf, der ihn in Erstaunen setzte, und dessen Geschichte ganz bis auf die Zeit vor seinem Vater und seinem Großvater zurückging. Er wußte nicht, daß es der Kopf eines Franzosen war, und er wußte auch nicht, daß es der Kopf von La Perouse war, dem kühnen alten Erdumsegler, dessen Gebeine mit denen seiner Leute und den Wracks zweier Fregatten, Astrobole und Boussole, an den Gestaden der menschenfressenden Salomoninseln ruhten. Ein andrer Kopf – denn Baschti war ein eifriger Sammler von Menschenköpfen – war noch zwei Jahrhunderte älter als der von La Perouse und ging zurück auf den Spanier Alvaro de Mendanja. Er hatte einem von Mendanjas Kanonieren gehört, der in einem Scharmützel am Strande von einem fernen Vorfahren Baschtis getötet worden war.

Es gab noch einen Kopf, dessen Geschichte dunkel war, und das war der Kopf einer weißen Frau. Mit welchem Seemann sie verheiratet gewesen, wußte niemand. Aber es hingen immer noch die Ohrringe aus Gold und Smaragden in ihren ausgetrockneten Ohren, und das Haar, das fast einen Klafter lang war, goldenes, seidenweiches Haar, wogte immer noch von der Kopfhaut herab, die die Stelle bedeckte, wo einst Verstand und Wille ihren Sitz gehabt hatten. Baschti dachte daran, daß sie einmal ein lebendes, liebendes Weib in den Armen eines Mannes gewesen.

Gewöhnliche Köpfe von Buschmännern und Salzwassermännern, ja selbst von schnapstrinkenden weißen Männern wie Borckman verwies er in die Kanu-Häuser und die Teufel-Teufel-Häuser. Denn er war ein Kenner in Köpfen. Da war der merkwürdige Kopf eines Deutschen, der große Anziehungskraft auf ihn ausübte. Rotbärtig war er und rothaarig, aber tot und ausgetrocknet, wie er war, lag etwas Eisernes über seinen Zügen, das in Verbindung mit der kräftigen Stirn den Eindruck erweckte, daß dieser Mann Herr über Geheimnisse gewesen war, die Baschti nicht kannte. Er wußte ebensowenig, daß der Kopf einmal einem Deutschen gehört, wie daß dieser Deutsche ein Professor, ein Astronom gewesen, der eine tiefe Kenntnis von den Gestirnen an dem mächtigen Himmelsgewölbe besessen hatte, eine Kenntnis, die Myriaden von Millionen mal größer war als die unklare Vorstellung, die er selbst hatte.

Und zuletzt kam der, der seine Gedanken am allermeisten beschäftigte, der Kopf Van Horns. Und den Kopf Van Horns hielt er auf seinen Knien und betrachtete ihn, als Jerry, der überall in Somo freien Zutritt hatte, in Baschtis Grashütte getrottet kam, Schiffers irdische Überreste roch und erkannte und zuerst klagte und jammerte. Dann aber sträubten sich ihm die Haare vor Wut.

Baschti bemerkte ihn zuerst nicht, denn er saß in tiefen Gedanken über Van Horns Kopf versunken da. Vor nur wenigen kurzen Monaten war dieser Kopf ein lebendiger Kopf mit schnellen Gedanken gewesen, hatte auf einem zweibeinigen Körper gesessen, der aufrecht stand und stolz einherschritt mit einem Lendenschurz um den Leib und einer Pistole im Gürtel, mächtiger als Baschti, aber weniger schnell in seinen Gedanken; denn hatte Baschti nicht mit einer alten Pistole diese Hirnschale, in der der Verstand wohnte, in Finsternis gehüllt und sie von dem plötzlich erschlafften Körper aus Fleisch und Blut getrennt, von diesem Körper, der den Kopf frei über die Erde und das Deck der Arangi getragen hatte.

Was war aus den Gedanken geworden? Waren sie das einzige gewesen, was Van Horn zu dem hochmütigen, aufrechten Wesen, das er war, gemacht hatte, und waren sie jetzt verschwunden wie die flackernde Flamme eines Holzscheits, wenn er zu Asche verbrannt ist? War alles, was Van Horn ausmachte, verschwunden wie die Flamme im Holzscheit? War er für ewig in der Finsternis verschwunden, in der das Tier verschwand, in der das Krokodil, das der Speer getroffen, verschwand, in der der Thunfisch, der an der Angel, die Meerbarbe, die im Netz gefangen, das geschlachtete Schwein, das eine so fette Speise ergab, verschwand? War Van Horns Finsternis wie die Finsternis, welche die von der Fliegenklappe im Fluge getroffene Fliege verschlang? – wie die Finsternis, die den Moskito verschlang, der das Geheimnis des Fluges kannte, und den er trotz seiner Flugfertigkeit, fast gedankenlos, mit der flachen Hand auf seinem Nacken zerquetschte, wenn er ihn stach?

Was aber von dem Kopfe dieses weißen Mannes galt, der noch vor kurzem so lebendig gewesen und so stolz getragen worden war, das galt, wie Baschti wußte, auch von ihm selber. Was diesem weißen Manne geschehen war, nachdem er das dunkle Tor des Todes durchschritten, das würde auch ihm selber geschehen. Und darum befragte er dieses Haupt, als ob die stummen Lippen ihm aus der geheimnisvollen Finsternis heraus den Sinn des Lebens und den Sinn des Todes, der das Leben unweigerlich zu Fall brachte, erzählen würde.

Jerrys langgezogenes Schmerzensgeheul, als er sah und roch, was von Schiffer übrig war, weckte Baschti aus seinen Träumereien. Er erblickte den starken, goldbraunen jungen Hund und zog ihn sofort mit in den Kreis seiner Gedanken ein. Der war lebendig. Er war wie ein Mensch. Er kannte Hunger und Schmerz, Zorn und Liebe. Er hatte Blut in seinen Adern wie ein Mensch, rotes Blut, das ein Messerstich zum Fließen bringen konnte, so daß er verblutete. Wie das Geschlecht der Menschen liebte er die Seinen, gebar Junge und nährte sie mit der Milch aus seiner Brust. Und er verschwand. Ja, er verschwand, denn so manchen Hund, wie so manchen Menschen hatte er, Baschti, in der vollen Kraft und Gier seiner Jugend verzehrt, damals, als er nur Bewegung und Kraft kannte und Bewegung und Kraft mit den Kalabassen der Festmähler nährte.

Aber Jerrys Trauer ging in Zorn über. Er näherte sich auf steifen Beinen, seine Lippen verzogen sich zu einem wütenden Knurren, und das Haar sträubte sich ihm in immer wiederkehrenden Wellen, die ihm Rücken, Schultern und Hals überspülten. Und nicht Schiffers Kopf – der Gegenstand seiner Liebe – war es, dem er sich näherte, sondern Baschti, der den Kopf auf den Knien hielt. Wie der wilde Wolf auf der Bergweide der Stute mit ihrem neugeborenen Füllen nachschleicht, so schlich Jerry Baschti nach. Baschti, der in seinem ganzen langen Leben nie den Tod gefürchtet, und der gelacht und es als einen Witz angesehen hatte, als die Steinschloßpistole explodierte und ihm den Finger abriß, lachte vergnügt – und seine Freude entsprang lediglich seinem Hirn –, und er bewunderte diesen kleinen, halb ausgewachsenen Hund, den er mit einem kurzen Knüppel aus hartem Holz über die Schnauze schlug und ihn dadurch fernhielt. Einerlei, wie oft und wie wütend Jerry auf ihn losfuhr, jedesmal begegnete Baschti dem Angriff mit dem Knüppel und lachte laut, denn er verstand den Mut des Hündchens und wunderte sich über die Dummheit dieses Lebewesens, die es immer wieder mit dem Kopf gegen den Knüppel anrennen und sich kraft der durch die Erinnerung an einen Toten entfachten Leidenschaft dem Schmerz aussetzen ließ, den der Knüppel verursachte.

Auch dies ist Leben, dachte Baschti, als er mit dem Knüppel das schreiende Hündchen vertrieb. Vierbeiniges Leben war es, jung und töricht, heiß und beseelt. Er verstand, daß der Schlüssel zum Dasein, die Lösung des Rätsels ebensogut bei diesem lebendigen Hündchen zu finden war wie in dem Kopfe Van Horns oder sonst eines Toten.

Und deshalb schlug er Jerry immer wieder über die Schnauze, trieb ihn weg und wunderte sich über das hartnäckige Etwas in seinem innersten Wesen, das ihn immer wieder gegen den Stock anspringen ließ, der ihm weh tat und der ihn zurücktrieb. Er wußte, daß es die Tapferkeit und Beweglichkeit der Jugend, ihre Stärke und ihr Mangel an Urteilskraft war, und bewunderte und beneidete sie, hätte gern seine graue Greisenklugheit dafür gegeben, wenn es ihm nur möglich gewesen wäre.

»Was für ein Hund, Donnerwetter, was für ein Hund!« hätte er mit Van Horn sagen können, statt dessen aber dachte er auf Trepang, das ihm ebenso in Fleisch und Blut übergegangen war wie seine eigene Somosprache:

»Mein Wort, das fella Hund kein Angst vor mir.«

Aber das Alter wurde des Spiels zuerst müde, und Baschti machte ihm ein Ende, indem er Jerry so hart hinters Ohr schlug, daß er bewußtlos hinfiel. Der Anblick des Hündchens, das eben noch so lebendig und wuterfüllt gewesen und jetzt wie tot dalag, brachte Baschtis Gedanken auf eine neue Spur. Der Knüppel hatte mit einem Schlage die Veränderung bewirkt. Wo waren jetzt Zorn und Klugheit des Hündchens? War das alles – konnte ein zufälliger Windhauch die Flamme im Holzscheit löschen? Den einen Augenblick hatte Jerry gewütet und gelitten, geknurrt und gesprungen, hatte seine Bewegungen nach seinem Willen gelenkt. Den nächsten Augenblick lag er kraftlos und zusammengesunken im halben Tod der Bewußtlosigkeit da. Um ein Weilchen, das wußte Baschti, würden Bewußtsein, Gefühl, Bewegung und die Fähigkeit, seine Bewegungen zu beherrschen, wieder in den kraftlosen kleinen Körper zurückströmen. Aber wo waren Gefühl und Wille – alles das, was der eine Schlag mit dem Knüppel gelähmt hatte – wo waren sie unterdessen? Baschti seufzte müde, und müde wickelte er die Köpfe – außer den Van Horns – in ihre Strohmatten und hängte sie dann wieder unter das Dach, daß sie von den Balken herabbaumelten. Hier, das sagte er sich, würden sie hängen, wenn er längst tot und fertig war, wie einige von ihnen schon lange vor der Zeit seines Vaters und Großvaters gehangen hatten. Van Horns Kopf ließ er auf dem Boden liegen, während er sich selbst hinausschlich, um durch eine Ritze hineinzugucken und zu sehen, was das Hündchen tun würde.

Jerry zitterte, und etwa eine Minute lang kämpfte er kraftlos, um wieder auf die Beine zu kommen. Er schwankte benommen hin und her, und da sah Baschti, mit einem Auge an der Ritze, wie das Wunder, das Leben heißt, durch die Kanäle des kraftlosen Körpers zurückfloß und die Beine steifte, daß sie wieder fest stehen konnten. Er sah das Bewußtsein, das Wunder aller Wunder, wieder in die knöcherne, haarbedeckte Hirnschale strömen, sah es schwellen und stärker werden, sah, wie das Hündchen die Augen aufschlug, die Zähne fletschte und die Kehle unter demselben Knurren erzittern ließ, das der Schlag mit dem Knüppel unterbrochen hatte.

Und noch mehr sah Baschti. Anfänglich blickte Jerry sich nach seinem Feinde um und knurrte, während sich ihm die Haare auf seinem Nacken sträubten. Als er aber statt seines Feindes den Kopf Schiffers erblickte, kroch er hin, liebkoste ihn, küßte mit seiner Zunge die harten Wangen, die geschlossenen Lider, die all seine Liebe nicht öffnen konnte, die unbeweglichen Lippen, die nicht eines der zärtlichen Worte sprechen wollten, die sie früher zu dem kleinen Hunde gesprochen hatten.

Und dann setzte Jerry sich mit einem Gefühl unendlicher Verlassenheit vor Schiffers Kopf nieder und heulte in langgezogener Klage. Und schließlich schlich er matt und zerschlagen aus dem Hause fort in das seines Teufel-Teufel-Herrn, wo er die nächsten vierundzwanzig Stunden wachte und schlief und Jahrhunderte böser Träume träumte.

Solange Jerry in Somo blieb, fürchtete er von jetzt an Baschtis Grashütte. Er fürchtete nicht Baschti. Seine Furcht war unerklärlich und unausdenkbar. In dem Hause befand sich das Nichts, das einmal Schiffer gewesen. Es war die Erinnerung an die letzte Katastrophe des Lebens, die mit jeder Faser seiner vererbten Anlagen verwebt und verknüpft war. Noch einen Schritt weiter als Jerry war das Somovolk gegangen, das sich bei Betrachtung des Todes Vorstellungen von Geistern der Toten gebildet hatte, die in unkörperlichen, übersinnlichen Reichen weiterlebten.

Und von jetzt an haßte Jerry Baschti heftig als den Herrn des Lebens, der das Nichts, das Schiffer war, besaß und auf seine Knie legte. Nicht daß Jerry diesen bestimmten Gedanken gefaßt hätte. Alles war unklar und verschwommen, Empfindung, Gemütsbewegung, Gefühl, Instinkt, Eingebung – man kann jedes beliebige Wort gebrauchen aus der verschwommenen Sammlung von Wörtern, die die menschliche Sprache ausmacht, in der die Wörter doch narren, weil sie den Eindruck einer bestimmten Bedeutung erwecken und dem Gehirn ein Verständnis anlügen, das es nicht besitzt.

Drei Monate verstrichen; der Nordwest-Monsun war, nachdem er ein halbes Jahr geweht hatte, dem Südost-Passat gewichen, Jerry lebte immer noch in Agnos Haus und lief im ganzen Dorfe frei umher. Er hatte an Gewicht und Größe zugenommen und war, von seinem Tabu beschützt, so selbstbewußt geworden, daß es an Tyrannei grenzte. Aber er hatte keinen Herrn gefunden. Agno hatte seinem Herzen auch nicht einen Schlag der Liebe abgerungen. Übrigens hatte Agno auch nie versucht, ihn zu gewinnen, anderseits hatte der kaltblütige Mann auch nie gezeigt, daß er Jerry haßte.

Nicht einmal die alten Frauen, die beiden Schüler und die junge Fliegenverscheucherin in Agnos Haus hatten auch nur die geringste Ahnung, daß der Teufel-Teufel-Medizinmann Jerry haßte. Auch Jerry selbst ahnte es nicht. Für ihn war Agno ein farbloses Wesen, ein Wesen, mit dem er gar nicht rechnete. Die Mitglieder des Haushalts betrachtete Jerry als Agnos Sklaven oder Diener, und wenn sie ihn fütterten, wußte er, daß das Futter, das er fraß, von Agno kam und Agnos Essen war. Außer ihm, den sein Tabu beschützte, fürchteten alle Agno, und sein Haus war in der wahrsten Bedeutung des Wortes ein Haus der Furcht, in dem keine Liebe zu einem zufällig hineingekommenen Hündchen gedeihen konnte. Das elfjährige Mädchen hätte vielleicht versucht, Jerrys Liebe zu gewinnen, wäre sie nicht von Agno eingeschüchtert worden, der ihr eine strenge Zurechtweisung erteilte, weil sie sich die Freiheit genommen hatte, einen Hund mit einem so hohen Tabu zu berühren oder zu streicheln.

Was Agnos Plan, Jerry zu Leibe zu gehen, das halbe Jahr des Monsuns hinzog, war der Umstand, daß die Großfuß-hühner erst mit Eintritt des Südost-Passats ihre Eier auf Baschtis privaten Brutplätzen zu legen begannen. Und Agno, dessen Plan längst feststand, hatte mit der ihm eignen Geduld ruhig seine Zeit abgewartet.

Das Großfußhuhn der Salomoninseln ist ein entfernter Verwandter des wilden australischen Truthahns. Obwohl nicht größer als eine große Taube, legt es ein Ei von der Grö-ße eines gewöhnlichen Enteneis. Das Großfußhuhn kennt keine Furcht und ist so dumm, daß es seit Jahrhunderten ausgerottet wäre, hätten die Häuptlinge und Priester es nicht für tabu erklärt. Die Häuptlinge mußten jedoch Sandstellen für es einhegen, um es vor den Hunden zu beschützen. Es grub seine Eier zwei Fuß tief in den Sand ein und verließ sich darauf, daß die Sonnenwärme das Ausbrüten besorgte. Und es grub immer wieder und legte Eier, während ein Schwarzer kaum zwei bis drei Fuß entfernt die Eier wieder ausgrub.

Der Brutplatz gehörte Baschti. Solange es Großfußhühnereier gab, lebte er fast ausschließlich von ihnen. Gelegentlich hatte er auch wohl ein Großfußhuhn, das mit Eierlegen fertig war, zu seinem Kai-kai schlachten lassen. Das war indessen nur eine Laune, der Stolz, sich eine so seltene Speise erlauben zu können, was nur einem Manne seines Ranges möglich war. In Wirklichkeit machte er sich aus Großfußhühnerfleisch nicht mehr als aus jedem andern Fleisch. Alles Fleisch schmeckte ihm gleich, denn sein Appetit auf Fleisch gehörte zu den entschwundenen Freuden, die für ihn nur noch in der Erinnerung lebten.

Aber die Eier! Er liebte sie. Sie waren die einzige Nahrung, aus der er sich noch etwas machte. Wenn er sie aß, durchfuhr ihn die alte Eßgier seiner Jugend. Er war wirklich hungrig, wenn er Großfußhühnereier essen sollte, und die fast eingetrockneten Speicheldrüsen und inneren Verdauungssäfte fungierten wieder beim Anblick eines zubereiteten Eis. Und deshalb war er der einzige in ganz Somo, der Großfußhühnereier aß, auf denen ein strenges Tabu ruhte. Und da das Tabu in erster Reihe ein religiöses war, wurde Agno die geistliche Aufgabe übertragen, den königlichen Brutplatz zu bewachen und zu schützen.

Aber auch Agno war nicht mehr jung. Er war längst über die Zeit hinaus, da scharfe Eßlust an ihm genagt hatte, und auch er aß nur aus Pflichtgefühl, weil alles Essen ihm gleich schmeckte. Großfußhühnereier waren das einzige, das seinen Gaumen noch kitzelte und die Säfte seines Körpers in Bewegung setzte. So kam es, daß er das von ihm selbst auferlegte Tabu verletzte und in aller Heimlichkeit, wenn weder Mann noch Frau oder Kind ihn sehen konnte, die Eier aß, die er von Baschtis privatem Brutplatz stahl.

Und so kam es, daß, als das Eierlegen begann, und sowohl Baschti wie Agno sich nach sechsmonatiger Enthaltsamkeit nach Eiern sehnten, Agno Jerry auf dem Tabupfad durch die Mangroven führte. Sie traten von Wurzel zu Wurzel über den Sumpf, der in der stillstehenden Luft, zu der der Wind nie Zutritt hatte, beständig dampfte und stank. Der Pfad, der eigentlich kein Pfad war, sondern für einen Mann aus langen Schritten von einer Baumwurzel zur andern und für einen Hund aus vierbeinigen Sätzen bestand, war etwas ganz Neues für Jerry. Auf all seinen Streifzügen hatte er ihn nie entdeckt, so versteckt lag er. Daß Agno sich so menschlich zeigte, ihn derart herumzuführen, überraschte und freute Jerry, der, ohne weiter darüber nachzudenken, ein unklares, verschwommenes Gefühl hatte, daß Agno möglicherweise doch der Herr werden könnte, nach dem sich seine Hundeseele noch immer sehnte. Als sie aus dem Mangrovensumpf herauskamen, standen sie plötzlich vor einem Stück Sandboden, der so salzig war und so starke Spuren davon trug, daß er erst kürzlich vom Meere bespült gewesen, daß kein großer Baum Wurzeln fassen und mit seinen Zweigen die heißen Strahlen der Sonne fernhalten konnte. Eine primitive Pforte führte hinein, aber Agno ließ Jerry sie nicht benutzen. Statt dessen überredete er ihn mit merkwürdigen kleinen zwitschernden Zurufen, sich unter dem rohen Zaun hindurchzuarbeiten. Er half ihm mit seinen eignen Händen, schleppte Massen von Sand heraus, achtete aber stets darauf, daß Jerry unzweifelhafte Spuren seiner Pfoten und Klauen hinterließ.

Und als Jerry drinnen war, ging Agno selbst durch die Pforte hinein und stachelte ihn an, die Eier auszugraben. Aber Jerry fand keinen Gefallen an den Eiern. Acht von ihnen verschlang Agno roh, und zwei steckte er sich in die Achselhöhle, um sie mit in sein Teufel-Teufel-Haus zu nehmen. Die Schalen der acht Eier zerbrach er, wie ein Hund hätte tun können, und um das Bild, das er sich so lange ausgemalt hatte, zu vervollständigen, nahm er ein wenig von dem achten Ei und schmierte es nicht um Jerrys Schnauze, wo er es leicht mit der Zunge hätte entfernen können, sondern um die Augen, wo es sitzenbleiben und gegen ihn zeugen mußte, wie er es in seinem Anschlage berechnet hatte.

Zuletzt – ein noch größeres Sakrileg für einen Priester – ermutigte er Jerry, ein Großfußhuhn, das gerade beim Eierlegen war, anzugreifen. Und Agno, der wußte, daß Jerry, wenn seine Mordlust einmal erwacht war, die dummen Vögel weiter morden würde, verließ die Brutstätte und begab sich in größter Eile zu Baschti, um ihm ein kirchliches Problem vorzulegen. Das Tabu des Hundes, erklärte er, hätte ihn am Einschreiten verhindert, als Jerry die tabueierlegenden Hühner verzehrte, denn er konnte unmöglich entscheiden, welches der beiden Tabus das höhere war. Und Baschti, der ein halbes Jahr lang kein Großfußhühnerei geschmeckt hatte und gierig war nach dem einzigen Genuß, der ihm noch aus seiner fernen Jugendzeit geblieben war, schritt mit einer solchen Schnelligkeit aus, daß der Hohepriester, der doch viele Jahre jünger war, ganz außer Atem kam.

Auf dem Brutplatz trafen sie Jerry mit blutigen Pfoten und blutigem Maul, im Begriff, dem vierten Großfußhuhn den Garaus zu machen. Der Eidotter saß ihm noch um die Augen bis ganz zum Stirnansatz. Vergebens sah Baschti sich nach einem einzigen Ei um, und das Verlangen, das er sechs Monate lang gespürt hatte, war jetzt, als er das angerichtete Unheil sah, stärker als je. Und Jerry, den Agno mit Kopfnicken ermutigte, wandte sich Baschti zu, um dessen Beifall für die tapfere Tat einzukassieren, und lachte mit seinem bluttriefenden Maul und seinen mit Eigelb beschmierten Augen.

Baschti wütete nicht, wie er getan hätte, wenn er allein gewesen wäre. Vor den Augen seines Hohenpriesters wollte er sich nicht so weit erniedrigen, daß er sich wie ein gewöhnlicher Sterblicher benahm. So geht es stets den Großen dieser Welt. Sie müssen ihre natürlichen Wünsche unterdrücken, müssen ihr Menschentum unter einer Maske von Gleichgültigkeit verbergen. Und so kam es, daß Baschti seinen Ärger nicht zeigte. Agno hatte einen Schatten weniger Selbstbeherrschung. Er konnte nicht ganz verhindern, daß ein Schimmer von Gier in seine Augen trat. Baschti sah es, hielt es aber für gewöhnliche Neugier, denn er konnte unmöglich die Wahrheit erraten. Was wieder zweierlei mit Hinsicht auf die Großen dieser Erde zeigt, erstens, daß sie die unter ihnen Stehenden narren, zweitens, daß sie von den unter ihnen Stehenden genarrt werden können. Baschti warf Jerry einen rätselhaften Blick zu, als wenn alles ein Witz wäre, dann ließ ein Seitenblick ihn den enttäuschten Ausdruck in den Augen des Priesters auffangen. Aha, dachte Baschti, jetzt hab' ich ihn angeführt.

»Welches ist nun das höhere Tabu?« fragte Agno in der Somosprache.

»Als ob du darüber im Zweifel sein könntest! Selbstverständlich das Großfußhuhn.«

»Und der Hund?« lautete Agnos nächste Frage.

»Der muß bezahlen, weil er das Tabu verletzt hat. Es ist ein hohes Tabu. Es ist mein Tabu. Es wurde von Somo bestimmt, dem ersten, der über uns alle herrschte, und ist seitdem das Tabu der Häuptlinge gewesen. Der Hund muß sterben.«

Er hielt inne und überlegte, während Jerry wieder im Sande zu graben begann, wo er ein neues Nest entdeckt hatte. Agno machte Miene, ihn zu hindern, aber Baschti legte sich dazwischen.

»Laß sein«, sagte er. »Laß uns den Hund auf frischer Tat ergreifen.«

Und Jerry entdeckte zwei Eier, zerbrach sie und schlürfte alles, was von ihrem kostbaren Inhalt nicht in den Sand lief. Baschtis Augen waren ganz ausdruckslos, als er fragte:

»Der Hundeschmaus der Männer ist heute?«

»Morgen mittag«, antwortete Agno. »Die Hunde kommen schon. Es werden wenigstens fünfzig.«

»Einundfünfzig«, lautete Baschtis Urteilsspruch, und er nickte Jerry zu. Der Priester streckte unwillkürlich mit einer hastigen Bewegung die Hand aus, um Jerry zu greifen.

»Warum jetzt?« fragte der Häuptling. »Du mußt ihn nur über den Sumpf schleppen. Laß ihn auf seinen eignen Beinen zurücklaufen; im Kanuhaus kannst du ihm ja die Füße binden.«

Über den Sumpf nach dem Kanuhause trottete Jerry glückstrahlend hinter den beiden Männern her. Da hörte er das Klagen und Jammern vieler Hunde, das unverkennbar

von Not und Qualen zeugte. Augenblicklich wurde er miß-
trauisch, obwohl seine Furcht sich nicht im geringsten auf ihn
selbst bezog.

Aber in dem Augenblick, als er mit gespitzten Ohren dastand und mit Hilfe seiner Nase der Sache auf den Grund
kommen wollte, packte Baschti ihn am Nacken und hob ihn
hoch, während Agno sich daran machte, ihm die Füße zu
binden.

Kein Jammern, keinen Laut, kein Zeichen von Furcht ließ
Jerry hören – nur ein halbersticktes, gereiztes Knurren, während seine Hinterbeine kriegerisch fochten. Aber ein Hund,
der von hinten am Nacken gepackt ist, kann sich nie mit zwei
Männern messen, die mit menschlicher Vernunft und Gewandtheit begabt sind und je zwei Hände mit einem Daumen
besitzen, der sich den andern vier Fingern entgegenbiegt.

Kreuz und quer an Vorder- und Hinterbeinen gebunden,
wurde er mit herabhängendem Kopf das kurze Stück bis zu
der Stelle getragen, wo die Hunde geschlachtet und zubereitet
werden sollten. Hier wurde er mitten in einen Haufen andrer
Hunde geworfen, die ebenso hilflos und auf ähnliche Weise
gefesselt waren wie er. Obwohl es spät am Nachmittag war,
lag ein Teil von ihnen schon seit dem frühen Morgen in der
brennenden Sonne. Es waren alles wilde Buschhunde, und so
gering war ihr Mut, daß ihr Durst und die Qualen, die die
Stricke, die ihre Adern zusammenschnürten, ihnen bereiteten,
daß das unklare Gefühl von dem Schicksal, das eine derartige
Behandlung ankündigte, sie in Verzweiflung und Leiden klagen, jammern und heulen ließen.

Die nächsten dreißig Stunden waren furchtbar für Jerry.
Es hatte sich gleich herumgesprochen, daß sein Tabu aufge-
hoben war, und kein Mann und kein Knabe war so gering,
daß er ihm jetzt noch Ehrerbietung gezollt hätte. Bei Einbruch der Dunkelheit war er von einem Schwarm von Quäl-
geistern umgeben. Sie hielten lange Reden über seinen Sturz,
höhnten und verspotteten ihn, traten ihn verächtlich mit
Füßen, gruben eine Höhlung in den Sand, aus der er nicht
herausrollen konnte, und legten ihn auf dem Rücken hinein,
so daß seine Beine schmählich in die Luft standen.

Und er konnte in seiner Hilflosigkeit nichts tun als knurren und rasen. Denn im Gegensatz zu den andern Hunden wollte er in seiner Not nicht heulen oder winseln. Er war jetzt ein Jahr alt, die sechs Monate hatten ihn sehr gereift, und zudem war es die Natur seiner Rasse, furchtlos und stoisch zu sein. Und hatten seine weißen Herren auch viel getan, ihn zu Haß und Verachtung der Nigger zu erziehen, so entwickelten diese dreißig Stunden doch einen besonders heftigen und unauslöschlichen Haß in ihm.

Seine Quälgeister wichen vor nichts zurück. Sie hetzten sogar den Wildhund auf Jerry. Aber es war wider die Natur des Wildhundes, einen Feind anzugreifen, der sich nicht rührte, selbst wenn dieser Feind Jerry war, der ihn so oft auf der Arangi tyrannisiert und zu Boden geworfen hatte. Hätte sich Jerry zum Beispiel ein Bein gebrochen, wäre aber noch imstande gewesen, sich zu bewegen, so wäre er sicherlich über ihn hergefallen und hätte ihn vielleicht getötet. Aber diese völlige Hilfosigkeit war etwas andres, und daher wurde nichts aus der erwarteten Vorstellung. Wenn Jerry knurrte und schnappte, knurrte und schnappte der Wildhund wieder, stolzierte um ihn herum und machte sich wichtig, aber so sehr die Schwarzen ihn auch hetzten, konnte ihn doch nichts dazu bringen, seine Zähne an Jerry zu versuchen.

Der Schlachtplatz vor dem Kanuhause war ein Tollhaus von Schrecken. Von Zeit zu Zeit wurden weitere gebundene Hunde gebracht und auf den Boden geworfen. Es war ein andauerndes Geheul, wozu namentlich die Hunde beitrugen, die seit dem frühen Morgen in der Sonne gelegen und gedurstet hatten. Zuweilen stimmten sie alle ein, die Selbstbeherrschung der Ruhigeren hielt der Erregung und Furcht der andern nicht stand. Dies Geheul, das ständig zu- und abnahm, aber niemals ganz aufhörte, dauerte die ganze Nacht, und als der Morgen kam, litten sie alle unter dem unerträglichsten Durst.

Die Sonne sandte ihre Flammenstrahlen auf sie hernieder und brachte ihnen, die in dem weißen Sande lagen und brieten, alles andere eher als Linderung. Die Quälgeister scharten sich wieder um Jerry, und wieder schütteten sie ihren ganzen

Vorrat an Schimpfwörtern über ihn aus, weil er sein Tabu verloren hatte. Was Jerry am meisten aufbrachte, waren nicht die Schläge und die körperlichen Qualen, sondern das Lachen. Kein Hund kann ertragen, daß man ihn auslacht, und Jerry konnte am allerwenigsten seine Erbitterung zügeln, wenn sie ihn verspotteten und dicht vor ihm schnatterten. Obwohl er nicht ein einziges Mal heulte, hatte sein Knurren und Schnappen in Verbindung mit seinem Durst seine Kehle heiser gemacht und die Schleimhäute in seinem Maul ausgedörrt, so daß er außerstande war, einen Laut von sich zu geben, wenn er nicht gerade gereizt wurde. Seine Zunge hing ihm zum Maul heraus, und die Sonne, die um acht Uhr morgens schon große Kraft besaß, begann sie langsam zu verbrennen.

Zu dieser Zeit tat ihm einer der Jungen einen grausamen Schimpf an. Er rollte Jerry aus der Höhlung heraus, in der er die ganze Nacht auf dem Rücken gelegen hatte, drehte ihn auf die Seite und hielt ihm eine kleine, mit Wasser gefüllte Schale hin. Jerry trank so gierig, daß er zunächst gar nicht bemerkte, daß der Junge viele reife rote Pfefferkörner in der Schale ausgepreßt hatte. Der Kreis heulte vor Vergnügen, und Jerrys bisheriger Durst war nichts im Vergleich zu dem neuen Durst, der noch vermehrt wurde durch die brennende Qual, die der Pfeffer ihm verursachte.

Das nächste Ereignis, das eintrat, und zwar ein sehr wichtiges Ereignis, war das Kommen Nalasus. Nalasu war ein alter Mann von über sechzig Jahren. Er war blind und ging an einem langen Stock, mit dem er sich vorwärtstastete. In der freien Hand trug er ein Ferkel, das er an den zusammengebundenen Beinen hielt.

»Sie sagen, daß der Hund des weißen Herrn gegessen werden soll«, sagte er in der Somosprache. »Wo ist denn der Hund des weißen Herrn? Zeigt ihn mir!«

Agno, der soeben hinzugekommen war, stand neben ihm, als er sich über Jerry beugte und ihn mit den Fingern untersuchte. Und Jerry dachte nicht daran, zu knurren oder zu beißen, wenn auch die Hände des Blinden mehr als einmal in Reichweite seiner Zähne kamen. Denn Jerry fühlte, daß die Finger, die so lind über ihn strichen, keine feindselige Absicht hatten. Dann betastete Nalasu das Ferkel, und mehrmals wanderten seine Finger zum Ferkel und wieder zurück, als ob er eine Rechenaufgabe lösen wollte.

Nalasu richtete sich auf und fällte folgendes Urteil: »Das Ferkel ist ebenso klein wie der Hund. Sie sind von derselben Größe, aber das Ferkel hat mehr eßbares Fleisch am Körper als der Hund. Nehmt das Ferkel, und ich will den Hund nehmen.«

»Nein,« sagte Agno, »der Hund des weißen Mannes hat das Tabu verletzt. Er muß gegessen werden. Nimm irgendeinen andern Hund und laß uns das Ferkel. Nimm einen großen Hund.«

»Ich will den Hund des weißen Herrn haben«, sagte Nalasu eigensinnig. »Nur den Hund des weißen Herrn und keinen andern.«

Die Verhandlung kam nicht weiter, bis Baschti sich zufällig zeigte und zuhörte.

»Nimm den Hund, Nalasu!« sagte er schließlich. »Es ist ein gutes Ferkel, ich will es selbst essen.«

»Aber er hat das Tabu verletzt, dein großes Tabu des Brutplatzes, und daher muß er gegessen werden«, fiel Agno schnell ein.

Zu schnell, dachte Baschti, während ein undeutlicher Verdacht, er wußte nicht weshalb, in ihm aufstieg.

»Das Tabu muß mit Blut und Feuer bezahlt werden«, beharrte Agno.

»Schön«, sagte Baschti. »Dann esse ich das Ferkel. Laß ihm die Kehle durchschneiden und seinen Körper den Flammen übergeben.«

»Ich spreche nur das Gesetz des Tabus, Leben um Leben heißt es für den, der es verletzt.«

»Es gibt ein andres Gesetz«, lachte Baschti. »Lange war es so, seit Somo diese Mauern baute, daß Leben um Leben gekauft werden konnte.«

»Aber nur das Leben von Mann und Weib«, wandte Agno ein.

»Ich kenne das Gesetz«, Baschti schritt ruhig weiter. »Somo war es, der das Gesetz machte. Nie ist gesagt worden, daß das Leben eines Tieres nicht um das Leben eines Tieres gekauft werden kann.«

»Das Gesetz ist noch nie angewandt«, sagte der Teufel-Teufel-Medizinmann schnell.

»Und das hat seine guten Gründe,« antwortete der alte Häuptling. »Noch nie ist ein Mensch so dumm gewesen, ein Ferkel für einen Hund zu geben. Es ist ein gutes Ferkel, fett und feinfleischig. Nimm den Hund, Nalasu, nimm den Hund gleich.«

Aber der Teufel-Teufel-Medizinmann gab sich noch nicht zufrieden.

»Wie du, o Baschti, in deiner großen Weisheit sagtest, ist er der Saathund, der Stärke und Mut fortpflanzen soll. Laß ihn töten. Wenn er aus dem Feuer kommt, soll sein Körper in viele Stücke geteilt werden, so daß jeder Mann von ihm kosten kann und dadurch seinen Anteil an der Stärke und dem Mute bekommt. Es ist besser für Somo, wenn seine Männer stark und tapfer werden als seine Hunde.«

Aber Baschti hegte keinen Zorn gegen Jerry. Er hatte zu lange gelebt und war zu sehr Philosoph, als daß er den Hund getadelt hätte, weil er ein Tabu verletzte, das er nicht kannte. Selbstverständlich wurden Hunde oft getötet, weil sie Tabus verletzten. Aber er ließ es geschehen, weil die Hunde ihn nicht im geringsten interessierten, und weil ihr Tod die Heiligkeit der Tabus noch mehr einprägte. Jerry hatte ihn wirklich interessiert. Seit Jerry ihn wegen Van Horns Kopf angegriffen hatte, hatte er über die Begebenheit nachgedacht. Sie war verblüffend gewesen, wie es alle Lebensäußerungen waren, und hatte ihm zu denken gegeben. Dazu kam seine Bewunderung für Jerrys Mut und das Unerklärliche, das ihn hinderte, vor Schmerz zu heulen, wenn er vom Stock getroffen wurde. Und ohne daß es ihm bewußt war, hatte die Schönheit von Jerrys Gestalt und Farbe ihn ganz unmerklich mit Wohlgefallen erfüllt. Es freute ihn, diese Schönheit zu sehen.

Baschtis Benehmen hatte noch einen andern Grund. Er hatte schon angefangen, darüber nachzudenken, warum sein Teufel-Teufel-Medizinmann so eifrig den Tod des Hundes wünschte. Es gab so viele Hunde. Warum mußte es gerade dieser sein? Daß etwas dahintersteckte, war klar, obwohl Baschti nicht darauf kam, was es sein konnte – wenn nicht ein Rachegefühl, das in ihm schlummerte seit dem Tage, als er Agno verhindert hatte, den Hund zu essen. Stimmte das, so war es eine Regung, die er bei keinem Angehörigen seines Stammes dulden konnte. Was aber auch die Ursache war, so hielt er, der immer wachsame, es für ratsam, seinem Priester eine gute Lehre zu erteilen und wieder einmal zu zeigen, wer der erste Mann in Somo war. Und daher antwortete Baschti:

»Ich habe lange gelebt und viele Schweine gegessen. Welcher Mann wagt zu sagen, daß die vielen Schweine in mich übergegangen seien und mich zu einem Schwein gemacht hätten?«

Er hielt inne und sah sich herausfordernd in seinem Zuhörerkreise um, aber niemand sagte etwas. Statt dessen grinsten einige von den Männern töricht, während das Gesicht Agnos deutlich ausdrückte, daß er auf keinen Fall zugeben würde, daß irgend etwas an seinem Herrn an ein Schwein gemahnte. »Ich habe viele Fische gegessen,« fuhr Baschti fort, »und nie ist mir eine Schuppe zum Mund herausgewachsen. Nie ist mir eine Galle in der Kehle gewachsen. Wie ihr alle sehen könnt, ist nie eine Flosse aus meinem Rückgrat hervorgewachsen. Nalasu, nimm den Hund – Agno, trag das Ferkel in mein Haus. Ich will es heute essen. Agno, laß mit dem Schlachten der Hunde beginnen, daß die Kanumänner zur rechten Zeit essen können.«

Und dann wandte er sich zum Gehen und warf, indem er wieder in Trepang überschlug, streng über die Schulter hin:

»Mein Wort, du machen mich bös auf dich.«

Während der blinde Nalasu langsam mit Jerry dahinwanderte, den er an den zusammengebundenen Beinen, mit dem Kopf nach unten, trug, hörte Jerry plötzlich, wie das Heulen der Hunde an Wildheit und Stärke zunahm. Das Schlachten hatte begonnen, und Jerry erkannte, daß er dem Tode sehr nahe gewesen war.

Aber im Gegensatz zu dem Knaben Lamai, der es nicht besser gewußt hatte, trug der alte Mann Jerry nicht ganz bis zu seinem Hause. Bei dem ersten Bach, der zwischen den niedrigen Hügeln von dem sich hebenden Lande herabströmte, blieb er stehen und setzte Jerry nieder, um ihn trinken zu lassen. Und Jerry spürte nichts als den Genuß der feuchten Kühle auf seiner Zunge, um seine Schnauze und in seinem Halse. Dennoch nahm er in seinem Unterbewußtsein den Eindruck auf, daß dies der freundlichste Neger war, den er je auf Somo getroffen, freundlicher als Lamai, als Agno, als Baschti.

Als er getrunken hatte, bis er nicht mehr konnte, dankte er Nalasu mit seiner Zunge – nicht warm und begeistert, als wenn es Schiffers Hand gewesen wäre, aber doch mit der Dankbarkeit, die er für den lebenspendenden Trunk schuldete. Der alte Mann kicherte, rollte Jerry in den Bach, wobei er ihm den Kopf über Wasser hielt, rieb ihm das Wasser in seinen aufgedörrten Körper und ließ ihn lange selige Minuten so liegen.

Vom Bach bis zu seinem Hause, eine gute Strecke, trug Nalasu ihn zwar noch mit gebundenen Füßen, aber nicht mehr mit abwärts hängendem Kopf. Er gedachte, den Hund durch Liebe zu gewinnen. Denn Nalasu, der viele Jahre einsam im Dunkel gesessen, hatte weit mehr über seine Umwelt nachgedacht und kannte sie weit besser, als wenn er sie hätte sehen können. Für seinen eigenen, besonderen Zweck brauchte er dringend einen Hund. Er hatte es mit mehreren Wildhunden versucht, aber sie hatten seiner Freundlichkeit nur sehr geringe Anerkennung gezollt und waren unweigerlich weggelaufen. Der letzte war am längsten geblieben, weil er ihn mit besonderer Freundlichkeit behandelt hatte, war aber doch schließlich weggelaufen, ehe er ihn für seine Zwecke abgerichtet hatte. Aber der Hund des weißen Herrn – das hatte er gehört – war anders. Er lief nie aus Furcht weg, und dazu sollte er intelligenter als alle Somohunde sein.

Die Erfindung Lamais, den Hund mit einem Stock anzubinden, war im ganzen Dorfe bekannt geworden, und mit einem Stock wurde Jerry in Nalasus Haus angebunden. Aber es war doch nicht dasselbe. Nie wurde der Blinde auch nur ein einziges Mal ungeduldig, viele Stunden täglich hockte er auf dem Boden nieder und streichelte Jerry. Aber wenn er es auch nicht getan hätte, so würde Jerry, der Nalasus Brot aß und sich allmählich daran gewöhnte, den Gebieter zu wechseln, ihn als Herrn anerkannt haben. Zudem hatte Jerry ein ausgesprochenes Gefühl, daß der Teufel-Teufel-Medizinmann, nachdem er ihn gebunden und unter die andern hilflosen Hunde auf den Schlachtplatz geworfen, aufgehört hatte, sein Herr zu sein. Und da Jerry seit seiner frühesten Kindheit nie ohne Herrn gewesen war, erschien es ihm als eine Notwendigkeit, daß er einen Herrn haben müsse.

Und so geschah es, daß er, als der Tag kam, da der Stock von seinem Halse losgebunden wurde, doch freiwillig in Nalasus Haus blieb. Als der alte Mann die Überzeugung gewonnen hatte, daß Jerry nicht mehr weglaufen würde, begann er mit seiner Erziehung. Und der Unterricht schritt langsam und gradweise vorwärts, bis er mehrere Stunden täglich dieser Arbeit opferte.

Zuerst lernte Jerry auf einen neuen Namen, Bao, zu hören und zu kommen, wenn er, aus immer wachsender Entfernung, auch noch so leise gerufen wurde. Nalasu rief immer leiser, bis es gar kein Wort mehr, sondern nur noch ein Flüstern war. Jerrys Ohren waren scharf geworden.

Ferner wurde Jerrys eigenes Gehör durch Übung noch mehr geschärft. Viele Stunden nacheinander saß er neben Nalasu oder stand in einiger Entfernung von ihm und mußte sich darin üben, auch das schwächste Geräusch, jedes Rascheln im Busch aufzufangen. Endlich wurde er dazu erzogen, die verschiedenen Geräusche im Busch zu unterscheiden und danach sein Knurren, mit dem er Nalasu aufmerksam machte, einzurichten. War ein Rascheln zu hören, das nach Jerrys Überzeugung von einem Schwein oder einem Huhn herrührte, so knurrte er überhaupt nicht. War er sich nicht ganz klar über die Art des Geräusches, so knurrte er ganz leise. Wurde das Geräusch jedoch von einem Mann oder einem Knaben erzeugt, der sich mit großer Vorsicht bewegte und daher verdächtig war, so mußte Jerry laut knurren; war das Geräusch laut und ungeniert, so knurrte Jerry ganz gedämpft.

Es fiel Jerry nie ein zu fragen, warum er dies alles lernen mußte. Er tat es nur, weil es der Wunsch seines Herrn war. Alles dies und noch viel mehr lehrte Nalasu ihn, und er erweiterte seinen Wortschatz, so daß sie auf einige Entfernung kurze, aber doch ganz deutliche Gespräche miteinander führen konnten.

So konnte Jerry auf eine Entfernung von fünfzig Fuß durch ein leises »Whuff!« Nalasu mitteilen, daß er ein ihm unbekanntes Geräusch hörte, und Nalasu konnte ihm durch verschiedene Zischlaute verständlich machen, daß er stillstehen, noch leiser bellen, ganz ruhig sein oder geräuschlos zu ihm kommen, oder auch sich in den Busch begeben und untersuchen sollte, woher das fremde Geräusch kam. Dann wieder mußte er mit lautem Bellen drauflosstürzen und angreifen.

Fing Nalasu mit seinen scharfen Ohren ein fremdes Geräusch von der entgegengesetzten Seite auf, so konnte er wieder Jerry fragen, ob er es gehört hätte. Und Jerry, der vor lauter Eifer auf den Zehenspitzen stand, konnte, indem er sein »Whuff!« anders oder länger oder kürzer ausstieß, Nalasu zuerst melden, daß er nichts vernahm, dann daß er es hörte, und endlich vielleicht, daß es ein fremder Hund, eine Waldratte, ein Mann oder ein Knabe war, und das so leise, daß die Worte fast nur ein Hauch waren, lauter einsilbige Wörter, eine völlige Stenographie der Rede.

Nalasu war ein merkwürdiger alter Mann. Er wohnte ganz für sich in einer kleinen Grashütte am Rande des Dorfes. Das nächste Haus war ein gutes Stück entfernt, und seine eigene Hütte stand auf einer Rodung im dichten Busch, der nirgends näher als sechzig Fuß war. Ferner hielt er diese Rodung dauernd rein von der schnell wachsenden Vegetation. Er hatte offenbar keinen Freund, wenigstens kam nie ein Besucher zu ihm. Es war mehrere Jahre her, seit er dem letzten Besucher die Lust zum Wiederkommen genommen hatte. Verwandte hatte er auch nicht. Seine Frau war längst gestorben, und seine drei noch unverheirateten Söhne hatten auf einem

Raubzug jenseits der Grenzen von Somo ihre Köpfe auf den Buschpfaden zwischen den hohen Hügeln verloren und waren von ihren Mördern im Busch aufgefressen worden.

Für einen Blinden war er sehr arbeitsam. Er wünschte keine Hilfe von andern Menschen und verschaffte sich seinen Lebensunterhalt ganz allein. Auf der Rodung um sein Haus pflanzte er Jams, süße Kartoffeln und Taro. Auf einer andern Rodung – er hielt es für klüger, keine Bäume in der Nähe seines Hauses zu haben – hatte er Platanen, Bananen und ein Dutzend Kokospalmen gepflanzt. Obst und Gemüse tauschte er dann im Dorfe gegen Fleisch, Fische und Tabak ein.

Ein gut Teil seiner Zeit verbrachte er mit der Erziehung Jerrys, und hin und wieder verfertigte er Bogen und Pfeile, die bei seinen Stammesgenossen so geschätzt waren, daß er so viele, wie er wollte, verkaufen konnte. Kaum ein Tag verging, ohne daß er sich im Gebrauch von Pfeil und Bogen übte. Er schoß nur nach dem Gehör, und jedesmal, wenn Lärm oder Rascheln im Busch zu hören war und Jerry ihm mitgeteilt hatte, um was es sich handelte, pflegte er einen Pfeil danach zu schießen. Dann war es Jerrys Pflicht, vorsichtig den Pfeil wiederzuholen, falls er sein Ziel verfehlt hatte.

Eine Merkwürdigkeit an Nalasu war, daß er nur drei Stunden am Tage und nie in der Nacht schlief, und daß der kurze Schlaf, den er sich am Tage gönnte, nie im Hause stattfand. Im dichtesten Teil des nahen Busches war eine Art Nest verborgen, zu dem kein Pfad führte. Er kam und ging stets einen andern Weg, so daß die Tropenvegetation auf dem reichen Boden immer wieder jede Spur seiner Anwesenheit auslöschte. Und wenn er schlief, mußte Jerry die Wache halten und durfte nie einschlafen. Nalasu hatte alle Ursache zu seiner unendlichen Vorsicht. Der älteste seiner Söhne hatte bei einer Schlägerei einen gewissen Ao getötet. Ao war einer der sechs Brüder vom Stamme Annos gewesen, der in einem der höher belegenen Dörfer wohnte. Nach dem Gesetz Somos hatte das Geschlecht Annos das Recht, Blutrache am Geschlecht Nalasus zu üben, wurde aber um sein Recht betrogen, weil Nalasus drei Söhne im Busch fielen. Und da das Gesetz Somos Leben um Leben hieß und Nalasu der einzige

Überlebende seines Geschlechts war, wußte jeder im Stamme, daß das Geschlecht Annos sich nicht zufrieden geben würde, ehe es nicht das Leben des Blinden genommen hatte.

Aber Nalasu war selbst sowohl als Krieger wie als Vater dreier so kriegerischer Söhne berühmt. Zweimal hatte das Geschlecht Annos die Blutschuld einzutreiben versucht, das erstemal, als Nalasu noch im Besitze seines Augenlichts gewesen war. Nalasu hatte die ihm gestellte Falle entdeckt, sie umgangen und aus dem Hinterhalt Anno selbst, den Vater, getötet, so daß die Blutschuld verdoppelt wurde.

Dann war das Unglück über ihn gekommen. Beim Laden häufig gebrauchter Sniderbüchsen-Patronen war das Pulver explodiert und hatte ihm beide Augen zerstört. Unmittelbar darauf, als er noch seine Wunden pflegte, hatte das Geschlecht Annos ihn überfallen. Er hatte dies erwartet und sich darauf vorbereitet. In dieser Nacht traten zwei Oheime und ein Bruder in vergiftete Dornen und starben einen schrecklichen Tod. Und so waren es denn im ganzen fünf Leben, die das Geschlecht Annos zu rächen hatte, während ein Blinder die ganze Blutschuld bezahlen sollte.

Seitdem hatten die Annoleute die Dornen zu sehr gefürchtet, als daß sie wieder einen Versuch gemacht hätten, obwohl ihre Rachgier beständig unter der Asche glühte und sie auf den Tag hofften, da Nalasus Kopf ihren Deckenbalken schmücken sollte. Unterdessen war die Situation weniger ein Waffenstillstand als ein Schachmatt. Der alte Mann konnte nichts gegen sie tun, und sie wagten nichts gegen ihn zu unternehmen. Erst, als er Jerry adoptiert hatte, machten die Annoleute eine Erfindung, wie man in ganz Malaita noch keine gekannt hatte.

Unterdessen verstrichen die Monate, der Südost-Passat verwehte, der Monsun begann zu atmen, und Jerry wurde sechs Monate älter, wurde schwerer, größer und kräftiger. Das halbe Jahr, das er bei dem alten Mann verbracht hatte, war eine angenehme Zeit gewesen, trotzdem Nalasu ein recht strenger Lehrmeister war, der tagein, tagaus der Erziehung Jerrys mehr Stunden widmete, als es sonst Hunden beschieden ist. Aber nicht ein einziges Mal schlug er Jerry oder sagte ihm auch nur ein unfreundliches Wort. Dieser Mann, der vier von den Annoleuten, drei davon sogar als Blinder, und der noch mehr Menschen in seiner wilden Jugend erschlagen hatte, erhob nie seine Stimme im Zorn gegen Jerry und regierte ihn nie durch ein schärferes Mittel als freundschaftliches Schelten.

In geistiger Beziehung bewirkte die strenge Schule, die Jerry in dieser Zeit durchmachte, daß alle seine Fähigkeiten für sein ganzes Leben geschärft wurden. Nie hat vielleicht ein Hund in der ganzen Welt soviel verschiedene Laute auszustoßen vermocht wie er, und zwar aus drei Gründen: seiner eigenen Intelligenz, der genialen Erziehungsmethode Nalasus und der langen, seiner Erziehung gewidmeten Stunden.

Sein stenographischer Wortschatz war für einen Hund verblüffend. Man könnte fast sagen, daß er sich stundenlang mit dem Manne unterhielt, obwohl es nur sehr wenige verschiedene Gesprächsstoffe für sie gab. Jerry konnte ihm ebensowenig von Meringe oder der Arangi erzählen, wie von der Liebe, die er für Schiffer, und dem Haß, den er gegen Baschti gefühlt hatte. Und Nalasu konnte ihm seinerseits nichts von der Blutfehde mit den Annoleuten und dem Unglück, durch das er das Augenlicht verloren hatte, berichten.

Ihre Gespräche beschränkten sich so gut wie ausschließlich auf die Gegenwart, wenn sie sich auch ein wenig auf die unmittelbare Vergangenheit erstrecken konnten. Nalasu konnte Jerry eine Reihe von Aufträgen erteilen. Zum Beispiel: allein auf Kundschaft zu gehen, sich zum Nest zu begeben, es dann in einem weiten Bogen zu umkreisen, nach der andern Rodung zu laufen, wo die Obstbäume standen, auf dem Hauptwege nach dem Dorf bis zu dem großen Bananenbaum zu gehen und dann auf dem schmalen Pfade nach Nalasus Haus zu laufen. Und das alles konnte Jerry vollkommen richtig ausführen und bei seiner Rückkehr Bericht darüber erstatten. Also etwa: Beim Nest nichts Ungewöhnliches, außer einem Habicht in der Nähe; auf der andern Rodung drei heruntergefallene Kokosnüsse – denn Jerry konnte mit unfehlbarer Sicherheit bis fünf zählen –; zwischen der andern

Rodung und dem Wege fünf Schweine; auf dem Hauptwege ein Hund, mehr als fünf Weiber und zwei Kinder; und auf dem kleinen Pfad, der zur Hütte führte, ein Kakadu und zwei Knaben.

Aber er konnte Nalasu nicht erzählen, was sich ihm im Gehirn und im Herzen regte und ihn mit seinem jetzigen Dasein nicht völlig zufrieden sein ließ. Nalasu war kein weißer Gott, nur ein Nigger-Gott. Und Jerry haßte und verachtete alle Nigger mit einziger Ausnahme von Lamai und Nalasu. Er ergab sich in sein Schicksal und hegte für Nalasu sogar eine gewisse ruhige, milde Ergebenheit. Aber er liebte ihn nicht, und konnte es auch nicht.

Bestenfalls waren sie nur Götter zweiten Ranges, und er konnte die großen weißen Götter, wie Schiffer, Herrn Haggin und auch Derby und Bob nicht vergessen. Die waren etwas andres, etwas Besseres als all diese schwarzen Wilden, unter denen er jetzt lebte. Sie lebten im Jenseits, in einem unerreichbaren Paradies, dessen er sich ganz deutlich erinnerte, nach dem er sich sehnte, zu dem er aber den Weg nicht wußte, und das – er hatte eine unklare Vorstellung von der Vergänglichkeit aller Dinge – in das große Nichts verschwunden sein mochte, das bereits Schiffer und die Arangi verschlungen hatte.

Vergebens mühte sich der alte Mann ab, Jerrys Herz zu gewinnen. Er konnte nicht gegen die vielen Vorbehalte und Erinnerungen Jerrys aufkommen, wenn er auch seine absolute Treue und Ergebenheit gewann. Nicht leidenschaftlich, wie er bis zu seinem letzten Augenblick für Schiffer gekämpft hätte, aber treu bis zu seiner letzten Stunde würde er für Nalasu kämpfen. Und der alte Mann ahnte nie, daß er Jerrys Herz nicht ganz gewonnen hatte.

Dann kam der Tag der Annoleute, an dem einer von ihnen die bewußte Erfindung machte. Sie bestand aus dick geflochtenen Sandalen, mit denen sie ihre Füße gegen die vergifteten Dornen schützten, die bereits dreien von ihnen das Leben gekostet hatten. Der Tag war eigentlich eine Nacht, eine schwarze Nacht, so schwarz und finster, daß man einen Baumstamm keinen Achtelzoll vor seiner Nase sehen konnte.

Und die Annoleute drangen, ein Dutzend Mann stark, mit Sniderbüchsen, Reiterpistolen, Tomahawks und Streitkeulen bewaffnet, in Nalasus Lichtung ein und traten trotz ihrer so dicken Sandalen sehr vorsichtig auf, aus Furcht vor den Dornen, die Nalasu gar nicht mehr pflanzte.

Jerry, der zwischen Nalasus Knien saß und schläfrig nickte, warnte ihn zuerst. Der alte Mann saß angespannt lauschend vor der Tür, wie er jetzt Jahr für Jahr jede Nacht gesessen. Er lauschte noch angespannter in den langen Minuten, in denen er nichts hörte, während er gleichzeitig flüsternd Auskunft von Jerry verlangte und ihm befahl, ganz leise zu sprechen, und Jerry teilte ihm mit »Whuffs« und »Whiffs« und all den Hauchlauten, die den stenographischen Wortschatz bildeten, mit, daß sich Männer näherten, viele Männer, mehr als fünf Männer.

Nalasu griff nach dem Bogen, hielt einen Pfeil bereit und wartete. Schließlich fing sein eignes Ohr ein ganz schwaches Rascheln auf, das erst von einer, dann von der andern Seite und zuletzt von allen Seiten kam. Indem er Jerry weiter die größte Vorsicht auferlegte, holte er Bestätigung von dem Hunde ein, dem sich das Haar auf dem Nacken sträubte, und der jetzt die Nachtluft sowohl mit der Nase wie mit den Ohren »las«. Und Jerry, der ebenso vorsichtig wie Nalasu war, teilte ihm wieder mit, daß es Männer, viele Männer, mehr als fünf Männer waren.

Mit der Geduld des Alters saß Nalasu, ohne sich zu regen, bis er in unmittelbarer Nähe, am Rande des Buschs, keine sechzig Fuß entfernt, das bestimmte Geräusch eines bestimmten Mannes hörte. Er spannte den Bogen, schoß den Pfeil ab und wurde durch ein Keuchen und ein unmittelbar darauffolgendes Stöhnen belohnt. Zuerst hielt er Jerry zurück, welcher den Pfeil wiederholen wollte, der, wie er wußte, getroffen hatte, und dann legte er einen neuen Pfeil auf den Bogen.

Eine Viertelstunde verstrich in völligem Schweigen. Der Blinde saß wie in Stein gehauen da, während der Hund, der unter der vielsagenden Berührung seiner Finger vor Eifer zitterte, seinem Gebot gehorchte und nicht einen Laut von sich gab.

Jerry wie auch Nalasu wußten, daß der Tod in der Finsternis um sie her raschelte und lauerte. Wieder ertönte ein leises Geräusch, diesmal noch näher als zuvor; aber der ausgesandte Pfeil traf nicht. Sie hörten ihn in der Ferne in einen Baumstamm schlagen, dann folgte ein wirres Durcheinander von schwachen Lauten, das den schnellen Rückzug des Feindes anzeigte. Dann befahl Nalasu, als es eine ganze Weile still gewesen war, Jerry durch ein Zeichen, den Pfeil zurückzuholen. Er war gut abgerichtet, denn sogar ohne daß Nalasu, dessen Ohren schärfer als die eines sehenden Mannes waren, es hören konnte, folgte er der Richtung des Pfeiles und brachte ihn im Maul zurück.

Wieder wartete Nalasu, bis man den Kreis sich raschelnd enger zusammenziehen hörte, worauf er, von Jerry begleitet, alle seine Pfeile nahm und sich geräuschlos im Halbkreis fortbewegte. Und im selben Augenblick, als er seinen alten Platz verlassen hatte, krachte eine Sniderbüchse, die dorthin gezielt hatte.

So hielten der Blinde und der Hund von Mitternacht bis Tagesanbruch stand gegen zwölf Mann, die mit Pulver und den weitreichenden, durchschlagenden pilzartigen Kugeln aus weichem Blei versehen waren.

Und der Blinde hatte nur den einen Bogen und hundert Pfeile zu seiner Verteidigung. Aber er gab Hunderte von Schüssen ab, und Jerry brachte ihm die abgeschossenen Pfeile immer wieder. Er half ihm tapfer und gut und gesellte Nalasus scharfem Gehör sein eignes, noch schärferes, indem er lautlos das Haus umkreiste und meldete, wo die Angreifer am stärksten waren.

Viel von ihrem kostbaren Pulver verschwendeten die Annoleute nutzlos, denn es war wie ein Spiel zwischen unsichtbaren Geistern. Nichts war zu sehen, außer dem Aufblitzen der Büchsen. Nicht ein einziges Mal sahen sie Jerry, obwohl sie sich schnell darüber klar wurden, daß er sich, wenn er die Pfeile suchte, in ihrer Nähe befand. Als einer von ihnen einmal nach einem Pfeil tastete, der ihm sehr nahe gekommen war, stieß er gegen Jerrys Rücken und stieß ein wildes Schmerzensgeheul aus, als der Hund ihm das Fleisch mit seinen Zähnen zerriß. Sie versuchten, nach dem singenden Klang von Nalasus Bogen zu feuern, aber jedesmal, wenn Nalasu geschossen hatte, wechselte er den Platz. Mehrere Male hatten sie gemerkt, daß Jerry in der Nähe war, und auf ihn geschossen, und einmal war ihm die Schnauze sogar ein wenig vom Pulver verbrannt worden.

Als der Tag anbrach mit der plötzlichen Dämmerung, die in den Tropen den Sprung von der Dunkelheit zum Sonnenschein kennzeichnet, gaben die Annoleute den Kampf auf, während Nalasu, der sich aus dem Licht in sein Haus zurückgezogen hatte, dank Jerry noch achtzig Pfeile hatte. Das Endergebnis war ein Toter, während niemand sagen konnte, wie viele sich mit Pfeilschüssen im Körper fortschleppten.

Und den halben Tag saß Nalasu über Jerry gebeugt da, streichelte und liebkoste ihn zum Dank für das, was er getan. Dann ging er, von Jerry begleitet, ins Dorf und erzählte von der Schlacht. Ehe der Tag zu Ende war, stattete Baschti ihm einen Besuch ab und sprach ernst mit ihm.

»Als ein alter Mann zu einem alten Manne spreche ich zu dir«, begann Baschti. »Ich bin älter als du, o Nalasu; ich habe nie Furcht gekannt. Aber nie bin ich tapferer gewesen als du. Ich wünschte, jeder Mann im Stamme wäre so tapfer wie du. Und doch machst du mir große Sorge. Welchen Wert haben deine Tapferkeit und Schlauheit, wenn du keine Nachkommen hinterläßt, in denen dein Mut und deine Schlauheit weiterleben?«

»Ich bin ein alter Mann«, begann Nalasu.

»Nicht so alt wie ich«, unterbrach ihn Baschti. »Nicht zu alt, um zu heiraten, so daß dein Samen die Kraft des Stammes vermehren kann.«

»Ich war verheiratet, lange verheiratet, und setzte drei tapfere Söhne in die Welt. Aber sie sind tot. Ich lebe nicht so lange wie du. Ich denke an meine jungen Tage wie an schöne Träume, deren man sich nach dem Erwachen erinnert. Aber mehr denke ich an den Tod und das Ende von allem. Ans Heiraten denke ich gar nicht. Ich bin zu alt, um zu heiraten. Ich bin alt genug, um mich zum Tode zu bereiten, und ich bin sehr neugierig, was mir nach dem Tode widerfahren wird.

Werde ich in alle Ewigkeit tot sein? Werde ich weiterleben in einem Traumland, selbst der Schatten eines Traumes, der sich der Tage erinnert, da er in der warmen Welt lebte, die feurigen Säfte des Hungers im Munde und die Liebe zu den Frauen in der Brust?«

Baschti zuckte die Achsel.

»Auch ich habe viel darüber nachgedacht«, sagte er. »Aber doch komme ich zu keinem Ergebnis. Ich weiß nichts. Du weißt nichts. Wir werden nichts wissen, ehe wir tot sind, wenn es denn so sein sollte, daß wir etwas wissen, wenn wir nicht mehr sind, was wir sind. Aber das wissen wir, du und ich: der Stamm lebt. Der Stamm stirbt nie. Und deshalb müssen wir, wenn unser Leben überhaupt einen Sinn haben soll, den Stamm stark machen. Deine Arbeit für den Stamm ist noch nicht getan. Du mußt heiraten, daß deine Klugheit und dein Mut nach dir leben können. Ich habe eine Frau für dich – nein, zwei Frauen, denn deine Zeit ist kurz, und ich werde sicher noch den Tag erleben, da ich dich neben meinen Vätern unter dem Deckenbalken des Kanuhauses hängen sehe.«

»Ich will nicht bezahlen für eine Frau«, wandte Nalasu ein. »Ich will nicht bezahlen für eine Frau, wer sie auch sei. Ich will nicht ein einziges Stück Tabak oder auch nur eine geplatzte Kokosnuß für das beste Weib in Somo bezahlen.«

»Darüber mach' dir keine Sorgen«, sagte Baschti ruhig. »Ich werde den Preis für die Frau, für die zwei Frauen für dich bezahlen. Da ist Bubu. Für eine halbe Kiste Tabak will ich sie dir kaufen. Sie ist breit und derb, hat runde Schenkel und breite Hüften und volle, üppige Brüste. Da ist Nena. Ihr Vater verlangt einen hohen Preis für sie – eine ganze Kiste Tabak. Auch sie will ich dir kaufen. Deine Zeit ist kurz. Wir müssen uns beeilen.«

»Ich will nicht heiraten«, erklärte der alte Mann erregt.

»Du mußt. Ich habe gesprochen.«

»Nein, sage ich, und wieder nein, nein, nein! Frauen sind eine Last. Sie sind jung, und ihre Köpfe sind voller Torheit. Ihre Zungen sind lose mit müßiger Rede. Ich bin alt und lebe ein stilles Leben, denn die Glut des Lebens in mir ist erloschen, und ich ziehe es vor, allein im Dunkel zu sitzen und zu denken. Schwatzende junge Geschöpfe um mich zu haben, in deren Köpfen und auf deren Lippen nichts ist als Schaum und Rauch, würde mich toll machen. Wirklich, sie würden mich toll machen, so toll, daß ich in jede Muschelschale speien, dem Mond Gesichter schneiden, mich selbst in die Arme beißen und heulen würde.«

»Und wenn auch – wenn nur dein Samen nicht zugrunde geht! Ich will den Vätern den Preis für die Frauen bezahlen und sie dir binnen drei Tagen schicken.«

»Ich will nichts mit ihnen zu tun haben«, sagte Nalasu außer sich.

»Doch, du willst«, erwiderte Baschti ruhig. »Denn wenn du es nicht tust, mußt du mich bezahlen, und ich werde ein harter, strenger Gläubiger sein. Ich will dir jedes Glied in deinem Körper zerbrechen lassen, daß du wie eine Qualle wirst, wie ein fettes Schwein, dem man die Knochen herausgenommen hat, und dann will ich dich an einen Pfahl mitten auf dem Hundeschlachtplatz binden, daß du unter Schmerzen in der Sonne schwillst. Und was von dir übrigbleibt, will ich den Hunden vorwerfen, daß sie es fressen. Dein Samen soll nicht aussterben in Somo. Ich, Baschti, sage dir dies. In drei Tagen werde ich dir deine zwei Frauen schicken ...«

Er schwieg, und lange war es ganz still zwischen ihnen.

»Nun?« wiederholte Baschti. »Willst du die Frauen haben oder in der Sonne an den Pfahl gebunden werden? Du kannst wählen, aber bedenke dich wohl, ehe du dir die Glieder zerbrechen läßt.«

In meinem Alter, da ich längst die Plagen der Jugend hinter mir habe!« klagte Nalasu.

»Wähle. Du wirst mitten auf dem Hundeschlachtplatz Plage und Leben zum Überdruß finden, wenn die Sonne auf deine wehen Glieder brennt, bis der Saft deiner Magerkeit siedet wie das weichliche Fett eines gebratenen Spanferkels.«

»So schicke mir denn die Frauen«, brachte Nalasu endlich nach einer langen Pause hervor. »Aber schicke sie in drei Tagen, nicht in zweien oder morgen.«

»Es ist gut«, nickte Baschti ernst. »Du hast überhaupt nur durch die gelebt, die vor dir waren, und die jetzt längst das

Dunkel verschlungen hat, die wirkten, damit der Stamm leben konnte und du selbst erstehen konntest. Du bist. Sie bezahlten den Preis für dich. Das ist die Schuld, die du abzutragen hast. Du kamst zur Welt mit dieser Schuld auf dir. Du mußt sie bezahlen, ehe du das Leben verläßt. Das ist das Gesetz. Es ist sehr gut.«

Und hätte Baschti die Ablieferung der Frauen nur einen oder zwei Tage beschleunigt, so wäre Nalasu dem furchtbaren Fegefeuer der Ehe verfallen gewesen. Aber Baschti hielt Wort, und am dritten Tage war er von einem weit wichtigeren Problem zu sehr in Anspruch genommen, als daß er Bubu und Nena dem alten Manne abgeliefert hätte, der deren Kommen mit Angst und Beben erwartete. Denn am Morgen des dritten Tages begannen alle Bergesgipfel längs der Leeküste von Malaita ihre Rauchsäulen in die Luft zu senden. Es läge ein Kriegsschiff vor der Küste, lautete die Botschaft, ein großes Kriegsschiff, das durch die Riffdörfer von Langa-Langa hereinsteuerte. Der Rauch mehrte sich. Das Kriegsschiff hielt nicht bei Langa-Langa. Das Kriegsschiff hielt nicht bei Binu. Es setzte seinen Kurs direkt auf Somo.

Nalasu konnte die in die Luft geschriebene Rauchbotschaft nicht sehen. Weil sein Haus vollkommen abseits lag, kam niemand und erzählte es ihm. Das erste, was er hörte, waren die schrillen Stimmen der Weiber, das Schreien der Kinder und das Wimmern der Säuglinge. Das alles erklang in namenloser Angst von dem breiten Wege her, der vom Dorfe nach der Bergesgrenze von Somo führte. Er hörte Furcht und Entsetzen heraus und schloß, daß die Dorfbewohner in ihre festen Burgen in den Bergen flohen, kannte aber nicht den Beweggrund ihrer Flucht.

Er rief Jerry zu sich und beauftragte ihn, auf Kundschaft nach dem großen Bananenbaum zu gehen, wo Nalasus Pfad auf den Hauptweg stieß, dort seine Beobachtungen zu machen und Bericht abzustatten. Und Jerry saß unter dem Bananenbaum und sah ganz Somo in wilder Flucht vorbeihasten, Männer, Weiber und Kinder, Alte und Junge, Säuglinge und Patriarchen, die sich auf Stöcke und Stecken stützten, zogen

mit allen Anzeichen von Furcht und Eile vorbei. Die Dorfhunde aber waren ebenso ängstlich, sie winselten und jaulten
im Laufen. Ihre Angst steckte Jerry an. Er fühlte einen fast
unwiderstehlichen Drang, mitzueilen in dieser wilden Flucht
vor irgendeinem undenkbar fürchterlichen drohenden Ereignis, das bei ihm eine rein instinktive Angst vor dem Tode
erregte. Aber er überwand diesen Drang durch seine Treue
gegen den Blinden, der ihm sechs Monate lang Nahrung
gegeben und ihn gestreichelt hatte.

Als er zu Nalasu zurückkam, setzte er sich zwischen dessen Knie und stattete Bericht ab. Er konnte nur bis fünf zählen, obwohl er wußte, daß die fliehende Bevölkerung weit
mehr als fünf ausmachte. Und deshalb gab er zu verstehen,
daß es fünf Männer und mehr, fünf Frauen und mehr, fünf
Säuglinge und mehr, fünf Hunde und mehr waren – ja, selbst
an Schweinen meldete er fünf und mehr. Nalasu sagten seine
eignen Ohren, daß es viele, viele Male mehr waren, und er
fragte nach den Namen. Jerry kannte die Namen von Baschti,
Agno, Lamai und Lumai. Er sprach sie nicht in einer Weise
aus, daß sie auch nur die geringste Ähnlichkeit mit ihren gewöhnlichen Lauten hatten, sondern nach dem stenographischen Whiff-Whuff-System, das Nalasu ihn gelehrt hatte.

Nalasu nannte viele andre Namen, die Jerry dem Gehör
nach kannte, selbst aber nicht in Lauten hervorbringen konnte, und auf die meisten antwortete er Ja, indem er nickte und
gleichzeitig die rechte Pfote vorstreckte. Bei einigen Namen
rührte er sich nicht vom Fleck, als Zeichen, daß er sie nicht
kannte. Und bei andern Namen, die er kannte, deren Besitzer
er jedoch nicht gesehen hatte, antwortete er Nein, indem er
die linke Pfote vorstreckte.

Und Nalasu, der nicht wissen konnte, daß etwas Schreckliches bevorstand – etwas unendlich Schrecklicheres als etwa
ein Raubzug des benachbarten Salzwasserstammes, den der
Somostamm leicht hinter seinen Korallenmauern abwehren
konnte, Nalasu schloß, daß das längst erwartete Kriegsschiff
gekommen sei, um Somo zu strafen. Trotz seiner sechzig
Jahre hatte er noch nie eine Beschießung des Dorfes erlebt.
Es waren wohl dunkle Gerüchte über die Beschießung andrer

Dörfer mit Granaten zu ihm gedrungen, aber er hatte keine Vorstellung davon, außer daß es Kugeln sein mußten, die noch größer als Sniderkugeln waren und folglich noch weiter durch die Luft gesandt werden konnten.

Aber es stand geschrieben, daß er Granatenfeuer kennenlernen sollte, ehe er starb. Baschti hatte längst den Kreuzer erwartet, der Rache an Somo nehmen sollte, weil er die Arangi zerstört und die Köpfe der beiden weißen Männer genommen hatte. Er hatte den voraussichtlichen Schaden berechnet und seinem Volke Weisung erteilt, in die Berge zu fliehen. Als Vortrab hatte er seine Köpfe, in Matten gewickelt und von einem Dutzend junger Männer getragen, geschickt. Die letzten Nachzügler, die den Nachtrab in der großen Auswandererschar ausmachten, waren jetzt vorbeigekommen, und Nalasu bereitete sich vor, seinen Bogen und seine achtzig Pfeile dicht an sich gedrückt und Jerry auf seinen Fersen, zu folgen, als die Luft von einem ohrenzerreißenden Lärm ertönte.

Nalasu setzte sich hastig nieder. Es war seine erste Granate, und sie war tausendmal schlimmer, als er es sich vorgestellt hatte. Es war ein durchdringendes, zischendes Geräusch, das den Himmel zerriß, als ob das ganze Weltall wie ein mächtiges Tuch zwischen den Händen irgendeines Gottes zerrissen wurde. Es tönte genau, wie wenn man Laken, so dick wie Teppiche, so breit wie die Erde, so weit umspannend wie der Himmel selbst, zerrisse.

Er setzte sich nicht nur vor seiner Tür nieder, sondern kroch ganz zusammen, legte den Kopf auf die Knie und schirmte ihn mit seinen gebogenen Armen. Und Jerry, der noch nie Granatenfeuer gehört und noch weniger sich Gedanken darüber gemacht hatte, was es sein mochte, fühlte nur, wie entsetzlich es war. Es war für ihn eine Naturkatastrophe, wie die, welche die Arangi betroffen hatte, als sie von dem brüllenden Winde auf die Seite geworfen war. Aber seiner Natur gemäß kroch er auch beim ersten Heulen der Granaten nicht zusammen. Im Gegenteil, die Haare sträubten sich ihm, und er knurrte dieses Etwas, was es auch sein mochte, das so ungeheuer anwesend und seinen Augen doch unsichtbar war, drohend an.

Als die Granate krepierte, kroch Nalasu noch mehr zusammen, und Jerry knurrte wieder, während sich ihm die Haare sträubten. Und das wiederholte sich bei jeder neuen Granate. Die heulten zwar nicht lauter, krepierten aber immer näher am Busch. Und Nalasu, der ein langes Leben gelebt und mit der größten Tapferkeit die Gefahren bekämpft hatte, die er kannte, sollte als Memme sterben, im Schrecken vor dem Unbekannten, das die weißen Herren mit Hilfe eines chemischen Prozesses schleuderten. Und als die Granaten immer näher krepierten, verlor er den letzten Rest seiner Selbstbeherrschung. So völlig vom Schrecken geschlagen war er, daß er sich in die Adern hätte beißen und heulen können. Mit einem wahnsinnigen Schrei sprang er auf und stürzte ins Haus, als ob das Grasdach sein Haupt gegen die gewaltigen Geschosse hätte schützen können. Er stieß gegen den Türpfosten und wirbelte, ehe Jerry ihm folgen konnte, in einem Halbkreis zu Boden, gerade rechtzeitig, um von der nächsten Granate an den Kopf getroffen zu werden. Jerry war an die Türöffnung gelangt, als die Granate krepierte. Das Haus zerstob in tausend Stücke, und Nalasu zerstob mit ihm. Jerry, der sich in der Türöffnung befand, geriet in den Wirbel der Explosion und wurde zwanzig Fuß fortgeschleudert. Und im Bruchteil einer Sekunde wurde er von Erdbeben, Flutwelle, Vulkanausbruch, Himmelsdonner und elektrischer Entladung zugleich getroffen und verlor das Bewußtsein.

Er hatte keine Vorstellung, wie lange er so dalag. Es vergingen fünf Minuten, ehe seine Beine krampfhafte Bewegungen machten, und als er, wankend und schwindlig, wieder auf die Füße kam, hatte er keine Ahnung, wieviel Zeit verstrichen war. Tatsächlich dachte er – und handelte sofort danach, ohne sich dessen bewußt zu sein –, daß er vor dem Bruchteil einer Sekunde von einem fürchterlichen Schlage getroffen war, der unendlich viel stärker war, als der Schlag von dem Stock eines Niggers.

Kehle und Lunge von dem scharfen, erstickenden Pulverrauch und die Nüstern von Staub und Erde gefüllt, schnüffelnd und fauchend wie toll, sprang er herum, stürzte zu Boden wie ein Betrunkener, um gleich darauf wieder aufzuspringen, schwankte hin und her, stellte sich auf die Hinterbeine, bearbeitete seine Schnauze mit den Vorderpfoten, stand dann wieder mit gebeugtem Kopfe da –, rieb sich die Nase an der Erde und dachte an nichts, als Nase und Maul von dem brennenden Schmerz und die Lunge von dem Gefühl des Erstickens zu befreien.

Durch ein Wunder war er der Gefahr entronnen, von einem der fliegenden Eisensplitter getroffen zu werden, und sein starkes Herz hatte ihn davor bewahrt, von der Explosion getötet zu werden. Erst nach einem rasenden Kampf von fünf Minuten, bei dem er sich ganz wie ein Huhn benommen hatte, dem der Kopf abgehauen ist, begann er das Dasein wieder erträglich zu finden. Das ärgste Erstickungsgefühl und die Atemnot vergingen, und obwohl er immer noch schwach und schwindlig war, wankte er in der Richtung des Hauses und Nalasus. Aber es gab kein Haus und keinen Nalasu – nur die traurigen, durcheinander geschleuderten Reste von beiden.

Während die Granaten fern und nah weiter heulten und krepierten, machte Jerry sich daran zu untersuchen, was geschehen war. Daß das Haus verschwunden, war sicher, ebenso sicher, wie das Verschwinden Nalasus. Beide waren von dem letzten großen Nichts verschlungen. Die ganze Welt, in der er lebte, schien verurteilt, von diesem Nichts verschlungen zu werden. Ewiges Leben mußte anderswo gesucht werden, auf den Höhen oder in dem fernen Busch, wohin der Stamm bereits geflohen war. Treu war er dem Herrn, dem er solange gehorcht hatte, der ihn ernährt und für den er wahre Ergebenheit gefühlt hatte, obwohl er nur ein Nigger war. Aber dieser Herr war nicht mehr. Jerry trat den Rückzug an, aber nicht mit besonderer Eile. Eine Zeitlang knurrte er jede Granate an, die durch die Luft heulte oder auch im Busch krepierte. Als aber eine Weile vergangen war, sträubten sich ihm nicht mehr die Haare, und er knurrte weder, noch fletschte er die Zähne.

Und als er schied von dem, was gewesen war und aufgehört hatte zu sein, machte er es nicht wie die Buschhunde, daß er jammerte und lief. Ruhig und würdevoll trabte er den Pfad entlang. Als er den Hauptweg erreichte, sah er, daß er verlassen war. Der letzte Flüchtling war verschwunden. Der Weg, der sonst von Tagesanbruch bis Eintritt der Dunkelheit von Menschen beschritten wurde, und den er erst vor kurzem übervoll von Flüchtlingen gesehen, machte jetzt in seiner Verlassenheit einen tiefen Eindruck auf ihn. Es war wie das Ende aller Dinge in einer Welt, die im Untergang begriffen war. Und so kam es, daß er sich nicht unter den Bananenbaum setzte, sondern dem Stamme nachzulaufen begann.

Mit seiner Nase las er den Bericht von der Flucht, und nur einmal stieß er auf etwas, das von ihrem Schrecken zeugte. Es war eine ganze Gruppe, die von einer Granate vernichtet war: ein alter Mann von fünfzig, der an Krücken ging, weil ihm das Bein von einem Hai abgerissen war, ein ganz kleiner Knabe, eine tote Mary mit einem Säugling an der Brust und einem dreijährigen Kinde, das sich noch im Tode an ihre Hand klammerte, und zwei tote Schweine, mächtig und fett, die die Frau vor sich hergetrieben hatte.

Und Jerrys Nase erzählte ihm, daß sich der Strom der Flüchtlinge geteilt hatte, nach zwei Seiten auseinander gegangen, später aber wieder zusammengeflossen war. Er stieß auf verschiedene Dinge, die von Episoden auf der Flucht zeugten: ein Stück zerkautes Zuckerrohr, das ein Kind fortgeworfen hatte, eine Tonpfeife, deren Stiel ganz kurz war, weil er immer wieder abgebrochen war, eine einzelne Feder aus dem Haar eines jungen Mannes und eine Kalabasse mit gekochten Jams und süßen Kartoffeln, die vorsichtig von einer Mary an den Wegrand gestellt war, weil sie ihr zu schwer geworden.

Das Geschützfeuer hörte auf, während Jerry weitertrabte, dann hörte er die Gewehrschüsse der Landungsabteilung, welche die zahmen Schweine auf den Straßen von Somo erschossen. Aber er hörte ebensowenig, daß die Kokospalmen gefällt wurden, wie er je zurückkehrte, um den Schaden zu sehen, den die Äxte angerichtet hatten.

Denn hier geschah etwas Wunderbares mit Jerry, etwas, was alle Denker der Welt nicht erklären könnten. Er offenbarte in seinem Hundegehirn das freie Wirken des Lebens, das allen Generationen von Metaphysikern der Beweis für das Dasein Gottes gewesen ist, und das alle Philosophen der

Vorbestimmung hinters Licht geführt hat, trotzdem es ihre Erkenntnis als reine Illusion erwiesen hat. Jerry tat, was er tat. Er wußte ebensowenig wie und warum, wie der Philosoph weiß, wie und warum er zum Frühstück Grütze mit Sahne statt zwei weichgekochten Eiern wählt.

Jerry folgte einer Eingebung und tat nicht das anscheinend Leichteste, das Übliche, sondern das Schwerste, Ungewöhnlichste. Da es leichter ist, das Bekannte zu ertragen, als das Unbekannte zu fliehen, da Elend und Furcht Gesellschaft lieben, wäre es für Jerry offensichtlich am leichtesten gewesen, dem Somo-Stamm in seine feste Burg zu folgen. Jerry aber entfernte sich von der Linie, der der Rückzug gefolgt war, und ging nordwärts, über die Grenzen von Somo und immer weiter nordwärts in ein fremdes, unbekanntes Land.

Wäre Nalasu nicht von der völligen Vernichtung betroffen worden, so würde Jerry bei ihm geblieben sein. Das ist wahr, und wer über seine Handlungsweise nachdenkt, wird vielleicht meinen, daß auch er gerade so dachte. Aber er dachte gar nicht, sondern handelte lediglich nach einer plötzlichen Eingebung. Er konnte fünf Gegenstände zählen und sie durch Namen und Nummer bestimmen, aber er war nicht imstande, durch Denken zu bestimmen, daß er in Somo bleiben, wenn Nalasu lebte, und Somo verlassen wollte, wenn Nalasu starb. Er verließ Somo lediglich, weil Nalasu tot war, und das furchtbare Granatfeuer ging schnell in die Vergangenheit seines Bewußtseins über, während die Gegenwart so lebendig wurde, wie die Gegenwart es nun einmal zu sein pflegt. Erst auf Zehenspitzen trabte er die Pfade der wilden Buschleute entlang, alle Nerven angespannt aus Furcht vor dem lauernden Tod, der, wie er wußte, die Wege unsicher machte, die Ohren wachsam gespitzt, um die Geräusche aus dem Busch aufzufangen, und mit Augen, die eifrig den Ohren folgten, um sich klar über die Art der gehörten Geräusche zu werden.

An Kühnheit und Mut übertraf selbst Kolumbus, als er sich ganz und gar dem Unbekannten überließ, nicht Jerry, als er sich in die Finsternis des unbekannten Malaita-Busches begab. Und diesem Wunderbaren, dieser scheinbaren Großtat des freien Willens überließ er sich ungefähr ebenso wie Menschen, die von einem Ende der Erde bis ans andere reisen, nur weil die Unruhe sie plagt und ihre Phantasie zu lebhaft ist.

Wenn Jerry auch Somo nie mehr vor Augen sah, so kehrte Baschti doch am selben Tage mit seinem Stamm zurück und amüsierte sich köstlich, als er den angerichteten Schaden festgestellt hatte. Nur ein paar Grashütten waren vom Granatfeuer beschädigt. Nur ein paar Kokospalmen waren gefällt. Und was die getöteten Schweine betrifft, so gab es einen großen Festschmaus, damit sie nicht umkamen. Eine Granate hatte ein Loch in seine Korallenmauer geschlagen. Er erweiterte die Öffnung, daß sie zu einer Anlegestelle wurde, bekleidete die Seiten mit zugehauenen Korallenblöcken und befahl, noch ein Kanuhaus zu bauen. Das einzige, was ihn ärgerte, war der Tod Nalasus und das Verschwinden Jerrys, dieser seiner beiden Versuche primitiver Rassenverbesserung.

Eine volle Woche verbrachte Jerry im Busch, ohne sich in die Berge zu wagen, weil er sich vor den Buschleuten fürchtete, die jederzeit die Wege bewachten. Und es würde schlecht um ihn gestanden haben mit Bezug auf Nahrung, hätte er nicht am zweiten Tage ein einzelnes Ferkel getroffen, das sich offenbar von seinem Wurf verirrt hatte. Dies war seine erste Jagd für seinen Lebensunterhalt, und sie hielt ihn von weiterem Umherschweifen ab, denn, getreu seinem Instinkt, blieb er bei seiner Beute, bis sie verzehrt war.

Allerdings machte er Streifzüge rings in die Nachbarschaft, da er aber keine andre Beute machte, kehrte er immer wieder zu dem getöteten Ferkel zurück, bis nichts mehr davon übrig war. Und doch war er nicht glücklich in seiner Freiheit. Er war zu zahm, zu zivilisiert. Es waren zu viele Jahrtausende vergangen, seit seine Vorfahren frei und wild herumgelaufen waren. Er fühlte sich einsam. Er konnte nicht ohne Menschen leben. Zu lange hatten er und die Generationen vor ihm in inniger Gemeinschaft mit den zweibeinigen Göttern gelebt. Zu lange hatte seine Sippe die Menschen geliebt, den Menschen aus Liebe gedient, aus Liebe Entbehrungen ertragen, aus Liebe den Tod erlitten, und für alles das teilweise Anerkennung, weniger Verständnis und eine gewisse rücksichtslose Liebe empfangen.

So groß war Jerrys Verlassenheit, daß seine Sehnsucht selbst schwarzen zweibeinigen Göttern galt, zumal weiße Götter längst der Vergangenheit angehörten. Wäre er überhaupt imstande gewesen, Vermutungen anzustellen, so hätte er gut zu dem Schlusse kommen können, daß die einzigen existierenden weißen Götter umgekommen waren. Aber gemäß der Anschauung, daß ein schwarzer Gott immer noch besser als gar kein Gott war, schlug er, als er das Ferkel ganz verzehrt hatte, eine andre Richtung ein und wandte sich nach links abwärts zum Meere. Er tat das wieder, ohne zu denken, nur weil die Erfahrung in seinem Unterbewußtsein wirkte. Er hatte stets in der Nähe des Meeres gelebt, in der Nähe des Meeres hatte er stets menschliche Wesen getroffen, und abwärts führte der Weg unweigerlich ans Meer.

Er erreichte die Küste bei einer von Korallenriffen umgebenen Lagune, und zerfallene Grashütten erzählten ihm, daß Menschen hier gelebt hatten. Jetzt hatte der Busch den Platz überwuchert. Sechszöllige Pfähle umgaben ihn, bedeckt von den verfaulten Resten der Strohdächer, durch die jetzt die Sonne schien. Schnell wachsende Bäume hatten die Königsbilder überschattet, und die Götzen und Stammeswappen in den aufgesperrten Hairachen saßen in dem grünen Schatten und grinsten dabei unheimlich durch Moos und Schwamm über die Nichtigkeit der Menschen. Eine elende kleine Korallenmauer, die selbst, als sie neu war, nicht viel getaugt hatte, lag in Ruinen zwischen den Wurzeln der Kokospalmen am Rande des ruhigen Meeres, und Bananen. Platanen und Brotfruchtbäume faulten am Boden. Überall lagen hier Knochen, Menschenknochen, und Jerry schnüffelte an ihnen und erkannte sie als das, was sie waren: Symbole für die Vergänglichkeit des Lebens. Hirnschalen fand er nicht, denn die Hirnschalen, die zu den verstreuten Gebeinen gehörten, schmückten die Teufel-Teufel-Häuser in den Buschdörfern hoch oben in den Bergen.

Der Salzduft des Meeres behagte seinen Nüstern, und er schnaufte vor Freude, als er den Gestank des Mangrovensumpfs spürte. Aber wie ein neuer Robinson Crusoe, der auf die Fußspur eines neuen Freitag stößt, stutzte er plötzlich. Es durchfuhr ihn wie ein elektrischer Schlag: er roch die frische Berührung des Fußes von einem lebenden Menschen mit der Erde. Es war der Fuß eines Niggers, aber er war lebendig, er war anwesend, und als er der Spur ein Dutzend Meter gefolgt war, stieß er auf eine andre Spur, die ganz zweifellos die eines weißen Mannes war.

Hätte jemand diesen Auftritt beobachtet, so würde er sicher gedacht haben, daß Jerry plötzlich verrückt geworden wäre. Er fuhr wie toll umher, wandte und drehte sich, die Nase bald auf dem Boden, bald in der Luft, heulte wie verrückt, schoß weiter, wandte sich plötzlich, wenn ein neuer Geruch ihn erreichte, in einem rechten Winkel seitwärts und fuhr auf und ab, hin und her, als ob er mit einem unsichtbaren Kameraden Haschen spielte.

Aber er las den vollständigen Bericht, den viele Menschen dem Boden eingeritzt hatten. Er wußte, daß ein weißer Mann und eine ganze Menge von Schwarzen hier gewesen waren. Hier war ein Schwarzer auf eine Kokospalme geklettert und hatte die Nüsse heruntergeworfen. Dort war ein Bananenbaum seiner Fruchtdolden beraubt worden, und noch weiterhin war offensichtlich ähnliches mit einem Brotfruchtbaum geschehen. Aber etwas verwirrte ihn – eine Spur, die ihm neu war und weder von einem schwarzen noch von einem weißen Manne herrührte. Hätte er die nötige Kenntnis und die Fähigkeit besessen, Beobachtungen mit Hilfe des Auges zu machen, so würde er gesehen haben, daß diese Fußspur kleiner als die eines Mannes war, und daß sich die Zehen von denen einer Mary dadurch unterschieden, daß sie dichter zusammen saßen und keinen tiefen Eindruck im Boden verursachten. Was ihn an dem Geruch störte, war der Umstand, daß er kein Talkum kannte. Es war ein scharfer Geruch, aber nie hatte er, seit er zum ersten Male die Spur eines Menschen gerochen, einen solchen Geruch angetroffen. Und mit ihm traten andre, weniger durchdringende Gerüche auf, die ihm ebenfalls fremd waren.

Aber er interessierte sich nicht weiter für diese Mysterien. Er hatte nun die Fußspur eines weißen Mannes gerochen, und aus dem Labyrinth von andern Spuren folgte er dieser einen durch ein Loch in der Korallenmauer bis hinab zu dem fein gemahlenen Korallensand, der vom Meere überspült wurde. Hier liefen die letzten frischen Spuren um die vom Steven eines Bootes zusammen, das am Ufer geruht hatte und von recht vielen Menschen verlassen und wieder bestiegen worden war. Er roch die ganze Geschichte, setzte die Vorderpfoten ins Wasser, ging hinein, bis es ihm ganz bis an die Schultern reichte, und sah über die Lagune hinaus, wo die entschwindende Spur für seine Nase verloren war.

Wäre er eine halbe Stunde früher gekommen, so würde er ein Boot gesehen haben, das ohne Ruder, aber durch Benzin getrieben, über das stille Wasser schoß. Was er jetzt sah, war eine neue Arangi. Allerdings war sie weit größer als die Arangi, die er gekannt hatte, aber sie war weiß, sie war lang, sie hatte Masten; und sie schwamm auf dem Wasser. Sie hatte drei Masten, himmelhoch und alle drei gleich groß, aber seine Beobachtungsgabe war nicht so geschärft, daß er den Unterschied zwischen ihnen und dem einen kurzen Mast der Arangi bemerken konnte. Die einzige schwimmende Welt, die er gekannt hatte, war die weißgestrichene Arangi. Und da auch nicht der leiseste Zweifel herrschen konnte, daß dies die A-rangi war, so mußte sein geliebter Schiffer an Bord sein. Konnte die Arangi auferstehen, so konnte Schiffer es auch. Und so fest überzeugt war er, daß er diesen toten Kopf, den er zuletzt auf Baschtis Knien gesehen hatte, mit seinem Körper und seinen zwei Beinen vereinigt auf dieser weißgestrichenen schwimmenden Welt noch wiederfinden würde, daß er so weit, wie er Grund fand, hinaus watete und dann, schwimmend, kühn mit dem Meere anband.

Es war wirklich eine große Kühnheit, denn indem er sich aufs Meer hinauswagte, verletzte er eines der ersten und größten Tabus, die er kennengelernt hatte. In seinem Wortschatz fand sich kein Wort für »Krokodil«, und doch stand vor seinen Gedanken so deutlich wie ein ausgesprochenes Wort ein Bild, das eine furchtbare Bedeutung für ihn hatte – das Bild eines auf den Wellen treibenden Baumstammes, der doch kein Baumstamm, sondern ein lebendes Wesen war, das auf und unter dem Wasser schwimmen und sich auch aufs Trockene schleppen konnte, das mächtige Zähne und einen gefräßigen Bauch besaß und für einen schwimmenden Hund den gewissen Tod bedeutete.

Aber er verletzte das Tabu ohne Furcht. Im Gegensatz zum Menschen, der sich gleichzeitig zweier Regungen bewußt sein kann und der im Schwimmen sowohl die Furcht wie den hohen Mut, der sie überwindet, gespürt haben würde, kannte Jerry in diesem Augenblick nur eine einzige Regung: Er schwamm zur Arangi und zu Schiffer.

So wenig Übung er im Schwimmen hatte, schwamm er doch aus aller Macht und sang sein winselndes Liedchen, in das er seine ganze Liebe für Schiffer legte, der zweifellos auf der weißen Jacht dort draußen sein mußte. Und sein Liebeslied, das von all der nagenden Sorge erfüllt war, die sein Gemüt erfüllte, ertönte bis zu einem Mann und einer Frau, die bequem auf Deckstühlen unter dem Sonnensegel lagen, und die Frau war es, die zuerst den goldenen Kopf Jerrys erblickte und eifrig meldete, was sie sah.

»Laß ein Boot zu Wasser, Kamerad!« befahl sie. »Es ist ein kleiner Hund. Er darf nicht ertrinken.«

»Hunde ertrinken nicht so leicht«, lautete Kamerads Antwort. »Er wird es schon schaffen. Aber wie, in aller Welt, kommt ein Hund hierher ...« Er hielt das Glas vor die Augen und starrte einen Augenblick übers Wasser hinaus, »... und obendrein der Hund eines weißen Mannes.«

Jerry bearbeitete das Wasser mit seinen Pfoten und schwamm gleichmäßig und stetig, die Augen fest auf die Jacht gerichtet, als er plötzlich ein Gefühl hatte, als drohe ihm Gefahr. Das Tabu traf ihn. Dieses Ding, das sich auf ihn zu bewegte, war der Baumstamm, der kein treibender Baumstamm, sondern ein lebendes, gefahrdrohendes Wesen war. Ein Teil davon bewegte sich über dem Wasser, und noch ehe dieser Teil untersank, hatte Jerry das bestimmte Gefühl, daß es etwas anderes als ein treibender Baumstamm war.

Dann brauste etwas an ihm vorbei, und er begegnete ihm mit Knurren und Plätschern. Er wurde halb herumgewirbelt in dem Strudel, den dieses Geschöpf hervorbrachte, als es erschrocken das Wasser mit dem Schwanz peitschte. Ein Hai war es, und kein Krokodil, und er würde nicht so furchtsam ausgewichen sein, wäre sein Magen nicht recht voll gewesen, da er erst vor kurzem eine mächtige Schildkröte verzehrt hatte, die vor Altersschwäche nicht hatte entkommen können.

Obwohl Jerry nichts sehen konnte, fühlte er doch, daß dieses Geschöpf, dieses Werkzeug des Todes, in seiner Nähe lauerte. Er sah auch nicht, wie die Rückenflosse das Wasser durchbrach und sich ihm von hinten näherte. Von der Jacht hörte er Büchsenschüsse, einen schnell nach dem andern. Hinter sich hörte er ein erschrockenes Plätschern. Das war alles. Die Gefahr verschwand und war vergessen, und er verband auch, als sie überstanden war, die Büchsenschüsse nicht mit ihr. Er wußte nicht und sollte auch nie erfahren, daß einer, den die Menschen Harley Kennan, und den die Frau, die er selbst »Kameradin« nannte, Kamerad anredete, der Besitzer der dreimastigen, mit Schonertakelung versehenen Jacht Ariel, ihm das Leben gerettet hatte, indem er eine Kugel durch den untersten Teil von der Rückenflosse eines Hais sandte.

Aber Jerry sollte Harley Kennan kennenlernen, und zwar schon sehr bald, denn Harley Kennan wurde, eine Buline um den Leib, von ein paar Matrosen über den hohen Freibord der Ariel heruntergelassen. Er ergriff den glatthaarigen irischen Terrier am Nacken, der, senkrecht Wasser tretend, ihn gar nicht sah, sondern eifrig die lange Reihe von Gesichtern an der Reling entlang blickte, um möglichst das *eine* Gesicht zu sehen.

Als er vorsichtig auf das Deck gesetzt wurde, ließ er sich keine Zeit zum Danken. Statt dessen schüttelte er instinktiv das Wasser ab und schoß dann über das Deck, in der Hoffnung, Schiffer zu finden. Der Mann und seine Frau lachten über den Anblick.

»Er tut, als sei er ganz verrückt aus Freude über seine Rettung«, bemerkte Frau Kennan.

Und Kennan sagte: »Das ist es nicht. Irgendwo muß eine Schraube bei ihm los sein. Vielleicht ist er eines der Geschöpfe, bei denen die Hemmung des Motors nicht funktioniert. Vielleicht kann er nicht eher aufhören zu rennen, bis das Uhrwerk abgelaufen ist.«

Unterdessen lief Jerry weiter die Backbordseite hinauf und die Steuerbordseite hinunter und wieder zurück, wedelte mit seinem Schwanzstummel und lachte die zweibeinigen Götter, die er auf seinem Wege traf, freundlich an. Hätte er so weit denken können, so wäre er über ihre Zahl erstaunt gewesen. Es waren mindestens dreißig, ohne andre Götter zu rechnen, die weder schwarz noch weiß, aber ganz zweifellos Götter waren, zweibeinige, aufrechte, bekleidete Götter. Ebenso würde er sich, wenn er einer solchen Verallgemeinerung fähig gewesen, gesagt haben, daß die zweibeinigen Götter noch nicht alle von dem großen Nichts verschlungen waren. Immerhin wurde ihm das alles klar, ohne daß er sich dessen bewußt wurde.

Aber kein Schiffer war da. Er steckte die Nase in die Vorderluke, und er steckte die Nase in die Kombüse, wo zwei chinesische Köche eine Menge unverständlichen Geschwätzes zu ihm sagten, und er steckte die Nase in den Kajütseingang und durch das Skylight in den Maschinenraum, wo er zum erstenmal Benzin und Schmieröl roch; aber soviel er auch schnüffelte, konnte er doch nirgends das geringste von Schiffer riechen.

Achtern, am Steuerrad, würde er sich niedergesetzt und die Enttäuschung, die ihm fast das Herz brechen wollte, herausgeheult haben, hätte ihn nicht ein weißer Gott in weißer Leinenuniform mit goldbetreßter Mütze angesprochen. Jerry, der immer Gentleman war, lächelte höflich mit zurückgelegten Ohren, wedelte mit der Rute und kam näher. Dieser hohe Gott war gerade im Begriff, die Hand auszustrecken und ihm den Kopf zu streicheln, als die Stimme der Frau in einer Sprache, die Jerry nicht verstand, über das Deck ertönte. Was sie sagte, verstand er nicht, aber er fühlte, daß die Stimme gewohnt war, zu gebieten, und das bestätigte sich, indem der Gott in Weiß und Gold, der ihn gerade hatte streicheln wollen, schnell die Hand zurückzog. Dieser Gott fuhr hoch, als hätte er einen elektrischen Schlag erhalten, und schickte Jerry mit einem anfeuernden Zuruf, dessen Sinn der Hund nur erraten konnte, zu der, die ihren Wunsch mit folgenden Worten ausgesprochen hatte:

»Ach, bitte, schicken Sie ihn mir her, Kapitän Winters.«

Jerry wand und drehte sich vor Entzücken, gehorchen zu können, und würde pflichtgetreu den Kopf gebeugt haben, um ihre Liebkosungen zu empfangen, hätte ihn nicht der Umstand abgeschreckt, daß sie so ganz anders war als jedes Geschöpf, das er bisher gekannt hatte. Er blieb stehen und zog sich knurrend und zähnefletschend vor ihrem Rock zurück, den der Wind gefaßt hatte. Die einzigen weiblichen Wesen, die er kennengelernt hatte, waren nackte Marys gewesen. Dieser Rock, der wie ein Segel im Winde flatterte, erinnerte ihn an das drohende Großsegel der Arangi, wie es über seinem Kopfe hin und her geschlagen war. Die Laute, die aus ihrem Munde kamen, waren weich und einschmeichelnd, aber der schreckliche Rock flatterte weiter im Winde hin und her.

»Du komischer Hund!« lachte sie. »Ich beiße dich nicht.«

Aber ihr Gatte streckte mit einer schnellen, sicheren Bewegung die Hand aus und zog Jerry an sich. Und Jerry wand sich vor Entzücken unter der liebkosenden Hand des Gottes und küßte sie mit seiner roten Zungenspitze. Dann führte Harley Kennan ihn zu der Frau, die auf dem Deckstuhl saß und sich mit ausgestreckten Armen vorbeugte, um ihn in Empfang zu nehmen. Jerry gehorchte. Er näherte sich ihr mit zurückgelegten Ohren und lachendem Maul, aber gerade als sie ihn berühren wollte, faßte der Wind wieder ihren Rock, und er zog sich knurrend zurück.

»Vor dir fürchtet er sich nicht, Villa«, sagte Harley. »Es ist dein Rock. Vielleicht hat er noch nie einen Rock gesehen.«

»Willst du etwa behaupten,« sagte Villa herausfordernd, »daß die Kopfjäger und Kannibalen an Land Stammtafeln anlegen und Rassehunde züchten? Denn soviel ist doch gewiß – dieser komische Hund ist ebenso sicher ein reinblütiger irischer Terrier, wie die Ariel ein aus Oregonplanken erbauter Schoner ist.«

Harley Kennan lachte zustimmend. Villa Kennan lachte auch, und Jerry wußte, daß es zwei glückliche Götter waren, und lachte selbst mit ihnen.

Aus eigenem Antrieb näherte er sich wieder dem weiblichen Gott, angezogen von dem Talkum und den andern, unbestimmteren Gerüchen, die, wie er sich schon überzeugt hatte, die gleichen waren, die er an Land gefunden hatte. Aber der unglückselige Passat ließ ihren Rock wieder hin und her flattern, und wieder zog er sich zurück – diesmal nicht so weit und mit weniger gesträubtem Haar und einem Knurren, bei dem er die Zähne kaum halb entblößte.

»Er fürchtet sich vor deinem Rock«, beharrte Harley. »Sieh ihn an! Er möchte gern zu dir kommen, aber der Rock hält ihn ab. Setze dich drauf, daß er nicht flattert, und du wirst sehen, was geschieht.«

Villa Kennan tat, wie er sagte, und Jerry kam vorsichtig zu ihr, beugte den Kopf zu ihrer Hand nieder und wand sich unter ihr, während er ihre beschuhten und bestrumpften Füße beschnüffelte und feststellte, daß es dieselben Füße waren, die nackt den verfallenen Weg im Dorfe an Land betreten hatten.

»Kein Zweifel«, räumte Harley ein. »Er ist der Hund eines weißen Mannes und von einem weißen Mann erzogen. Er hat eine Geschichte. Er steckt voll Abenteuer von der Nase bis zur Schwanzspitze. Glaub' mir, er hat nicht sein ganzes Leben zwischen Niggern verbracht. Wir wollen's mal an Johnny probieren.«

Johnny, den Kennan mit einer Handbewegung zu sich rief, war von dem Regierungskommissar der britischen Salomoninseln in Tulagi entliehen und hatte Kennan als Lotse oder eher als Freund und Ratgeber begleitet. Johnny näherte sich grinsend, und sofort wurde Jerry ein ganz andrer. Sein Körper erstarrte unter der Hand Villa Kennans, er entzog sich ihr und begann steifbeinig auf den Schwarzen zuzugehen. Seine Ohren legten sich nicht flach an den Kopf, und er lachte auch nicht kameradschaftlich, als er sich daranmachte, Johnny zu untersuchen und seine Beine zu beschnüffeln, um ihn später wiedererkennen zu können. Er war im höchsten

Maße überlegen, und nach einer möglichst kurzen Untersuchung wandte er sich wieder Villa Kennan zu.

»Was hab' ich gesagt?« frohlockte ihr Gatte. »Er kennt die Farbengrenze. Er ist der Hund eines weißen Mannes, der ihn dazu erzogen hat.«

»Mein Wort«, sagte Johnny. »Mich kennen ihn fella Hund. Mich kennen Papa und Mama gehören ihm. Groß fella weiß Herr Haggin wohnen Meringe, Mama und Papa bleiben bei ihm das fella Ort.«

Harley Kennan stieß einen Pfiff aus.

»Natürlich«, rief er. »Der Kommissar hat mir ja die ganze Geschichte erzählt. Die Arangi, die von den Somoleuten genommen wurde, machte ihre letzte Fahrt von Meringe-Plantage aus. Johnny weiß, daß der Hund von derselben Rasse ist wie das Paar, das Haggin in Meringe hat. Aber das ist lange her. Er muß damals ganz jung gewesen sein. Natürlich ist er der Hund eines weißen Mannes.«

»Und dabei hast du den deutlichsten Beweis noch gar nicht einmal gesehen«, neckte Villa Kennan ihn. »Der Hund führt den Beweis ja bei sich.«

Harley sah Jerry von allen Seiten prüfend an.

»Einen unumstößlichen Beweis«, beharrte sie.

Nach einer erneuten eingehenden Untersuchung schüttelte Kennan den Kopf.

»Ich will mich hängen lassen, wenn ich etwas so Unumstößliches sehe, daß es jeden Zweifel ausschließt.«

»Die Rute«, lachte seine Frau. »Die Eingeborenen kupieren ihren Hunden doch wirklich nicht die Rute. – Tun Sie das etwa, Johnny? Schwarze Männer bleiben Malaita hauen ihn Schwanz ab gehören Hund?«

»Nicht hauen ihn ab«, stimmte Johnny zu. »Herr Haggin in Meringe, er hauen ihn ab. Mein Wort, er hauen ab das fella Schwanz, das stimmt.«

»Dann ist er der einzige Überlebende von der Arangi«, schloß Villa Kennan. »Habe ich nicht recht, Herr Sherlock Holmes Kennan?«

»Meine Reverenz, Frau Sherlock Holmes«, sagte ihr Mann galant. »Und jetzt fehlt nur noch, daß du mich direkt zu dem

Kopf von La Perouse bringst. Es heißt, daß er ihn hier irgendwo zwischen diesen Inseln verloren hat.«

Er ahnte nicht, daß Jerry in enger Gemeinschaft mit einem gewissen Baschti gelebt hatte, der in Somo, nicht viele Meilen die Küste aufwärts, zu Hause war, und daß dieser Baschti in ebendiesem Augenblick in seiner Grashütte saß und über einen Kopf grübelte, den er auf seinen welken Knien hielt – einen Kopf, der einmal dem großen Reisenden gehört hatte, dessen Geschichte aber von den Söhnen des Häuptlings, der ihn genommen hatte, vergessen war.

Der schöne Dreimastschoner Ariel, der eine Reise um die Welt machte, war schon ein ganzes Jahr von San Franzisko fortgewesen, als Jerry an Bord kam. Als Welt, und dazu als Welt eines weißen Mannes, war sie in seinen Augen ganz unvergleichlich. Sie war nicht klein wie die Arangi, und zudem wimmelte es nicht vorn und achtern auf Deck und in der Kajüte von Niggern. Der einzige Schwarze, den Jerry hier fand, war Johnny; im übrigen war das geräumige Schiff mit zweibeinigen weißen Göttern bevölkert.

Er begegnete ihnen überall, am Rade, auf dem Ausguck, das Deck waschend, Messing putzend, nach oben kletternd, oder, ein Dutzend auf einmal, an Schoten und Taljen hievend. Aber es gab Unterschiede. Es gab mehrere Arten Götter, und Jerry spürte bald, daß in der Rangordnung der Götter an Bord die, welche die Arbeit taten und das Schiff bedienten, weit unter dem Kapitän und seinen zwei Offizieren standen, die in Weiß und Gold gekleidet herumgingen. Anderseits aber waren diese wieder geringer als Harley Kennan und Villa Kennan; er erkannte schnell, daß sie unter Harleys Befehl standen. Aber etwas konnte Jerry nie herausbringen, und das war, wer der höchste Gott auf der Ariel war. Er erfuhr nie, ob Harley Kennan Villa, oder ob Villa Kennan Harley kommandierte – er versuchte es auch nie zu erfahren, denn soweit konnte er nicht denken. Ohne sich im übrigen den Kopf mit dieser Frage zu zerbrechen, betrachtete er ihre Oberhoheit in dieser Welt als eine Art Doppelherrschaft. Keines von ihnen stand im Rang über dem andern. Sie schienen einander ebenbürtig, während alle andern sich vor ihnen beugten.

Es ist nicht wahr, daß einen Hund füttern dasselbe ist, wie sein Herz gewinnen. Weder Harley noch Villa fütterten Jerry je, und doch wählte er sie zu seinen Herren, die er ehren und denen er dienen wollte vor dem japanischen Steward, der ihn fütterte. Wie alle Hunde, war Jerry wohl imstande, zwischen dem, der ihm das Futter reichte, und dem, der die Quelle des Futters war, zu unterscheiden. Das heißt, er hatte ganz unbewußt das Gefühl, daß alles, was an Bord verzehrt wurde, aus derselben Quelle kam – nämlich von dem Mann und der Frau. Sie waren es, die alle nährten und über alle herrschten. Kapitän Winters mochte den Matrosen Befehle erteilen, aber er empfing selbst Befehle von Harley Kennan. Das wußte Jerry ebenso sicher, wie er danach handelte, obwohl es nie die Form eines bewußten Gedankens in seinem Hirn annahm.

Und wie er es sein ganzes Leben gewohnt gewesen – bei Herrn Haggin, bei Schiffer, ja selbst bei Baschti und dem obersten Teufel-Teufel-Medizinmann von Somo –, schloß er sich auch hier den höchsten Göttern an und wurde folglich von den Göttern, die unter ihnen standen, mit Ehrerbietung behandelt. Wie Schiffer auf der Arangi und Baschti in Somo Tabus erlassen hatten, so beschützten auch der Mann und die Frau auf der Ariel Jerry mit Tabus. Sano, der japanische Steward, und nur Sano, fütterte Jerry. Von keinem Matrosen im Walboot oder in der Dampfbarkasse würde er auch nur einen einzigen Bissen Zwieback oder eine Einladung zu einer Fahrt an Land angenommen haben, selbst wenn sie es ihm angeboten hätten, was sie im übrigen nicht taten. Sie durften auch nicht vertraulich gegen ihn werden, mit ihm zu spielen versuchen oder ihm auch nur auf Deck pfeifen.

Für Jerry, der von Natur so geschaffen war, daß er nur einem gehorchen konnte, war das sehr angenehm. Selbstverständlich gab es auch hier Gradunterschiede, aber keiner hatte ein feineres und klareres Gefühl hierfür als Jerry selbst. So durften sich die zwei Offiziere wohl erlauben, ihn mit einem »Hallo« oder einem »Guten Morgen«, ja sogar mit einem freundschaftlichen Klaps auf den Kopf zu begrüßen, und

Kapitän Winters Benehmen ihm gegenüber war noch vertraulicher. Er konnte ihm die Ohren reiben, ihn Pfote geben lassen, ihm den Rücken kratzen und sogar seine Schnauze packen und ihn gründlich schütteln, aber er machte unwiderruflich Platz, wenn der eine Mann und die eine Frau an Deck erschienen.

Wenn es galt, sich Freiheiten, entzückende, ausgelassene Freiheiten zu nehmen, so durfte Jerry als einziger an Bord sie sich dem Mann und der Frau gegenüber erlauben, und anderseits waren sie die einzigen, die sich Freiheiten ihm gegenüber herausnehmen durften. Jede Beleidigung, die Villa Kennan ihm zuzufügen für gut befand, ließ er sich, zitternd vor Begeisterung, gefallen, zum Beispiel, wenn sie seine Ohren ganz hinter dem Kopf zusammenzog und ihn zwang, aufrecht zu sitzen und mit den Vorderbeinen hilflos in der Luft herumzufuchteln, um das Gleichgewicht zu bewahren, während sie ihm gleichzeitig schelmisch in Mund und Nüstern blies. Und Harley Kennan war auch nicht besser. Er hatte eine Art, ihn zu finden, wenn er gerade wunderbar auf Villas Rocksaum schlief, und ihm die behaarte Haut zwischen den Zehen zu kitzeln, daß er unwillkürlich im Schlaf um sich trat und dadurch aufwachte, während die andern auf seine Kosten in ein heiteres Lachen ausbrachen.

Dann wieder konnte Villa, wenn sie nachts auf Deck lagen, ihren einen Zeh unter der Decke drehen und wenden, daß er wie ein seltsames krabbelndes Geschöpf aussah, worauf Jerry sofort tat, als fiele er wirklich darauf herein, und in ihrem Bett die furchtbarste Verwirrung anrichtete, indem er sich wütend auf das stürzte, was, wie er sehr gut wußte, ihr Zeh war. In einem Sturm von Lachen, in das sich halb unwillkürliche Angstschreie mischten, nahm sie ihn dann zuletzt in ihre Arme und lachte, das Gesicht gegen seine Ohren gepreßt, die vor Freude und Liebe ganz zurückgelegt waren. Wer von allen, die sich auf der Ariel befanden, hätte sich sonst derartige Teufelsstreiche gegen das Bett des weiblichen Gottes erlaubt? Es wäre ihm nie eingefallen, sich diese Frage zu stellen, deshalb hatte er aber doch ein ganz deutliches Gefühl, in wie hoher Gunst er vor allen andern stand.

Eine andre seiner Künste hatte er durch einen reinen Zufall entdeckt. Als er einmal die Schnauze vorstreckte, um ihre Liebkosungen zu erwidern, berührte er zufällig ihr Gesicht mit seiner kleinen Schnauze, die weich und doch hart zugleich war. Und er tat es so kräftig, daß sie mit einem kleinen Schrei zurückfuhr. Noch einmal tat er es in aller Unschuld, und dadurch wurde er sich der Wirkung auf Villa bewußt, so daß er ihr von jetzt an, wenn sie in ihren Neckereien zu wild und ausgelassen wurde, nur die Schnauze ins Gesicht steckte, worauf sie hastig den Kopf zurückbog, um ihm zu entgehen. Als er dann nach einiger Zeit die Erfahrung machte, daß sie, wenn er weiter auf sie eindrang, dem Spiel ein Ende machte, indem sie ihn in ihre Arme nahm und ihm in die Ohren lachte, machte er es sich zur Regel, das Spiel so lange zu treiben, bis dieser prachtvolle Abschluß erreicht war.

Nie tat er bei diesem ganz bewußten Spiel ihrem Kinn oder ihrer Wange etwas zuleide, eher seiner eignen empfindlichen Schnauze, aber selbst wenn es ihm wehtat, war die Freude doch größer als der Schmerz. Es war lauter Spaß von Anfang bis zu Ende, und dazu war es Liebesspaß. Dieser Schmerz war reine Seligkeit.

Alle Hunde sind Gottesanbeter. Aber glücklicher als alle andern Hunde, hatte Jerry ein Götterpaar gefunden, das, soviel Liebe es auch verlangte, immer noch mehr gab. Wenn er auch drohen konnte, seiner angebeteten Göttin mit seiner Schnauze etwas zuleide zu tun, so würde er doch in Wirklichkeit eher für sie sein Herzblut vergossen, das Leben gegeben haben. Er lebte nicht für Nahrung, für Unterkunft, für ein behagliches Ruheplätzchen zwischen den Perioden von Finsternis, die nun einmal zum Dasein gehörten. Er lebte für die Liebe. Und so gewiß er freudig für seine Liebe lebte, ebenso gewiß würde er freudig für sie gestorben sein.

In Somo hatte es lange gedauert, bis Jerrys Erinnerung an Schiffer und Herrn Haggin verblaßt war. Das Leben im Kannibalendorfe war zu unbefriedigend gewesen. Dort hatte es zu wenig Liebe gegeben. Nur Liebe kann die Erinnerung an Liebe oder vielmehr die Qual über den Verlust des Geliebten auslöschen. An Bord der Ariel hingegen erfolgte dies Auslöschen schnell. Jerry vergaß Schiffer und Herrn Haggin nicht. Aber in den Augenblicken, da er sich ihrer erinnerte, wurde die Sehnsucht nach ihnen jetzt weniger nagend und schmerzlich. Die Pausen zwischen diesen Augenblicken wurden länger, und es geschah seltener, daß Schiffer und Herr Haggin in seinen Träumen Form annahmen und wirklich wurden, denn nach Hundeart träumte er viel und lebhaft.

An der Leeküste von Malaita entlang fuhr die Ariel ganz ruhig nordwärts über die farbenprächtige Lagune zwischen den Küstenriffen und den Außenriffen, wagte sich in Kanäle, die so eng und voller Korallenriffe waren, daß Kapitän Winters behauptete, täglich Tausende neuer grauer Haare auf seinem Haupte zählen zu können, und ankerte vor jeder ummauerten Bucht im Außenriff und jedem Mangrovensumpf auf dem Lande, wo es Aussicht gab, Menschenfresser zu finden. Denn Harley und Villa Kennan hatten keine Eile. Solange die Reise interessant war, machten sie sich darüber keine Sorge, wie weit es von einem Ort zum andern war.

Im Laufe der Zeit lernte Jerry auf einen neuen Namen – oder eigentlich auf eine ganze Reihe von Namen – hören, denn Harley Kennan mochte ein Geschöpf, das bereits einen Namen hatte, nicht umtaufen.

»Er muß doch einen Namen gehabt haben«, sagte er zu Villa. »Haggin muß ihn doch irgendwie genannt haben, ehe er auf die Arangi kam. Daher muß er namenlos bleiben, bis wir nach Tulagi kommen und erfahren können, wie er wirklich heißt.«

»Was bedeutet ein Name?« begann Villa heiter.

»Alles«, erwiderte ihr Mann. »Denk', wenn du selbst Schiffbruch erlitten hättest und deine Retter dich ›Frau Riggs‹ oder ›Mademoiselle de Maupin‹ oder ganz einfach ›Topsy‹ nennen würden. Oder denk', wenn ich ›Benedict Arnold‹ oder ›Judas‹ oder ... oder ... ›Hamann‹ genannt würde. Nein, laß ihn namenlos bleiben, bis wir seinen richtigen Namen herausbekommen.«

»Wir müssen ihn doch irgendwie nennen«, wandte sie ein. »Wir können doch sonst gar nicht an ihn denken.«

»So nenn' ihn bei vielen Namen, aber nie zweimal bei demselben. Nenn' ihn heute ›Hund‹ und morgen ›Herr Haggin‹ und übermorgen wieder anders.«

Und so kam es, daß Jerry sich eher aus dem Tonfall und dem unmittelbaren Zusammenhang als sonst irgendwie daran gewöhnte, sich in Verbindung mit einer ganzen Reihe von Namen zu setzen, wie zum Beispiel: Hund, Abenteurer, Starker Freund, Singvögelchen, Namenlos, Liebling. Das waren einige wenige von den Namen, die Villa ihm gab. Harley wiederum redete ihn Jungteufel und Löwentöter an. Kurz, Mann und Frau wetteiferten, wer die meisten Namen für ihn erfinden konnte, ohne ihn je bei dem gleichen zu nennen. Und weniger aus den Lauten und Silben als aus dem zärtlichen Klang ihrer Stimmen erkannte er bald, daß jeder Name, den sie nannten, auf ihn gemünzt war. In seinen eignen Gedanken war er nicht mehr Jerry, sondern einfach jeder besonders freundlich und zärtlich ausgesprochene Laut.

Seine große Enttäuschung (wenn man das Wort Enttäuschung auf das unbewußte Gefühl, nicht das Erwartete erreicht zu haben, anwenden kann) war eine sprachliche Angelegenheit. Keiner an Bord, nicht einmal Harley und Villa, redeten Nalasus Sprache. Jerrys ganzer großer Wortschatz, seine ganze Fähigkeit, ihn anzuwenden – eine Fähigkeit, die ihm eine Sonderstellung als Wunder unter den Hunden gesichert hätte, weil er wirklich eine Sprache beherrschte, war auf der Ariel nutzlos. Sie sprachen sie nicht, hatten überhaupt keine Ahnung von der Existenz dieser Whiff-Whuff-Sprache, die Nalasu ihn gelehrt hatte, und die jetzt, nach Nalasus Tode, kein lebendes Wesen außer Jerry mehr kannte.

Vergebens sprach Jerry sie zu dem weiblichen Gott. Er saß auf dem Halbdeck, den Kopf zwischen ihren Händen, und sprach und sprach, ohne doch je eine einzige Antwort von ihr zu erhalten. Mit leisem Winseln, mit Whuffs und Whiffs und knurrenden Kehllauten versuchte er immer wieder, ihr etwas von seiner Geschichte zu erzählen. Sie war lauter Zärtlichkeit und Mitgefühl; sie hielt seinen Kopf so dicht an ihren Mund, daß er fast ertrank in dem Duft, der ihrem Haar entströmte, und doch sagte ihr Herz ihr nichts von dem, was er erzählte, wenn sie auch seine Absicht fühlte.

»Wahrhaftig, Kamerad!« konnte sie dann rufen. »Der Hund spricht. Ich weiß, daß er spricht. Er erzählt mir von sich. Wenn ich ihn nur verstehen könnte, wüßte ich seine ganze Lebensgeschichte. Er füllt mir meine untauglichen Ohren damit. Wenn ich ihn nur verstehen könnte!«

Harley war skeptischer, aber ihr weiblicher Instinkt riet richtig.

»Ich weiß es!« versicherte sie ihrem Mann immer wieder. »Ich sage dir, daß er uns all seine Abenteuer erzählen könnte, wenn wir ihn nur verstehen würden. Kein andrer Hund hat je auf diese Weise mit mir gesprochen. Hier gibt es eine Geschichte. Ich fühle sie. Zuweilen weiß ich, daß er von Freude, von Liebe, von Jubel und Kampf erzählt. Dann wieder von Erbitterung, Kränkungen, Verzweiflung und Traurigkeit.«

»Natürlich«, sagte Harley ruhig. »Der Hund eines weißen Mannes, der unter den Menschenfressern von Malaita gelebt hat, muß selbstverständlich all diese Gefühle erlebt haben, und ebenso selbstverständlich kann die Frau eines weißen Mannes, eine liebe, reizende Villa Kennan, sich die Erlebnisse eines solchen Hundes vorstellen und die sinnlosen Laute, die er ausstößt, für den Bericht darüber halten und gar nicht einsehen, daß sich nur ihr eignes entzückendes, empfängliches, mitfühlendes Ich darin widerspiegelt. Das Lied des Meeres, von der Muschel gesungen – ja, Kuckuck! Das Lied, das man selbst dichtet und der Muschel einbläst.«

»Aber gerade das –«

»Du hast natürlich recht,« fiel er ihr galant in die Rede, »wie stets, besonders, wenn du am allermeisten unrecht hast.«

»Mach' du dich nur über mich lustig«, antwortete sie. »Aber ich weiß –« Sie hielt inne, um einen Ausdruck zu finden, der stark genug war, da sie ihn aber nicht finden konnte, führte sie mit einer hastigen Bewegung die Hand an ihr Herz und rief damit eine Macht an, die stärker als alle Worte war.

»Wir sind einig – meine Reverenz«, lachte er heiter. »Dasselbe wollte ich gerade sagen. Unsre Herzen können unsre Köpfe jederzeit in Grund und Boden reden, und das beste dabei ist, daß unsre Herzen recht haben, soviel auch die Statistik beweisen mag, daß sie in der Regel unrecht haben.«

Harley glaubte weder damals noch später je an das, was seine Frau von Jerrys Erzählungen berichtete. Und sein ganzes Leben lang, bis zu seinem Tode, hielt er es für einen reizenden poetischen Einfall Villas.

Aber Jerry, der vierfüßige irische Terrier, besaß wirklich die Gabe der Rede. Wenn er andern auch nicht die Kenntnis seiner Sprache beibringen konnte, so konnte er doch selbst eine neue Sprache schnell erlernen, und ohne Anstrengung, ja ohne jede Unterweisung begann er sich die Sprache anzueignen, die auf der Ariel gesprochen wurde. Leider war es keine einem Hunde zugängliche Whiff-Whuff-Sprache, wie die von Nalasu erfundene, und wenn Jerry allmählich auch viel von dem verstand, was auf der Ariel gesagt wurde, so konnte er doch selbst nichts davon sagen. Er wußte, daß der weibliche Gott mindestens drei Namen hatte: ›Villa‹, ›Kameradin‹ und ›Frau Kennan‹, denn er hatte sie bei diesen verschiedenen Namen nennen hören. Aber er selbst konnte es nicht. Es war ausschließlich eine Göttersprache, die nur die Götter reden konnten. Sie glich nicht der Sprache, die Nalasu erfunden hatte, und die ein Kompromiß zwischen Götter- und Hundesprache gewesen war, so daß Gott und Hund sich mit ihrer Hilfe unterhalten konnten.

Ebenso erfuhr er, daß der Manngott viele verschiedene Namen hatte: ›Harley‹, ›Kapitän Kennan‹ und ›Schiffer‹. Nur in sehr engem Kreise, wenn sie unter sich zu dritt waren, hörte Jerry den Namen ›Kamerad‹, ›Liebster‹, ›Geduldige Seele‹, ›Freund‹, ›Villas Glück‹. Aber Jerry konnte diese Namen beim besten Willen nicht aussprechen, wenn er mit dem Manne oder mit der Frau zu reden wünschte. Und doch hatte er Nalasu an stillen Abenden, wenn kein Lüftchen sich zwischen den Bäumen regte, ein Whiff-Whuff auf hundert Fuß Abstand zugeflüstert. Eines Tages beugte sich die Frau über ihn, daß ihr Haar, das nach einem Schwimmbad in dem salzigen Wasser trocknete, ihn umwehte, packte seine Schnauze und sang ihm ein kleines Lied ins Ohr. Mitten im Singen überraschte Jerry sie, und man kann mit gleichem Recht sagen, daß er sich selbst überraschte. Noch nie hatte er bewußt etwas derartiges getan. Und er tat es auch nicht absichtlich. Es überwältigte ihn einfach. Er hätte es ebensowenig lassen können, das Wasser nach einem Bade abzuschütteln, oder im Traum um sich zu treten, wenn ihn jemand unter den Füßen kitzelte, wie dem unwiderstehlichen Drang zu folgen, der ihn zwang, das zu tun, was er tat.

Im Singen verursachte ihre Stimme ein leises zitterndes Gefühl in seinem Ohr, und da kam es ihm vor, als ob sie fern und undeutlich, und als ob er, unter dem Einfluß ihres Singens, weit entrückt würde. In dem Maße fühlte er sich entrückt, daß er eben das Überraschende tat. Er setzte sich plötzlich, fast krampfhaft nieder, entzog seinen Kopf ihrer Hand, die seine Schnauze gepackt hielt, und ihrem Haar, das ihn wie ein Netz eingesponnen hatte, und begann mit hochgehobener Schnauze im Rhythmus ihres Gesanges zu zittern und hörbar zu atmen. Dann richtete er mit einem hastigen Ruck die Schnauze gegen den Zenith, öffnete das Maul und ließ eine Flut von Tönen herausquellen, die sich schnell mit steigender Kraft hoben und dann langsam wieder erstarben.

Dies Geheul war der Anfang und brachte ihm den Namen ›Singvogel‹ ein. Denn Villa Kennan säumte nicht, dies Geheul, zu dem ihr Singen den Anlaß gegeben hatte, weiter zu entwickeln. Nie weigerte er sich, wenn sie sich hinsetzte, die Hand ausstreckte und ihm ermunternd zurief: »Los, Singvogel!« Er kam sofort zu ihr, ließ sich von ihrem duftenden Haar umwogen, hob die Schnauze neben ihrem Ohr und fiel fast augenblicklich ein, wenn sie leise zu singen begann. Namentlich Molltöne spornten ihn an, und wenn er erst einmal in Gang gekommen war, so konnte er mit ihr singen, solange sie wollte. Und es war wirklich Singen. Mit seiner gewohnten Geschicklichkeit in bezug auf alles, was mit dem Begriff Sprechen zusammenhing, lernte er schnell sein Geheul zu mildern und zu dämpfen, daß es ein voller weicher Ton wurde. Er lernte sogar die Töne hinsterben und anschwellen zu lassen, zu beschleunigen und zu verzögern, sich ganz ihrer Stimme anzupassen.

Jerry genoß das Singen wie ein Opiumraucher seine Träume. Denn erträumte wirklich, verschwommene, unklare Träume, während ihn das Haar des weiblichen Gottes wie eine schwach duftende Wolke umwogte und ihre Stimme sich klagend mit der seinen mischte. Dann schwand sein Bewußtsein hin in Träumen, die ihn beim Singen besuchten, und die das Singen für ihn bedeuteten. Die Erinnerung an Schmerz erwachte in ihm, aber an einen Schmerz, den er längst vergessen hatte und der kein Schmerz mehr war. Es war eher eine wundersame Traurigkeit, die sein ganzes Leben durchdrang und ihn von der Ariel (die in irgendeiner Korallenlagune lag) in das unwirkliche »Anderswo« entführte.

Denn in solchen Augenblicken hatte er Gesichte. Es war ihm, als säße er in kalter, trauriger Nacht auf einem nackten Hange und heulte die Sterne an, während aus der Finsternis, weit in der Ferne, ein andres Geheul als Antwort auf das seine ertönte. Und von nah und fern ertönte andres Geheul durch die Luft, bis es war, als spräche die Nacht mit seiner Stimme und der seines Geschlechtes. Es war sein Geschlecht. Ohne es sich klarzumachen, kannte er es, dies Gefühl der Zusammengehörigkeit mit dem Lande »Anderswo«.

Als Nalasu ihn die Whiff-Whuff-Sprache lehrte, hatte er sich bewußt an seine Intelligenz gewandt; Villa aber wandte sich, ohne es zu wissen, an sein Herz und an seine Erbinstinkte, rührte so an die tiefsten Saiten alter Erinnerungen und brachte sie zum Erklingen.

Zum Beispiel: Es war zuweilen, als tauchten nachts undeutliche, schattenhafte Gestalten auf und zögen wie Gespenster an ihm vorüber, und dann hörte er wie im Traum den Jagdruf der Koppel, sein Blut begann schneller zu pulsen, und sein eigner Jagdinstinkt konnte erwachen, bis sein leises Winseln zu heftigem Jappen wurde. Dann senkte er den Kopf, um sich aus dem Netz zu befreien, in das das Haar der Frau ihn einspann, und begann unruhige krampfhafte Bewegungen mit den Füßen zu machen, als ob er liefe. Und heiß, wie der Blitz ging es fort, hinweg über alles, was Zeit hieß, fort von der Wirklichkeit in den Traum hinein, in dem er selbst inmitten schattenhafter Gestalten in der jagenden Gemeinschaft des Koppels dahinschoß.

Und wie die Menschen sich stets nach dem Staub des Mohns und dem Saft des Hanfs gesehnt haben, so sehnte Jerry sich nach dem Glück, das er empfand, wenn Villa Kennan ihm die Arme entgegenstreckte, ihn in ihr Haar einspann und ihn über Raum und Zeit hinweg in das Geschlecht seiner Vorfahren sang.

Nicht immer, wenn sie zusammen sangen, hatte er dieses Erlebnis. Im allgemeinen hatte er keine Gesichte, nur unklare Gefühle, sanfte, traurige Gespenster von Erinnerungen an Dinge, die gewesen. Dann wieder, wenn diese Traurigkeit ihn überkam, konnte seine Seele von den Bildern von Schiffer und Herrn Haggin erfüllt werden; auch die Bilder von Terrence und Biddy und Michael und dem ganzen Leben auf der Meringe-Plantage, das jetzt längst der Vergangenheit angehörte, erstanden vor ihm.

»Mein Lieb,« sagte Harley eines Tages zu Villa nach einer solchen Gesangleistung, »es ist ein Glück für ihn, daß du keine Tierbändigerin oder, sagen wir, ›Vorführerin dressierter Tiere‹ bist; denn dann würdet ihr beiden zu oberst auf allen Varieté- und Zirkusplakaten der ganzen Welt stehen.«

»Wenn ich das täte,« erwiderte sie, »würde er nichts lieber tun als das, zusammen mit mir —«

»Was die Nummer noch ungewöhnlicher machen würde«, fiel Harley ihr ins Wort.

»Du meinst —?«

»Daß von hundert Fällen nur einmal das Tier seine Arbeit, oder daß der Tierbändiger das Tier liebt.«

»Ich dachte, daß längst keine Grausamkeit mehr angewandt würde«, wandte sie ein.

»Das glaubt das Publikum, aber in neunundneunzig von hundert Fällen hat das Publikum Unrecht.«

Villa seufzte tief und entsagend: »Dann muß ich die vielversprechende und einträgliche Karriere wohl im selben Augenblick aufgeben, da du sie für mich entdeckt hast. Aber die Plakate würden dennoch großartig wirken: mein Name in Riesenbuchstaben —«

»Villa Kennan, der weibliche Caruso, und Singvogel, der irische Terrier-Tenor!« malte ihr Mann ihr die Überschriften aus.

Und mit leuchtenden Augen und weit heraushängender Zunge beteiligte Jerry sich an ihrer Heiterkeit, nicht weil er wußte, wovon die Rede war, sondern weil sie zeigte, daß sie sich freuten, und weil ihn die Liebe sich mit ihnen freuen ließ.

Denn Jerry hatte, und zwar in vollstem Maße, gefunden, was seine Natur forderte: die Liebe seines Gottes. Und da ihm klar war, daß die beiden gemeinsam über die Ariel herrschten, liebte er sie alle beide. Und gleichwohl – vielleicht weil ihre bezaubernde Stimme, die ihn in das Land »Anderswo« trug, ihm das Herz durchdrang – gleichwohl liebte er den weiblichen Gott mit einer Liebe, die größer als alle andre Liebe war, die er je gefühlt hatte, ja, die selbst seine Liebe zu Schiffer übertraf.

Eines lernte Jerry gleich auf der Ariel, nämlich, daß Niggerjagd nicht erlaubt war. In seinem Eifer, seinen neuen Göttern zu dienen und zu gefallen, benutzte er die erste Gelegenheit, eine Kanuladung von Schwarzen, die einen Besuch an Bord abstatten wollten, anzufallen. Villas Schelten und Harleys Befehl ließen ihn augenblicklich verblüfft innehalten. Vollkommen überzeugt, daß er sich verhört hätte, begann er wieder einen Schwarzen, auf den er es besonders abgesehen hatte, zu bedrängen. Diesmal klang Harleys Stimme gebieterisch, und Jerry näherte sich ihm mit wedelnder Rute und sich drehend und wendend vor lauter Eifer, um Verzeihung zu bitten, während seine rosenrote Zunge ebenso eifrig die Hand küßte, die sich ihm verzeihend entgegenstreckte und ihn streichelte.

Dann rief Villa ihn zu sich. Sie drückte ihn an sich und nahm seinen Kopf zwischen ihre Hände. Auge in Auge, Nase gegen Nase, erklärte sie ihm ernst, welche Sünde die Niggerjagd wäre. Sie erinnerte ihn daran, daß er kein gewöhnlicher Buschhund sei, sondern ein blutsreiner irischer Terrier, und daß kein Hund, der ein Gentleman wäre, sich darauf einließe, Schwarze zu jagen, die nichts verbrochen hätten.

Und er hörte ernst zu, ohne mit den Wimpern zu zucken, und wenn er auch nur wenig von ihren Worten verstand, war ihm doch der Sinn klar. »Ungezogen« war eines der Wörter der Ariel-Sprache, die er sich bereits angeeignet hatte. Jetzt gebrauchte sie es mehrmals, und das bedeutete für ihn, daß er »nicht durfte«, und war etwas Ähnliches wie ein Tabu.

Da sie es nun einmal so wollte, wer war er – so hätte er sich mit Recht fragen können –, daß er ihrem Willen nicht gehorcht oder gar sich gegen ihn aufgelehnt hätte? Wenn Nigger nicht gejagt werden durften, so jagte er sie eben nicht, trotzdem Schiffer ihn dazu angespornt hatte. Bewußt dachte Jerry zwar nicht über die Sache nach, aber er zog seine Schlüsse und beruhigte sich damit.

Einen Gott zu lieben, war für ihn dasselbe, wie ihm zu dienen. Es war ihm eine Freude, dem Gott zu dienen und zu gefallen, und der Grundstein für allen Dienst war für ihn Gehorsam. Dennoch fiel es ihm eine Zeitlang sehr schwer, nicht zu knurren und die Zähne zu fletschen, wenn die Beine anmaßender fremder Nigger auf dem weißen Deck der Ariel an ihm vorbeischritten.

Aber auch da gab es Unterschiede, wie er später erfahren sollte, als die Zeit kam, da Villa Kennan ein Bad, ein richtiges Bad in frischem, fließendem Wasser von den großen Regengüssen zu nehmen wünschte, und als Johnny, der schwarze Lotse aus Tulagi, einen Fehler beging. Auf der Karte war der Suli-Fluß nur eine Meile von der Mündung aufwärts verzeichnet. Der Grund dafür war, daß nie ein Weißer weiter hinauf gekommen war. Als Villa von dem Bad zu reden begann, beriet ihr Mann sich mit Johnny. Johnny schüttelte den Kopf.

»Kein fella Junge wohnen das Ort«, sagte er. »Nicht machen Spektakel euch. Busch fella Junge wohnen weit zu viel.«

Und so kam es, daß die Dampfbarkasse an Land geschickt wurde, und daß Villa, Harley und Jerry ein Städtchen den Fluß hinauf bis zu der ersten Stelle gingen, wo er eine passende Tiefe hatte, während die Besatzung im Schatten der Kokospalmen am Strande blieb.

»Man kann nicht vorsichtig genug sein«, sagte Harley, indem er seine automatische Pistole aus dem Halfter nahm und auf seine Kleider legte. »Wir könnten natürlich von einer Bande umherschweifender Neger überrascht werden.«

Villa ging bis an die Knie ins Wasser und blickte schaudernd hinauf in das hohe, düstere Buschdach, das hie und da von einem vereinzelten Sonnenstrahl durchbohrt wurde.

»Ein angemessener Rahmen für eine dunkle Tat«, lächelte sie, indem sie das kalte Wasser mit der hohlen Hand schöpfte und es auf ihren Mann schleuderte, der sich sofort daranmachte, sie zu verfolgen.

Eine Zeitlang blieb Jerry neben ihren Kleidern sitzen und sah ihrem heiteren Spiel zu. Dann wurde seine Aufmerksamkeit von dem Schatten eines riesigen Schmetterlings gefesselt, und bald darauf begab er sich, auf der Fährte einer Waldratte, witternd in den Busch. Es war keine frische Fährte, das wußte er gut, aber in der Tiefe seines Wesens gab es Instinkte, die seine Vorfahren seit Beginn der Zeiten geübt hatten, und die ihn dazu trieben, zu jagen, zu wittern, lebende Geschöpfe zu verfolgen, kurz, zu spielen, daß er sein eignes Wild jage, obwohl der Mensch seit vielen Geschlechtern ihn und die Seinen mit Fleisch versorgt hatte.

Und so kam es, daß er Fähigkeiten in Gebrauch nahm, die zwar nicht mehr notwendig waren, aber immer noch in ihm wohnten und laut ihre Anwendung forderten. Er folgte der Fährte der längst verschwundenen Waldratte mit all der leichtfüßigen, schleichenden Schlauheit, die den kennzeichnet, der eine lebende Beute verfolgt und mit äußerstem Scharfsinn seine Schlüsse aus dieser Fährte zieht. Aber die Fährte wurde von einer andern, einer sehr frischen, unmittelbaren Spur gekreuzt. Als ob ihn jemand mit einem Strick daran gezogen hatte, flog sein Kopf mit einem Ruck zur Seite, so daß er einen rechten Winkel zu seinem Körper bildete. Seine Nüstern witterten den unverkennbaren Geruch von »Nigger«. Dazu war es ein fremder Nigger, denn es roch nach keinem von allen, deren Erinnerung in seinem Hirn aufgespeichert war.

Vergessen war die alte Waldratte, er gab sich ganz der neuen Fährte hin. Er hatte keine Sorge um Villa oder Harley, nicht einmal, als er die Stelle erreichte, wo der Nigger gestanden hatte, als er offenbar durch ihre Stimmen verscheucht worden war, und wo seine Spur sich deshalb besonders deutlich ausprägte. Von hier aus wandte sich die Fährte den Badenden zu. Mit einer nervösen Wachsamkeit, in äußerster Spannung, aber furchtlos und immer noch das alte Spiel von der Verfolgung der Beute treibend, folgte ihr Jerry.

Vom Flusse her erklangen jetzt Kreischen und Gelächter, und jedesmal, wenn dieses Geräusch Jerrys Ohr erreichte, spürte er, wie ein schwaches wonniges Beben ihn durchschauerte. Wenn jemand ihn befragt, und wenn er seine Gefühle aus bewußtem Denken heraus hätte ausdrücken können, würde er gesagt haben, daß der schönste Laut auf Erden Villa Kennans und der nächstschönste Harley Kennans Stimme sei. Diese Stimmen ließen ihn erschauern, denn sie erinnerten ihn an seine Liebe zu ihnen und an die ihre zu ihm.

Beim ersten Anblick des Schwarzen – es war ganz in der Nähe der Stelle, wo Villa und Harley badeten – erwachte Jerrys Mißtrauen. Der Mann benahm sich nicht, wie ein Nigger, der nichts Böses im Schilde führte, sich benommen hätte. Statt dessen verriet jede seiner Bewegungen, daß er darauf lauerte, irgendeine Schlechtigkeit zu verüben. Er kauerte auf dem Boden im Busch und guckte hinter einer mächtigen Baumwurzel hervor. Jerry sträubten sich die Haare, er legte sich flach auf den Boden und beobachtete ihn.

Einmal hob der Schwarze seine Büchse halbwegs an die Schulter, aber seine nichts Böses ahnenden Opfer entzogen sich offenbar unter Plätschern und lautem Lachen seinem Gesichtskreise. Seine Waffe war nicht eine veraltete Sniderbüchse, sondern ein ganz modernes Winchester-Repetiergewehr, und er zeigte, daß er mehr gewohnt war, von der Schulter als von der Hüfte zu schießen, wie die meisten Malaitaner zu tun pflegten.

Die Stellung an der Baumwurzel befriedigte ihn nicht, er ließ die Büchse sinken und kroch näher auf die Badenden zu. Jerry folgte ihm, ebenfalls auf dem Boden kriechend. Er legte sich so flach, daß der Kopf, den er wagerecht vorstreckte, von den Schultern überragt wurde, die einen seltsamen Buckel bildeten. Wenn der Schwarze stehenblieb, blieb Jerry auch stehen, als wäre er im selben Augenblick zu Eis erstarrt. Wenn der Schwarze sich bewegte, so bewegte auch Jerry sich, aber schneller, so daß sich der Abstand zwischen ihnen beständig verringerte. Und die ganze Zeit sträubten sich ihm die Haare in Wut- und Zornwellen über Hals und Schultern. Dies war kein goldener Hund, der mit flach zurückgelegten Ohren und lachendem Maul in den Armen des weiblichen Gottes lag, kein Singvogel, der diesem Gotte alte Erinnerungen in das Haar sang, das ihn gefangen hielt und wie eine Wolke umhüllte, sondern ein vierfüßiges, kampflustiges, mörderisches Geschöpf, das bereit war, mit Zähnen und Klauen alles zu zerreißen und zu vernichten.

Jerry beabsichtigte anzugreifen, sobald er sich nahe genug angepürscht hatte. An das Tabu, das auf der Ariel in bezug auf die Niggerjagd galt, dachte er nicht. In diesem Augenblick war es seinem Bewußtsein entschwunden. Er wußte nur, daß dem Mann und der Frau eine Gefahr drohte, und daß die Gefahr dieser Nigger war.

So dicht war Jerry seiner Beute allmählich auf den Leib gerückt, daß er glaubte, angreifen zu können, als der Schwarze wieder niederhockte, um zu schießen. Die Büchse war schon an die Schulter gehoben, als Jerry lossprang. Trotz seiner Gewalt war der Sprung ganz geräuschlos, und das Opfer wurde den Angriff erst gewahr, als Jerrys Körper, der wie ein Geschoß die Luft durchflog, ihn zwischen den Schulterblättern traf. Gleichzeitig hieb ihm der Hund die Zähne in den Hals, jedoch zu nahe den kräftigen Schultermuskeln, als daß sie bis zum Rückgrat durchgedrungen wären.

Im ersten Schrecken ließ der Neger den Finger vom Drücker fahren und stieß ein entsetzliches Geheul aus. Er wurde vornüber aufs Gesicht geworfen, dann wälzte er sich auf den Rücken und packte Jerry, der ihm die Backe zerriß und das Ohr zerfetzte, denn ein irischer Terrier beißt immer wieder zu, statt wie eine Bulldogge festzuhalten.

Als Harley Kennan, seine automatische Pistole in der Hand und nackt wie Adam, hinkam, fand er Mann und Hund wütend miteinander ringend, während der Waldboden von dem heftigen Kampf völlig zertreten war. Der Neger, dessen

Gesicht blutüberströmt war, hatte Jerry beide Hände um den Hals gelegt und würgte ihn, und Jerry kämpfte fauchend, knurrend und mit den Klauen kratzend um sein Leben. Das waren die starken Klauen eines voll ausgewachsenen Hundes, hinter denen harte Muskeln steckten. Und sie zerrissen Brust und Leib des Mannes, bis er am ganzen Körper von Blut troff. Harley Kennan wagte nicht zu schießen, so fest umschlossen sie sich. Statt dessen trat er dicht zu ihnen und schlug dem Mann mit aller Kraft den Pistolenkolben gegen den Kopf. Der betäubte Neger ließ los. Jerry stürzte sich sofort auf seine Kehle, und nur Harleys Hand und Harleys strenger Befehl hielt ihn zurück. Er zitterte vor Wut und knurrte erbittert, wenn er auch jedesmal, wenn Harley »Braver Hund!« sagte, innehielt, die Ohren zurücklegte und mit der Rute wedelte.

Er wußte, daß »Braver Hund!« ein Lob war, und weil Harley es immer wieder aussprach, wußte er ganz sicher, daß er ihm einen Dienst, und zwar einen guten Dienst, erwiesen hatte.

»Weißt du, daß der Schuft die Absicht hatte, uns zu ermorden«, sagte Harley zu Villa, die halb bekleidet und den Rest ihrer Kleider in der Hand, zu ihnen gekommen war. »Es waren keine fünfzig Fuß, und er hätte uns nicht fehlen können. Sieh die Winchesterbüchse! Keine von den alten Donnerbüchsen. Und ein Mann mit einer solchen Waffe hätte ganz sicher auch mit ihr umzugehen gewußt.«

»Aber wieso hat er es denn nicht getan?« fragte sie. Ihr Mann zeigte auf Jerry.

Ihre Augen leuchteten verständnisvoll auf. »Du meinst ...?« begann sie.

Er nickte. »Eben. Singvogel ging auf ihn los.« Er beugte sich nieder, drehte den Mann auf den Rücken und betrachtete seinen Nacken. »Hier wurde er zuerst getroffen, und er muß den Finger am Drücker und den Lauf auf dich und mich – wahrscheinlich zuerst auf mich gerichtet gehabt haben, als Singvogel seine Berechnungen vollständig über den Haufen warf.«

Villa hörte nur halb, was er sagte, denn sie hatte Jerry in ihre Arme geschlossen und nannte ihn »Gesegneter Hund«, während sie ihn beruhigend streichelte, bis seine gesträubten Haare sich wieder glätteten.

Als der Neger sich aber regte und aufsetzte, begann Jerry wieder zu knurren und machte Miene, sich auf ihn zu stürzen. Harley zog dem Mann ein Messer aus dem Lendenschurz.

»Was Name gehören dir?« fragte er.

Aber der Neger hatte nur Augen für Jerry und starrte ihn verblüfft an, bis sein Kopf allmählich so klar geworden war, daß er sich das Geschehene klarmachen konnte und verstand, daß dies kleine Stückchen Hund ihm das Spiel verdorben hatte.

»Mein Wort,« sagte er grinsend zu Harley, »das fella Hund beißen mich bißchen sehr.«

Er befühlte seine Wunden an Hals und Gesicht und bemerkte, daß der weiße Mann im Besitz seiner Büchse war. »Du mir geben Muskete, gehören mir«, sagte er unverschämt.

»Ich geben dir eins auf Ohren gehören dir«, lautete Harleys Antwort.

»Er sieht mir nicht wie ein gewöhnlicher Malaitaner aus«, wandte er sich an Villa. »Erstens: Wo sollte er die Büchse herhaben? Zweitens seine Kaltblütigkeit. Er muß uns ankern gesehen und gewußt haben, daß unsre Barkasse am Ufer lag. Und doch wollte er unsre Köpfe nehmen und mit ihnen wieder im Busch verschwinden —«

»Was Name gehören dir?« fragte er wieder.

Aber er erfuhr es nicht, bis Johnny und die Barkassenmannschaft, atemlos vom schnellen Laufen, kamen. Johnnys Augen funkelten vor Freude, als er den Gefangenen sah, und er geriet offensichtlich in große Erregung.

»Du geben mir das fella Junge«, bat er. »Ja? Du geben mir das fella Junge!«

»Was Name du brauchen ihn?«

Es dauerte indessen eine Weile, ehe Johnny die Frage beantworten konnte, und er tat es erst, als Kennan ihm berichtete, daß kein Unheil angerichtet wäre, und daß er die Absicht hätte, den Neger laufen zu lassen. Da protestierte Johnny heftig.

»Vielleicht du bringen das fella Junge Regierungshaus Tulagi. Regierungshaus geben dir zwanzig Pfund. Ihn sehr schlimm fella Junge zu viel. Makawao Name gehören ihm. Schlimm fella Junge zu viel. Ihn Queensland Junge —«

»Was Name Queensland?« unterbrach Kennan ihn. »Er gehören das fella Ort?«

Johnny schüttelte den Kopf.

»Ihn gehören zuerst Malaita. Lange Zeit früher zuviel ihn rekrutieren auf Schoner für Arbeit Queensland.«

»Er ist ein von Queensland Retournierter«, erklärte Harley seiner Frau. »Du weißt, als Australien dazu überging, nur noch weiße Arbeitskräfte zu nehmen, mußten die Queensländer Plantagenbesitzer alle schwarzen Sklaven zurückschicken. Dieser Makawao ist offenbar einer von ihnen, und dazu ein ganz bösartiger, wenn es mit Johnnys zwanzig Pfund seine Richtigkeit hat. Das ist ein hoher Preis für einen Schwarzen.«

Johnny fuhr in seiner Erklärung fort, die in gewöhnlichem, unverdorbenem Englisch bedeutete, daß der Mann einen sehr schlechten Ruf gehabt hatte. In Queensland hatte er im ganzen vier Jahre wegen Diebstahls, Raubes und versuchten Mordes im Gefängnis gesessen. Als er von der australischen Regierung nach den Salomoninseln zurückgeschickt worden war, hatte er sich auf der Buli-Plantage anwerben lassen, um sich – wie sich später zeigte – Waffen und Munition zu verschaffen. In Tulagi hatte er fünfzig Peitschenhiebe und ein Jahr Gefängnis erhalten, weil er versucht hatte, den Verwalter zu töten. Dann wurde er wieder nach der Buli-Plantage geschickt, um den Rest seiner Arbeitszeit abzudienen, und jetzt glückte es ihm in Abwesenheit des Verwalters, den Besitzer zu ermorden und in einem Walboot zu entwischen.

Im Walboot nahm er alle Waffen und alle Munition mit, die es auf der Plantage gab, ferner den Kopf des Besitzers, zehn Arbeiter von Malaita und zwei von San Cristobal – letzteres Salzwasserleute, die mit dem Walboot umgehen konnten. Er selbst und die zehn Malaitaner, die Buschmänner waren, wußten zu wenig vom Meere, um sich in die Straße von Guadalcanar zu wagen.

Unterwegs hatte er die kleine Insel Ugi angelaufen, die Handelsstation geplündert und den Kopf des alleinigen Händlers genommen, eines friedlichen Mischlings von der Norfolkinsel, der durch McCoy von der Bounty in gerader Linie von Pitcairn abstammte. Als er mit seinen Kameraden schließlich wohlbehalten nach Malaita gekommen war, hatten sie den beiden San-Cristobal-Leuten, für die sie keine Verwendung mehr hatten, die Köpfe genommen und ihre Leichen aufgefressen.

»Mein Wort, ihn schlimm fella Junge zu viel«, schloß Johnny seinen Bericht. »Regierungshaus Tulagi verdammt froh geben zwanzig Pfund für das fella.«

»Du gesegneter Singvogel!« flüsterte Villa Jerry ins Ohr. »Wenn du nicht gewesen wärst —«

»Dann würden dein und mein Kopf in diesem Augenblick von Makawao im Galopp durch den Busch heimgebracht werden«, beendete Harley den Satz an ihrer Statt. »Mein Wort, ihn fella Hund dies, groß bißchen«, fügte er heiter hinzu. »Und dabei machte ich ihm erst vor wenigen Tagen die Hölle heiß, weil er Nigger jagte. Aber er wußte besser Bescheid als ich.«

»Wenn jemand Anspruch auf ihn erhebt —« drohte Villa.

Harley unterstrich ihre Drohung durch Kopfnicken. »Jedenfalls«, sagte er lächelnd, »hätte ich einen Trost gehabt, wenn dein Kopf in den Busch gewandert wäre.«

»Trost!« rief sie.

»Ja, denn dann hätte meiner ihm Gesellschaft geleistet.«

»Du lieber, gesegneter Mann!« murmelte sie, und ihre Augen wurden feucht, während ihre Arme immer noch Jerry umschlossen, der die Seligkeit des Augenblicks fühlte und ihr liebevoll die duftende Wange mit seiner schmalen Zunge küßte.

Als die Ariel Malu an der Nordwestküste von Malaita verließ, versank Malaita schnell hinter dem Horizont und blieb — soweit es Jerry betraf — für immer verschwunden, eine neue verschwundene Welt, die in seinem Bewußtsein zu einem Teil des großen Nichts wurde, das Schiffer verschlungen hatte. Wenn er auch nicht darüber nachdachte, so hätte Malaita für ihn doch ebensogut ein Universum sein können, das geköpft auf den Knien irgendeines geringeren Gottes ruhte, eines Gottes, der allerdings unendlich mächtiger war als Baschti, auf dessen Knien das getrocknete und geräucherte Haupt Schiffers geruht hatte, während dieser geringere Gott sich den Kopf zerbrochen hatte, um die Erklärung der doppelten Mysterien von Zeit und Raum, Bewegung und Materie über und unter seinem Horizont und darüber hinaus zu finden.

Nur lag der Fall eben so, daß Jerry nicht über das Problem nachdachte, daß ihm das Vorhandensein solcher Mysterien gar nicht bewußt wurde. Für ihn war Malaita einfach eine neue Welt, die aufgehört hatte zu existieren. Er erinnerte sich daran wie an einen Traum. Selbst ein lebendes Wesen, ein fester Körper im Besitz von Gewicht und Ausmaß, eine unumstößliche Wirklichkeit, bewegte er sich durch Raum und Ort konkret, hart, schnell, überzeugend, ein absolutes Etwas, umgeben von dem großen Nichts und dessen immer wechselnden phantastischen Schatten.

Er erlebte seine Welten eine nach der andern. Eine nach der andern verdampften seine Welten, hoben sich über seinen Gesichtskreis hinaus wie Dämpfe in dem heißen Destillierkolben der Sonne, versanken für immer hinter dem Rande des Meeres, selbst so unwirklich und flüchtig wie Traumgesichte. Die Gesamtheit der Minute, die Einzelwelt des Menschen in ihrer mikroskopischen Kleinheit und ihrer Gleichgültigkeit neben dem Universum überstieg sein Passungsvermögen ebensosehr, wie das Sternenuniversum die leuchtendsten Annahmen und tiefsten Vorstellungen des Menschen.

Jerry sollte jene finstere, wilde Insel nie wiedersehen, wenn sie auch oft klar und deutlich in seinen Träumen vor ihm stand und er immer wieder sein Dasein auf ihr von der Vernichtung der Arangi und der wilden Orgie der Menschenfresser bis zu seiner Flucht von dem zerschossenen Hause und Nalasus blutigem Leichnam durchlebte. Diese Traumepisoden waren für ihn ein neues »Anderswo«, geheimnisvoll, unwirklich und schnell schwindend wie Wolken, die über den Himmel trieben, oder wie Blasen, die in allen Farben des Regenbogens schillerten und an der Meeresoberfläche platzten. Schaum und Gischt war es, das im selben Augenblick verschwand, wenn er erwachte, etwas, das nicht mehr existierte, wie Schiffer und Schiffers Kopf auf den welken Knien Baschtis in dem hohen Grashause. Malaita, das wirkliche, greifbare Malaita, verschwand für ewig, wie Meringe, wie Schiffer in dem großen Nichts verschwunden war. Von Malaita steuerte die Ariel West zu Nord nach Ongtong Java und Tasman – großen Atollen, die unter den brennenden Strahlen der Äquatorsonne lagen, aber nicht ganz von der unermeßlichen Öde der westlichen Südsee verschlungen wurden.

Auf Tasman folgte wieder eine mächtige Meeresstrecke bis zu der hohen Insel Bougainville, und dann ankerte die Ariel, die in dem schwachen Passat nur langsam vorwärtskam, in fast jedem Hafen der Salomoninseln von Choiseul und Rononga bis Kulambangra, Vanguni, Pavuvu und Neu-Georgia, ja selbst in der öden, einsamen Bucht der tausend Schiffe.

Zu allerletzt auf den Salomoninseln rasselte ihr Anker auf den Korallengrund von Tulagi auf der Floridainsel hinunter, wo der Regierungskommissar lebte und herrschte.

Dem Kommissar lieferte Harley Kennan nun Makawao aus, der unter strenger Bewachung in ein Grashausgefängnis gesteckt wurde, wo er mit Fesseln an den Füßen auf die Stunde wartete, da er die Strafe für seine vielen Verbrechen erleiden sollte. Und ehe der Lotse Johnny wieder den Dienst bei dem Kommissar antrat, erhielt er seinen reichlichen Anteil an den zwanzig Pfund, die auf den Kopf des Negers gesetzt waren, während Kennan den Rest unter die Mannschaft der Barkasse verteilte, die an dem Tage, als Jerry Makawao gepackt und am Schießen verhindert hatte, hinzugeeilt war.

»Ich will Ihnen sagen, wie er heißt«, sagte der Kommissar, als sie auf der breiten, rings um den Bungalow laufenden Veranda saßen. »Es ist einer von Haggins Terriers – Haggins, von der Meringe-Lagune. Der Vater des Hundes ist Terrence, die Mutter Biddy. Er selbst heißt Jerry, ich war dabei, als er getauft wurde, ehe er noch die Augen offen hatte. Ja, und mehr noch: Ich werde Ihnen seinen Bruder zeigen. Der heißt Michael und jagt Nigger auf der Eugenie, dem Zweimastschoner, der neben Ihnen liegt. Kapitän Kellar ist der Schiffer. Ich werde ihn veranlassen, Michael mit an Land zu nehmen. Kein Zweifel: Jerry ist der einzige Überlebende von der Arangi.

Wenn ich Zeit dazu finde, will ich dem Häuptling Baschti einen Besuch abstatten – oh, nein, nicht wie ein englischer Kreuzer! Ich will ein paar Handelsjachten chartern und mit meiner eignen schwarzen Polizeimacht und so vielen Weißen hinfahren, wie ich nicht hindern kann, freiwillig mitzukommen. Kein Bombardement von Grashütten! Die Landungstruppen setze ich irgendwo an der Küste an Land und lasse sie Somo von hinten angreifen, und es muß so abgepaßt werden, daß die Schiffe gleichzeitig vor Somo erscheinen.«

»Sie wollen also Mord mit Mord erwidern?« wandte Villa Kennan ein.

»Ich will Mord mit Gesetz erwidern«, antwortete der Kommissar. »Ich will Somo das Gesetz lehren. Ich hoffe, daß nichts dabei passiert, und daß kein Menschenleben verlorengeht. Aber das weiß ich, daß ich die Köpfe von Kapitän Van Horn und seinem Steuermann kriegen und nach Tulagi bringen werde, damit sie ein christliches Begräbnis erhalten. Ich weiß, daß ich den alten Baschti beim Kragen nehmen und ihm den Kopf zurechtsetzen werde, daß er in Zukunft das Gesetz kennt. Selbstverständlich ...«

Der Kommissar, ein asketisch aussehender Akademiker, schmalschultrig und schon bejahrt, mit müden Augen hinter den Brillengläsern, zuckte die Achseln. »Selbstverständlich, wenn sie nicht Vernunft annehmen wollen, dann kann es Spektakel geben, und dann kann es unter Umständen auch für sie und uns etwas unangenehm werden. Aber das Ergebnis wird davon jedenfalls nicht berührt. Der alte Baschti soll merken, daß es sich nicht lohnt, weißen Männern die Köpfe zu nehmen.«

»Aber wird er es wirklich merken?« fragte Villa Kennan. »Wenn er nun so schlau ist, daß er sich nicht mit Ihnen schlägt, sondern Ihr englisches Gesetz ruhig anhört, dann ist die ganze Geschichte einfach nur ein prachtvoller Witz für ihn. Er muß dann für all die Schändlichkeiten, die er bisher begangen hat, nur eine lange Vorlesung über sich ergehen lassen.«

»Im Gegenteil, meine liebe Frau Kennan. Wenn er meine Belehrung friedlich anhört, werde ich ihn nur eine Buße von hunderttausend Kokosnüssen, fünf Tonnen Steinnüssen, hundert Faden Muschelgeld und zwanzig fetten Schweinen bezahlen lassen. Wenn er es dagegen nicht tut, sehe ich mich, so unangenehm es auch für mich selbst werden kann, genötigt, zuerst ihn und sein Dorf zu verprügeln, ihm dann die dreifache Buße aufzuerlegen und eine noch gründlichere Vorlesung zu halten.«

»Gesetzt aber, daß er sich nicht schlägt, Ihre Vorlesung nicht anhört und nicht bezahlen will?« fuhr Villa Kennan fort.

»Dann wird er mein Gast in Tulagi sein, bis er andern Sinnes wird und sowohl bezahlt, wie eine ganze Reihe von Vorlesungen anhört.«

*

So geschah es, daß Jerry aus Villas und Harleys Mund seinen alten Namen wieder hörte und seinen Vollbruder Michael wiedersah.

»Du darfst nichts sagen«, flüsterte Harley Villa zu, als das Walboot sich dem Lande näherte und sie den rauhhaarigen, rötlich weizenfarbigen Michael über den Bug lugen sahen. »Wir wissen von nichts und lassen uns nicht einmal merken, daß wir ihn beobachten.«

Jerry, dessen Interesse von dem Spiel gefangen war, ein Loch in den Sand zu graben, als wäre er hinter einer frischen Fährte her, hatte keine Ahnung, daß Michael in der Nähe war. Er grub so eifrig, daß er ganz vergaß, daß es nur ein Spiel war, und sein Interesse war sehr lebhaft, als er auf dem Boden des Loches schnüffelte und witterte. Das war so tief, daß nur seine Hinterbeine, das Hinterteil und ein kleiner, intelligenter, aufrechtstehender Schwanzstummel sichtbar waren.

Kein Wunder, daß er und Michael einander nicht sahen. Und Michael, der ein wahres Übermaß an unverbrauchter

Lebenskraft besaß, nachdem er sich so lange mit dem engen Platz an Deck der Eugenie hatte behelfen müssen, hüpfte und tanzte über den Strand wie ein Wirbelsturm von Begeisterung, witterte die Tausende so wohlbekannter Landgerüche und beschrieb eine äußerst wirre, exzentrische Linie, wobei er kurze, rasche Ausfälle gegen die Kokosnußkrabben machte, die seinen Weg kreuzten, um sich im Wasser in Sicherheit zu bringen, oder sich spritzend aufrichteten und ihn mit ihren furchtbaren Klauen bedrohten.

Der Strand war nicht sehr ausgedehnt. Das Ende bildete ein Vorgebirge, das sich wie eine regellose Mauer erhob, und während der Kommissar Herrn und Frau Kennan Kapitän Kellar vorstellte, kam Michael über den harten feuchten Sand zurückgeschossen. So sehr war er von all dem Neuen in Anspruch genommen, daß er Jerrys kleines Hinterteil, das über den ebenen Strand hinausragte, nicht bemerkte. Jerry hatte indessen gehört, was es gab, er sprang schnell aus dem Loch heraus und stieß im selben Augenblick mit Michael zusammen. Jerry wurde über den Haufen geworfen, Michael fiel auf ihn, und beide brachen in ein wütendes Knurren und Brummen aus. Als sie wieder auf die Füße kamen, standen sie sich mit gesträubten Haaren und zähnefletschend gegenüber, dann stolzierten sie auf steifen Beinen, stattlich und würdig in drohenden Halbkreisen umeinander herum.

Aber das war alles nur Spiel, in Wirklichkeit waren sie beide nicht wenig verlegen. Denn in beiden Köpfen erschienen die ganz deutlichen Bilder von dem Plantagenhause, der Einzäunung und dem Strand von Meringe. Sie wußten es, aber sie hatten keine rechte Lust, sich einander zu erkennen zu geben. Sie waren keine jungen Hündchen mehr, es beseelte sie jetzt das unklare Gefühl eines Stolzes und einer Würde, die die Reife ihnen verlieh, und sie bemühten sich aus aller Macht, stolz und würdig zu sein und dem Drange zu widerstehen, in wahnsinniger Begeisterung aufeinander loszustürzen.

Michael war es, der, weniger weit gereist als Jerry und von Natur minder beherrscht, plötzlich diese ganze angenommene Würde schießen ließ und mit gellendem Freudengeheul und entzückten Körperverdrehungen als Zeichen seiner Wiedersehensfreude die Zunge ausstreckte und gleichzeitig in seinem Eifer, seinem Bruder so nahe wie möglich zu kommen, heftig gegen ihn stieß.

Jerry antwortete ebenso eifrig mit Zunge und Schulterstoß; dann sprangen beide zurück und betrachteten sich wachsam und fragend, beinahe herausfordernd, wobei Jerry die Ohren spitzte, daß sie lebendigen Fragezeichen glichen, und Michaels gesundes Ohr ebenfalls fragend in die Höhe stand, während sein welkes Ohr, das gewöhnliche verknüllte, hängende Aussehen bewahrte. Wie auf Verabredung begannen sie plötzlich, in wilder Flucht, Seite an Seite und sich zulachend, den Strand entlangzuschießen, und stießen hin und wieder im Laufen mit den Schultern zusammen.

»Kein Zweifel«, sagte der Kommissar. »Ganz wie ihre Eltern! Ich habe sie oft laufen sehen.«

*

Aber nach zehntägigem kameradschaftlichen Beisammensein kam der Abschied. Es war Michaels erster Besuch auf der Ariel, und er hatte mit Jerry eine frohe halbe Stunde auf dem weißen Deck verbracht, während man die Boote unter Lärm und Unruhe einholte, Segel setzte und den Anker lichtete. Als die Ariel sich durch das Wasser zu bewegen begann und in dem frischen Passat überlegte, drückten der Kommissar und Kapitän Kellar den Fortziehenden die Hände und kletterten eilig über das Fallreep in ihre wartenden Walboote. Im letzten Augenblick ergriff Kapitän Kellar Michael, nahm ihn unter den Arm und setzte sich mit ihm in den Stern des Bootes.

Die Vertäuungen wurden losgeworfen, und im Stern jedes Bootes stand ein einzelner weißer Mann, nach dem Gebote der Höflichkeit mit entblößtem Haupt, in der brennenden Tropensonne und winkte ein letztes Lebewohl. Und Michael, den die allgemeine Aufregung ansteckte, bellte und bellte immer wieder, als würde ein Fest der Götter gefeiert.

»Sag' deinem Bruder Lebewohl, Jerry«, flüsterte Villa Kennan Jerry zu, den sie auf die Reling gehoben hatte, wo sie ihn, seine zitternden Flanken zwischen ihren beiden Händen, hielt.

Und Jerry verstand zwar nicht, was sie sagte, aber er beantwortete, unter widerstrebenden Gefühlen, ihre Worte, indem er seinen Körper wand und drehte, schnell den Kopf zurückwarf und liebkosend die rote Zunge ausstreckte, um im nächsten Augenblick den Kopf über die Reling zu strecken und dem schnell verschwindenden Michael nachzublicken, während er laut seinem Kummer und seiner Klage Ausdruck verlieh, fast wie seine Mutter Biddy es getan, als er damals vor langer Zeit mit Schiffer Meringe verlassen hatte.

Denn Jerry hatte erfahren, was Trennung bedeutet, und dies war zweifellos eine Trennung, zumal er sich wenig träumen ließ, daß er nach Jahren auf der andern Seite des Erdballs Michael in einem Märchental des fernen Kaliforniens wiedertreffen sollte, wo ihnen bestimmt war, den Rest ihrer Tage zu verleben, geliebt und verhätschelt von den Göttern, die sie selbst so heiß liebten.

Michael, der mit den Vorderfüßen auf dem Bootsrand stand, bellte ihn, verwirrt und fragend, an, und Jerry antwortete ihm winselnd, ohne sich ihm verständlich machen zu können. Der weibliche Gott preßte ihm beruhigend die Hände gegen die Flanken, und er wandte sich zu ihr um und berührte mit seiner kühlen Schnauze fragend ihre Wange. Sie legte den einen Arm um ihn und preßte ihn an sich, während ihre freie Hand halb geschlossen wie eine weiße Blüte auf der Reling ruhte. Jerry tastete mit der Schnauze. Die geöffnete Hand war zu verlockend. Mit kleinen Rucken schob er die Finger ein klein wenig auseinander, und dann schlüpfte seine Schnauze in seliger Wonne in die Hand.

Er wurde ruhig, seine goldene Schnauze lag in ihrer weichen Hand, und er war ganz still in völligem Selbstvergessen, ohne auf die Ariel, die unter dem Druck des Windes ihren Kupferbeschlag zeigte, oder auf Michael zu achten, der, ebenso wie das zurückbleibende Walboot, in der Ferne immer kleiner wurde. Nicht weniger still war Villa. Beide spielten das alte Spiel, obgleich es für sie neu war.

Solange Jerry sich einigermaßen zügeln konnte, blieb er ganz still sitzen. Dann aber überwältigte ihn seine Liebe, und er schnaufte ebenso heftig, wie er es in längst verschwundenen Zeiten in Schiffers Hand auf der Arangi getan. Und, wie Schiffer dann in ein heiteres, liebevolles Lachen ausgebrochen war, lachte auch der weibliche Gott jetzt. Ihre Finger schlossen sich zärtlich und so fest um seine Schnauze, daß es fast schmerzte. Ihre andre Hand preßte ihn an sich, daß er nach Luft schnappte. Und dabei wedelte er die ganze Zeit lustig mit seinem Schwanzstummel, und als er aus der seligen Gefangenschaft entkam, legte er die seidenweichen Ohren ganz zurück, leckte ihre Wange mit seiner scharlachroten Zunge, packte dann ihre Hand mit seinen Zähnen und biß zu, zärtlich, daß er ihr nichts tat, wenn der Biß auch Eindrücke in der weichen Haut hinterließ.

Und so verschwand Tulagi für Jerry, verschwand der Bungalow des Kommissars auf dem Gipfel des Hügels, verschwanden die Schiffe, die im Hafen ankerten, verschwand Michael, sein Bruder. Er war solches Verschwinden gewohnt geworden. Ebenso waren, wie Traumbilder, Meringe, Somo und die Arangi verschwunden. Ebenso waren alle Welten und Häfen und Reeden und Lagunen verschwunden, wo die Ariel den Anker gelichtet hatte und weiter gesegelt war über den alles verlöschenden Horizont hinaus.